新典社研究叢書305

太平記における白氏文集受容

金木利憲　著

新典社刊行

序

歴史上日本に将来された漢籍は多数あるが、平安時代以前にもたらされた作品のテキストは、多くの場合刊本と写本とが伝存している。前者の刊本のテキストとしては、宋元版がよく知られており、後者の写本のテキストとしては、旧鈔本がよく知られている。旧鈔本とは、唐鈔本を日本で重鈔したテキストである。

中国では宋元版が出現すると、その底本であった唐鈔本はほとんど滅んでしまい、現在では敦煌等に断簡零墨が残っているに過ぎない。ところが、日本では遣唐使や留学僧が将来した唐鈔本が、丁寧に何度も何度も重ねて書写され、現在に至るまで少なからざるテキストが伝存している。とりわけ『文選集注』・『白氏文集』等の旧鈔本は、その本文が再検討され、その結果、刊本に比し旧態を保っているとして高く評価されている。宋元版は唐鈔本を直接の底本としていると言われているが、日本において唐鈔本を書写した旧鈔本の本文と刊本とを比較してみると、少なからざる異同が見いだされるのである。すなわち、唐鈔本と宋版との間には、断絶とも言うべき本文の異同が存在することが、近時報告されているところである。

例えば有名な白居易の「長恨歌」の一句を比較してみよう。

（宋版）　鴛鴦瓦冷霜華重、翡翠衾寒誰与共

（鴛鴦の瓦は冷《すさ》ましうして霜華重し、翡翠の衾寒うして誰と共にか）

（旧鈔本）鴛鴦瓦冷霜華重、旧枕故衾誰与共

（鴛鴦の瓦は冷ましうして霜華重し、旧き枕故き衾誰と共にか）

このように、宋版の本文と旧鈔本の本文は、大きく異なっている。我々が普通読む「長恨歌」の本文は、宋版系のテキストであり、唐鈔本系の本文はほとんど論じられない。実は、白楽天が書いたテキストは、旧鈔本系の「旧枕故衾」であると、現在では確認されている。このように『白氏文集』のテキストを検討する場合は、その本文に刊本系本文と旧鈔本系本文があるということを確認する必要がある。

『源氏物語』「葵」には「ふるき枕～」と引用されている。すなわち、紫式部が見た白氏文集のテキストは旧鈔本のテキストと推定される。

従来日本の古典籍が引用する白氏文集を考える場合は、この旧鈔本本文がほとんど検討されずに宋版の本文が多く取り上げられている傾向がある。

旧鈔本の本文は、唐代に流布したテキストである。かつて『白氏文集』が唐代に刊本になっているという説があった。それは白氏の友人・元稹の「白氏長慶集序」（八二四年成立）中の〈繕写模勒〉の一句を根拠として、当時すでに木版印刷が広く実用されていたという意見である。しかし近時これに対しては、曹之氏の論文「彫版印刷起源略説」（『伝統文化与現代化』一期、中華書局、一九九四年）によって、完膚なきまでに否定されている。〈模勒〉の語彙は現在からみると「版木に彫る」と理解されやすいが、当時の用法では、この意味は「作品を編集する」ということであったという主張である。唐代には実際の印刷技術がなかったわけではない。則天武后治世下の初期に成立したと考えられる木版印刷技術は、仏典や暦、初歩的字典等、一枚刷、あるいは多くとも数葉からなる簡単な書物に適用されるのみ

で、中国文化の核となる四部にわたる本格的なテキストは、なお書写によって流布されていたということが現在確認されている。

そしてその当時の唐鈔本を日本にもたらしたのが、遣唐使や留学《るがく》僧である。

問題となるのは、中国で滅んでしまった本文が、なぜ日本で伝存したかということである。これは大きな問題であるが、私見を述べてみよう。

例えば唐鈔本に匹敵する建築物が、東大寺の正倉院であると私は考えている。その中に納められた品々とともに千年以上を経て現在に至るまで伝存しているのは、日本における天皇制の継続と関係があると思われる。中国は王朝交代の際にしばしば前代の文物を破壊する。しかし日本は少なくとも飛鳥時代以降、王朝交代は起こっていない。加えて、旧鈔本の原本は遣唐使がもたらしたものであるので、日本にとっては非常に貴重な書物であり、当時の最先端を伝えるものであったことから丁寧に扱われ、何度も書写された。このようにして唐代の漢籍の本文が日本における漢文の本文、すなわち旧鈔本として流布し、現在に至るまで伝存しているわけである。

その解釈の方法は訓読という方法であった。この方法は中国古典の本文を全く改変せずに記号（訓点）や送りがなを付し、日本語として読むために考案された、一種の翻訳である。朝鮮半島でも類似の例があるが、翻訳してもなお原文が保存されるという点で、私はこの翻訳方法は世界でも類を見ない方式ではなかろうかと考えている。

宋元版が日本にもたらされても、旧鈔本のテキストは決して湮滅することはなかった。例えば平安時代に出てくる「文集」の語彙は『源氏物語』「須磨」に現れ、当時写本として流布していた旧鈔本系『白氏文集』のテキストを指している。これに対し室町時代に出現する『白氏文集』の書名は『徒然草』（第十三段）に現れ、当時すでに将来されていた刊本系の書名であると考えられている。しばしば「文集」は「白氏文集」の省略だとする説明を目にするが、同時代の記述を探ってみれば、「文集」は旧鈔本系テキストを、「白氏文集」は刊本系テキストを指しているのである。

したがって、日本では宋元版がもたらされ、その勢力を強めていってからも、旧鈔本のテキストは消えることはなかった。読むためのテキストであるのみならず、書道における法帖などに残り、刊本系テキストと旧鈔本系本文のテキストが併存する状況が現在に至るまで続いている。

『太平記』にも白氏文集が取り上げられているということはよく知られているものの、従来は引用の詩篇が第何巻に存在するかが問題にされ、その本文自身が旧鈔本系本文なのか刊本系本文なのかということは、本格的に検討されては来なかった。

このたび刊行される金木氏の『太平記における白氏文集受容』は、太平記諸本の中には、旧鈔本系の白氏文集が使用されているということを、『白氏文集』テキスト研究の成果を用いて初めて明らかにしている。しかもその引用は、刊本系テキストと旧鈔本系テキストが併存しているということを、精緻な調査によって証明している。従来の『太平記』における『白氏文集』の本文引用の検討についての画期的な報告ではなかろうか。この方法を、ほかの戦記物、例えば『平家物語』・『保元物語』・『平治物語』等にも応用して検討してもらいたい。

二〇一八年三月

神鷹　徳治

目　次

第二部　日本における『白氏文集』受容の形態

はじめに　『白氏文集』の来歴

『白氏文集《はくしぶんしゅう》』(1)は、中唐の文人官僚・白居易《はくきょい》の詩文集である。白居易、字《あざな》は楽天、太原の人。七七二年（大暦七）に生まれ、八四六年（会昌六）に没す。日本においてはしばしば字をもって白楽天とよばれる。

日本文学に古くから広範な影響を与えた漢籍として、『白氏文集』は『文選』と並んで代表的なものである。日本への伝来は平安時代前期、仁明天皇の承和年間（八三四－八四八）の頃であると考えられている(2)。そしてひとたび渡来するや平安時代を通じて大いに愛好された。それはもはや、貴族階級の基礎教養となったと言ってよいほどだ。『和漢朗詠集』に収録される漢詩では白詩が群を抜いて多数であり、『千載佳句』によってその方向は強まった。二書はまた後代に広く読まれ、多大な影響を与えた。

鎌倉時代より下ると、五山の僧たちからはじまって李白・杜甫・韓愈など他の作者も読まれるようになり、『白氏文集』はその圧倒的な地位からは退くこととなる。だがそれは決して影響力を失ったことを意味しない。白氏の作品を収めた諸伝本が各時代に存在していることが示すように、また、各時代の作品に白氏詩文の引用が見られるように、脈々と読み継がれ、影響を与え続けてきた。

だが、読み継がれてきたテキスト系統が同一のものかといえば、そうではない。比較すれば、相互に魯魚の誤を超えた異同が見いだせるテキスト群が存在するのである。

本章では『太平記』との比較に先立って『白氏文集』諸本の分類と展開について述べ、筆者の視点を明らかにする。

一 『白氏文集』諸本の分類

『白氏文集』の諸テキストは、花房英樹氏、太田次男氏をはじめとする先学の手によって、以下のごとく整理されている。

・旧鈔本系：遣唐使および留学僧《るがく》によってもたらされた唐鈔本、あるいはその日本において重写されたものであって、唐代の旧態をうかがえるもの。前後続集の編成をもち、本文内容とともに、最も成立当初の姿に近いと考えられている。
・刊本系：宋代（南宋）に発達した木版によって印刷された、宋刊本を祖本とする系統。前詩後文の編成をもち、旧鈔本とは本文が大きく異なる。
・単行本系：別集『白氏文集』とは独立して行われた民間流布本。中国では白居易在世中から流布したようであり、盛行ぶりは元稹の「白氏長慶集序」や、作者自身による「白氏集後記」などからうかがうことができる。日本においては『日本国見在書目録《げんざいしょ》』に「劉白唱和集」が載るのが最古の例で、また単独で行われた「新楽府」や、書道の手本である法帖、また「歌行詩」と総称される、長恨歌・琵琶行・野馬台詩を収めた本などがある。人口に膾炙した作品、あるいはあるテーマに沿って作品を抜粋編集したという性格が強く、本系統には、旧鈔本系本文をもつものも刊本系本文をもつものも存在する。

二　旧鈔本系

『白氏文集』は、長慶四年（八二四）に元稹によって編纂された『白氏長慶集』五〇巻を嚆矢として、六次にわたって編纂が行われたことが分かっている。この編纂は白居易自身の手になる。以下、年代順に整理する。

1　長慶四年（八二四）『白氏長慶集』五〇巻　元稹（元微之）編
2　太和元年（八二七）六〇巻本　東林寺（江州）に奉納
3　開成元年（八三六）六五巻本　聖善寺（洛陽）に奉納
4　開成四年（八三九）六七巻本　南禅院（蘇州）に奉納
5　会昌二年（八四二）七〇巻本　内訳は前集五〇巻（『白氏長慶集』に相当）後集二〇巻
6　会昌五年（八四五）七五巻本（『続後集』が加わる）

第二次から第五次までは、『白氏長慶集』に付け加える形で編まれた。その追加分は、白氏自ら『後集』と命名した。

第六次で加わった部分を、白居易は『続後集』と命名した。

現存する『白氏文集』で最も巻数の多い南宋刊本や那波本は、七一巻である。この点については、神鷹徳治氏の論(3)

に

恐らく七〇巻本が主体となり、晩年の〈続後集〉五巻の作品の内、その大半はいつしか散乱《ママ》し、刊本編集の折、僅かに残存していた作品が一巻として蒐集され、七〇巻本に加えられたのではあるまいか。

とある。陳翀《ちゅう》氏の『白居易の文学と白氏文集の成立』（勉誠出版、二〇一一年四月[4]）を見るとき、神鷹氏の言は実態をよく捉えているのではなかろうかと思われる。

旧鈔本は、前後続集の編成を持つことと、刊本とは異なりが多い本文によって特徴づけられ、それは成立当初の面影を今日に伝えているのである。

さて、増補を経て原『白氏文集』（旧鈔本の時代にあっては『文集』という題であったと考えられているが、いま便宜のため「白氏」を付す）が成立した唐代は、写本の時代である。開成石経の例が示すように重要な典籍は石に彫られ、永く保存されることを期したが、これは例外である。また、木版印刷も存在してはいたが、経書・史書・詩文集など中国文化の中核を担うような大部・本格的な書物はいまだ刊行されず、もっぱら暦のような一枚物、あるいは仏典・字書のごとく需要があり数多く作成する必要があったものに限られていたようである。

白居易は自作の盛行ぶりについて「白氏集後記」に書き残している。そこには『元白唱和因継集』・『劉白唱和集』・『洛下遊賞集』という単行本系の題が並ぶが、これらも写本で行われていたのであろう。

日本にもまたこれら単行本系の本は将来されており、『日本国見在書目録』には『杭越寄和詩集』が著録されている。

白居易はまた、自作を後世に残すことに執心していた。

集有五本、一本在廬山東林寺経蔵院、一本在蘇州禅林寺経蔵内、一本在東都勝善寺益塔院律庫楼、一本付姪亀郎、一本付外孫談閣童、各蔵於家伝於後。其日本新羅諸国、及両京人家伝写者、不在此記。

（集に五本有り、一本は廬山東林寺経蔵院に在り、一本は蘇州禅林寺経蔵内に在り、一本は東都勝善寺益塔院律庫楼に在り、一本は姪の亀郎に付し、一本は外孫の談閣童に付し、各こ家に蔵して後に伝ふ。其の日本・新羅の諸国、及び両京の人家の伝写せし者は、此の記に在らず。）

というように、「白氏集後記」に記すだけで五本、しかも日本・朝鮮にあるもの、長安・洛陽の両京の人士の家にあるものはここに記さないとしている。

かくのごとく後世に伝えようとした原『白氏文集』であるが、いまはことごとく滅びて見ることはできない。我々が目にすることができる唐写本『白氏文集』は、敦煌の壁中に偶然残った敦煌本と呼ばれる一本（ペリオ文書五五四一一号）のみである。

では唐写本の系統は滅びたのかといえば、そうではない。日本に残る旧鈔本系諸本は、唐写本でこそないが、それをもとに日本で書写された本、あるいはその重鈔本である。この中で最も巻数が多く広く参照されるものは金沢文庫旧蔵の「金沢文庫本」であるが、そのうち七巻分の元奥書には、唐・武宗の会昌四年（八四四）三月から五月にかけ、蘇州南禅院において入唐僧の慧蕚（恵蕚とも）が書写した旨記されている。この書写については、陳翀「慧蕚と蘇州南禅院本『白氏文集』の日本伝来――会昌四年識語を読み解く――」に詳しい。

旧鈔本系本文は、原編成と良質な本文を今に伝えているのではあるが、そのテキストには三つの問題が存在する。

第一に、完本が存在しないことである。現存旧鈔諸本の中で最も巻数が多いのは金沢本だが、二七巻を伝えるのみである。その中でも、巻三・四は江戸時代の補写により、ここは神田本を参照して研究する必要があるなど、一本の中にも書写に関わる問題があり、使用する際に注意を要する。

第二に、白居易自身による改訂が行われていたであろうと考えられることである。「詩解」（巻五三、花房番号二三四五）には「旧句時時改」とある。また、『白氏文集』も六度にわたる編纂が行われている。後に自作を文盲の老婆に読み聞かせ、難解な語句を改めたと言われる伝説が生まれるほど表現にこだわり、「詩魔」と呼ばれた白居易であれば、折に触れて自身の手によって推敲がなされていた可能性は想定できるであろう。そして、それが現存旧鈔本間の異同につながることも考えられる。

第三に、書写時の誤りである。「新楽府」、「長恨歌」、「琵琶行」など、現存するテキストが多い場合には校訂できるが、そうでない場合は困難を極める。佚文の蒐集は継続的に行われており、復元できる作品もある。

このような内部的問題をもちつつも、旧鈔本系テキストは、刊本系テキストとは明確に区別できる、断絶とも言うべき異同がある。また、後に刊本系テキストが主流となっても旧鈔本系は消滅しない（このことについてはテキストの並存化として二〇ページ以降で述べる）。われわれが『白氏文集』を読んで字句の異同にぶつかったとき、旧鈔本は必ずその存在を想定せねばならない。

旧鈔本の本文とその受容については、太田次男『旧鈔本を中心とする白氏文集本文の研究』全三冊（勉誠社、一九九七年二月）がある。

三　刊本系

唐代を写本の時代と言うならば、次の宋代は刊本の時代である。ここに至って初めて四部に属する書物が本格的に出版されるようになる。この時代の書物は宋刊本として珍重される。

『白氏文集』が初めて上梓されたのがいつなのか、具体的な年月はわからない。だが、平安時代の大貴族、藤原道長の日記である『御堂関白記』には『白氏文集』についての記述が現れるので手がかりになる。

寛弘七年（一〇一〇）一一月二八日条
癸卯、雨降、参内、行右大臣行幸、諸陣所〻有饗、（中略）次御送物、摺本注文選。同文集、入蒔絵筥一双、袋象眼包（後略）

長和二年（一〇一三）九月一四日条
十四日、癸卯、入唐僧寂昭（照）弟子念救入京後初来、志摺本文集并天台山図等（後略）

寛弘七年一一月二八日条は摺本《すりほん》注文選に続き「同文集」としている。「同」の意味するところが問題となるが、『御堂関白記』では「文集」「摺本文集」の用例がともにあり、わざわざ「同」と明記していることから、これは摺本注文集と読むべきであろう。

明確な「摺本文集」の記述は、その二年後、長和二年に現れる。宋（北宋）の成立が建隆元年（九六〇）、南宋成立は建炎元年（一一二七）のことであるから、この記事の「摺本文集」は当然北宋版である。これによって北宋刊本が一一世紀初頭には日本に渡来していることがわかる。いま北宋版はすべて滅んでいるが、この記録によって実在が確認できるのである。

北宋版が、同時代的に広く読まれたことは、おそらくないであろう。『御堂関白記』の寛弘七年八月二九日条には

作棚厨子二双　立傍、置文書、三史・八代史・文選・文集（傍点筆者）・御覧・道々書・日本紀具書等、令・律・式等具、并二千余巻[5]

とあり、『白氏文集』が飾り棚に収められている姿がある。新来の中国の品物であったことから入手は困難だったとみられ、秘笈深く宝蔵されたと考えられる。

現在「宋版」と呼ばれ、広く参照されているのは、中国国家図書館蔵の南宋の紹興年間（一一三一‐一一六二）刊本である。現存する刊本系テキストで最も古い完本であり、同時に、中国に残る最古の完本がこの紹興本である。同図書館は他にも不全本の宋版（紹興本より遡る）一本を有し、紹興本と異なる編成・文字異同が報告されているが[6]、未だ目睹が困難な本であり、研究資料として十分用いられているとは言いがたい。

宋版成立以降の中国刊本は、旧鈔本とは異なる前詩後文の編成をもつようになる。前半が詩、後半が文章となる編成である。このような編成になった理由は、宋代における科挙の本格的な施行が理由の一つとして考えられる。白居易は文に巧みな官僚であり、制・判・詔勅などを書き、『白氏文集』中に収めた。それは多くの科挙及第を目指す者の参考書となったであろう。制策をまとめた『白氏策林』など、単行の本もある。だが、前後続集のままでは作品検

索には不便である。ゆえに、編成をいちど解体し、詩・文を分けて編み直したのではないだろうか。明の馬元調の『白氏長慶集』（馬元調本）、清の汪立名の『白香山詩長慶集』、白氏の代表的な刊本はみなこれに従う。馬元調本は和刻本も刊行されており、江戸時代における主流テキストであった。

ここで那波本に触れねばならない。江戸時代初期の元和四年（一六一八）、日本の那波道円の手によって刊行された古活字版の一本である。朝鮮版の強い影響を受けて成立したこの本は、現在日本における『白氏文集』研究の標準的テキストともなっている。

那波本は本文に大きな特徴を有する。すなわち、文字を見ていくと刊本系であるのに、編成は前後続集のままである、という点である。惜しいかな旧鈔諸本や紹興本などに付される小字の注を全て削去している（おそらく底本となった朝鮮版に倣ったのと、小型活字がなかったための処置と思われる）が、現在完本が存在しない旧鈔本系の前後続集の編成を、七一巻完備した状態でうかがえる点で重要な本である。また、現在伝わる那波本はその多くに書き入れがあり、しばしば旧鈔本系の文字を見る。中には旧鈔本が現存しない作品の校異が遺されていることもあり、本文研究上も貴重な資料を提供している。

那波本はまた、『四部叢刊』に影印されたことから、しばしば四部叢刊本を底本として引用されることがある。だが、影印のはずの四部叢刊本には改竄が見られることが校勘記とともに報告されており(7)、使用すべきではない。現在那波本の完全な影印としては、宮内庁所蔵本を用いた下定雅弘・神鷹徳治編『宮内庁所蔵　那波本白氏文集』全四冊（勉誠出版、二〇一二年二月）が刊行されており、今後はこれを参照すべきである。さらに、旧鈔本・刊本を博捜した平岡武夫・今井清校定『白氏文集』全三冊（京都大学人文科学研究所　一九七一年三月）の校勘の底本としても用いられており、この点でも那波本は現在日本の『白氏文集』研究において標準的テキストとして用いられているといえる。

那波本は、その編成・本文・装幀などから朝鮮版（整版）の強い影響下にあると考えられている。朝鮮版には銅活字本（宮内庁所蔵）、整版（日本・韓国で二〇本ほどが報告されている）[8]があるが、これもまた淵源を辿れば南宋初期、あるいは北宋末の、唐代の色をまだ濃く遺した宋版の一本に由来すると考えられる。[9]

四　単行本系

単行本とは、これまで述べてきた別集たる『白氏文集』とは独立して流布する白氏の作品集の総称である。ゆえに、編まれた時期によってその本文は旧鈔本系に近いものから刊本系に近いものまで存在する。

『白氏文集』は別集として編まれる以前、白居易の在世中から独立した本が流通しており、白居易自身もそれを認識していた。「白氏集後記」には詩人自身が『元白唱和因継集』・『劉白唱和集』・『洛下遊賞集』を挙げ、『日本国見在書目録』には『劉白唱和集』が載る。そのほか法帖、歌行詩、新楽府のみの本など、時代とともにその数を増しており枚挙にいとまがない。日本の中世においてはこれら単行本や抄物、類書に引かれた白詩の影響は無視することができないが、本文確定は難しく、典拠とする際には充分な検討を要する。

五　テキストの並存化

『白氏文集』には、大別すると旧鈔本系テキストと刊本系テキストが存在していることを述べた。まず旧鈔本系テキストがあり、後に刊本系テキストが成立する。

中国においては、刊本が成立すると旧鈔本は亡んでしまう。現在目睹できる中国の唐代写本『白氏文集』は敦煌本のみであることは先述の通りである。

日本においても同様の傾向が見られる。鎌倉時代までは旧鈔本系が主流であり、室町時代を通じて需要の中心となる本文が交代していき、江戸時代になると刊本系が主流となる。ただ中国と異なるのは、主流となるテキストが交代しても古いもの——旧鈔本が残り続けるということである。それは中国文化を尊重する風潮や、貴族の家学の証本として伝わったこと、古筆として珍重されて鑑賞されたものがあることなど、様々な要因が重なって今日まで保存されてきた。この、新たなテキストが将来されても旧来のテキストが残ることをテキストの「並存」化としたい。例えば、以下に示す筆者架蔵の七徳舞法帖は、江戸時代後期の文政一〇年（一八二七）書写にかかり、刊本主流の時代にあって旧鈔本の本文を遺すテキスト並存の例である。□で囲んだ文字が異同箇所を示す。底本の改行はママとし、改丁は空白行で表した。

法　帖	旧鈔本系　神田本	刊本系　紹興本	刊本系　那波本
七徳舞　三木 武部令佐毫 武部令佐箋			

七德舞			
美撥乱陳王業也			
七德舞七德歌傳自			
武德至元和〃〃小臣白			
居易觀舞聽歌知樂			
意樂終稽首陳其事			
太宗十八擧義兵白髦	髦	旄	旄
黃鉞定兩京擒充戮			
竇四海清二十有四王	王	功	功
業成廿有九即帝位			
卅有五致太平功成理			
定何神速〃在推心置			
人腹亡卒遺骸散帛			
收飢人賣子分金贖			
魏徵夢見子夜泣張	子夜	天子	天子
謹哀聞辰日哭怨女三			
千放出宮死囚四百來			

歸獄剪鬚燒藥賜功
臣李勣嗚咽思殺身
含血吮瘡撫戰士思

摩奮呼乞效死則
知不獨善戰善乘時
以心感人〃心歸尒來
一百九十載天下至今

歌舞之歌七德舞
七德聖人有作垂無
極豈徒耀神武豈徒
誇聖文太宗意在陳

王業〃〃艱難示子孫
七德舞　三木

文政十丁亥年
嗚神月廿六日寫附
神楽月二十八日擧畢

六　日本文学への影響

『白氏文集』は、渡来するやそれまで日本で大きな勢力を持っていた『文選』に替わって漢詩文受容の中心を占めることになった。その影響は和製漢詩、和歌、物語、絵画など日本文化のあらゆる方面に及んでいることは、すでに各家が論じられているとおりである。

白氏の影響を強く受ける日本文学作品としてまず想起されるのが、平安女流文学の白眉である『源氏物語』であろう。単なる詩文の引用にとどまらず、物語の筋立てや人物造形にまで白詩が深い影響を及ぼしていることは、例えば日向一雅『源氏物語の準拠と話型』（至文堂、一九九九年四月）が論じている。

『源氏物語』に『白氏文集』の影響が見られることは、現存する最初の注釈書である藤原伊行『源氏釈』以来指摘されてきたことである。だが、旧鈔本と刊本というテキストの違いをもって明確に論じたのは、丸山キヨ子氏が最初である。氏は『源氏物語と白氏文集』（東京女子大学学会、一九六四年八月）において、葵巻の「ふるき枕ふるき衾たれとともにか」について論じた。従来は通行本（氏が挙げたのは汪立名本、四部叢刊本、全唐詩、唐詩解など、すべて刊本系に属するテキストである）にある「翡翠衾寒誰与共」を元に論じられていることに疑問を抱き、平安時代の原型を求めて金沢文庫本・管見抄・三条西家本・那波本・宋本・馬元調本など旧鈔本・刊本をともに含む一二本を調査し、「ふるき枕ふるき衾」の典拠が旧鈔本系本文の「旧枕故衾」であることをあざやかに剖出した。

筆者は以前、藤原定家（一一六二－一二四一年）の源氏物語注釈書であり、天福元年（一二三三）ごろに成立した『奥入』を調査したが、[10]ここに引かれる『白氏文集』もまた旧鈔本に拠っている。

時代が下って三条西実隆の手になる『源氏物語』注釈書である『弄花抄《ろうかしょう》』の永正七年（一五一〇）の紀年をもつ「私云」には、

長恨歌唐本には多く、鴛鴦瓦冷霜華重　翡翠衾寒誰与共とあり、旧枕古衾とあるは和本の義にやおほつかなし。私云古文真宝所載翡翠衾寒云々、白氏文集第十二唐本引勘之、旧枕故衾誰与共云々尤叶源氏之心。永正七七三記之

（傍点筆者）

とあり、傍点箇所の指摘によって、「私云」の内容は刊本系テキストに拠っていることを知るのである。

本書第一部で取り上げる『太平記』は、一四世紀後半に成立して広く人口に膾炙し、多くの伝本を生んだ。その本文は、江戸時代に版本による通行本が成立するまで流動し、写本については一本一系統といってもよいほど異同が多い。しかし『白氏文集』の引用に限って見ていけば、天正本・教運本を除き諸本で白詩を引用する章段はほぼ共通しており、引用する文も送り仮名や宛字の差を注意深く取り除いて骨格をあらわにしてみると、おおむね一致している。その系統は旧鈔本の影響が強いが、刊本系や当時流行の単行本系テキストの文字も見え、新旧テキストが並存していることがわかる。『弄花抄』に近い時代の今川家本（永正二年：一五〇五書写）でもここは同じである。

筆者は『白氏文集』の受容、とりわけテキスト系統に興味を持つものである。『白氏文集』側における主流テキスト、およびテキストの並存化現象がどのように日本文学作品に反映されているのか、それを解明したい。上記の例から、室町時代には新旧並存の引用文をもつ『太平記』がある一方で、源氏物語の注釈において、明確に刊本系テキス

トの指摘がなされることがわかる。「白氏文集第十二」という一文は、別集たる『白氏文集』を参照しなければ書けないものであり、三条西実隆がこれを目睹していたことを示す例である。

ここに、「江戸時代には刊本系テキストが主流を占めるが、先に示した文政十年七徳舞法帖のように一部に旧鈔本本文が伝存していた」ことを考え合わせれば、室町時代において『白氏文集』のテキストは旧鈔本系から刊本系に主流が移りつつあったが、なおも旧鈔本の本文が用いられているという、「並存」の状態にあったと考えられる。それが日本文学に反映された一例が『太平記』であろう。

『太平記』は『白氏文集』本文が並存していた室町時代に成立し、その後途切れることなく伝わり、広く読まれたという点に特徴がある。途切れることなく伝本があるということは、その時点で読まれていた代表的な本文がほぼわかるということであり、広く読まれたということは、需要も多く、同時代テキストの数も多いということである。

七　本書の視点とねらい

本書においては、第一部において『太平記』引用の『白氏文集』本文について用字の面からテキスト系統の検討を行った。日本における『白氏文集』受容史研究の材料として『太平記』を用いており、筆者の視点はあくまで『白氏文集』の側にある。日本人は、『和漢朗詠集』などの名句名文集、『明文抄』、『幼学指南抄』などの金言集などさまざまなテキストを媒介にして白氏の作品に触れてきたが、淵源を遡れば旧鈔本系・刊本系の二系統のテキストにたどり着く。『太平記』に現れる白氏詩文は物語を語る上で必要な形に変形され、また宛字、同訓・同義字への置き換えなどの改編を被ってはいるが、なおも淵源をたどる痕跡を残している。受容史を考えるとき、テキスト系統はゆるがせにできない部分である。

視点を『白氏文集』の側に置きつつ、『太平記』から『白氏文集』の諸本へ、受容の方向を遡っていくことによって受容状況の一端を解明することを目指したのが第一部である。

第二部では、本文並存化期以前の作品と、書き入れに対する問題を扱った。

『奥入』の作者である藤原定家は、漢籍についてもよく読んでおり、とりわけ『白氏文集』を重視したのは、歌論書『詠歌大概』に「白氏文集第一・第二帙常可握翫」（白氏文集の第一・第二の帙を常に握翫すべし）との言葉を残していることからよく知られる。『奥入』は一三種の漢籍を引くが、ここでは白詩に絞って述べることとした。

那波本『白氏文集』は、現在日本の『白氏文集』研究において最も標準的なテキストとして参照されていることは先に述べた。本書では宮内庁本白氏文集巻三・四（新楽府）に施された書き入れの中から、本文異同に関わるものについて取り上げ、考証を行う。

これらを合わせることによって、日本の『白氏文集』受容の特性を導こうとするのが本書のねらいである。それは『白氏文集』研究、日本文学研究双方に資するところがあると考えるのである。

注

（1）「はくしもんじゅう」と呼び習わされているが、神鷹徳治氏の『白氏文集は〈もんじゅう〉か〈ぶんしゅう〉か』（游学社、二〇一二年一二月）によって江戸時代までは「ぶんしゅう」であり、「もんじゅう」は明治時代後半以降に誕生した読み方であることが解明された。よって本書は「ぶんしゅう」の読みに従う。

（2）太田晶二郎「白氏詩文の渡来について」『國文學　解釋と鑑賞』二一‐六（至文堂、一九五六年六月）
（3）神鷹徳治「那波道円元和4年（1618）刊　古活字版『白氏文集』」（『図書の譜　明治大学図書館紀要』第一〇号二〇〇六年三月）
（4）第六章「慧萼と蘇州南禅院本『白氏文集』の日本伝来――会昌四年識語を読み解く――」では、各地の寺院に納めた文集は、武宗の仏教弾圧で仏寺が毀たれる中で散逸し、中でも成立したばかりで流布範囲の広くなかった続後集五巻は、現存する第七一巻所収の作品を残して亡んだと考えられる。
（5）『修文殿御覧』である。
（6）陳捷「白氏文集の宋版諸本について」『白氏文集の本文』白居易研究講座　六（勉誠社、一九九五年一二月）
（7）今原和正「那波本――付四部叢刊本との校異――」『白氏文集の本文』白居易研究講座　六（勉誠社、一九九五年一二月）
（8）藤本幸夫『日本現存朝鮮本研究　集部』（京都大学学術出版会、二〇〇六年二月）および同氏「朝鮮刊本」（『白氏文集の本文』白居易研究講座　六（勉誠社、一九九五年一二月）所収）
（9）太田次男『旧鈔本を中心とする白氏文集本文の研究』下巻（勉誠社、一九九七年二月）
（10）金木利憲「藤原定家『奥入』所引の漢籍――『白氏文集』を中心として」『白居易研究年報』第十号（勉誠出版、二〇〇九年一二月）、改稿の上本書第二部第一章として収録。

第一部　『太平記』における『白氏文集』の引用と系統

第一章　先行研究整理

『太平記』・『白氏文集』はともに大きな作品であり、研究成果が蓄積されてきている。本章では『太平記』研究における『白氏文集』引用の研究と『太平記』諸本の系統についての研究、現在の『白氏文集』と日本文学との関わりの論点を確認し、本書の立ち位置を明らかにする。

一　『太平記』研究における『白氏文集』引用の考証

『太平記』と『白氏文集』のかかわりについての探求は、まず近世において注釈的な出典考究の中で始まった。具体的には、釈乾三の『太平記賢愚鈔』がそのはじめとなる。この書物は、識語と刊記によれば、天文一二年（一五四三）に成立し、慶長一二年（一六〇七）に古活字版の一本として刊行されている。成立から刊行まで実に五四年を経ている。

ここには、おおむね一〇〇種の漢籍が挙げられており、『白氏文集』もその一本である。いまその一条を挙げれば、

一生空ク　白氏文集曰一生遂向空床宿秋夜長夜長無睡眠天不明耿々残燈背壁影蕭々暗雨打窓声春日遅日遅独坐天難暮宮鶯百囀愁厭聞梁燕双棲老休妬鶯帰燕去情悄然春往秋来不記年唯向深宮望明月東西四五百迴円今日宮中年最老云々

というように作中に引用された詩の出典を示す。後の巻になると『太平記』の語句を見出しに掲げることは少なくなって、典拠のみを箇条書きのように羅列するようになる。増田欣《もとむ》氏の「もともとは釈乾三が架蔵の『太平記』の欄外や行間にほどこした書き入れをもとにして作成し、形式をじゅうぶんに整えないまま上梓したのではないかという印象が強い(1)」という指摘がこのことを酌んでいる。

次に挙げるべきは、世雄坊日性の『太平記鈔』である。賢愚鈔よりも項目が増え、指摘する漢籍も一百種を超える。その中から『白氏文集』を示す例を取り出せば、

一為君一日恩誤妾百年身　白氏文集第三ニ井底引銀瓶ト云所ニアル語ソ次句ニ云ク寄言癡小人家女愼而將身輕許人イツレモ是ハ女ノ身ノ一日ノ君恩ニヒカレテ一生空ク過シヌル事ヲ云タソ故ニ少キ女ナトハ輕シク人ニ吾身ヲ許スヘカラスト言ヲ寄タソ

一龍門原上ノ苔ニ埋　朗詠ニ龍門原上土埋骨不埋名云々　是ハ題元少尹集白楽カ作ナリ龍門ハ季寄云禹鑿通河水処広八十歩三秦記云龍門水懸船而行両旁有山亀魚倶集其下而不得上得上則為龍

となる。出典となる詩に加えその簡単な解釈および語句の解説を付していることが見て取れる。単に白詩を指摘するのみならず、例えば「龍門」に対して『三秦記』を引き、いわゆる登竜門の故事にこの語が現れることを指摘する。（この故事は『太平御覧』にも現れるが、これもまた『三秦記』を引いている）これは賢愚抄よりも一歩進んだ解説といえる。

明治時代以降において、近世の注釈的考究から踏み出し『白氏文集』の影響関係に新たな論を立てたのは、後藤丹治氏であった。氏の『太平記の研究』（河出書房、一九三八年八月）前編の「太平記原拠論」では、「久米博士説其他への再吟味と『白氏文集』(2)として「長恨歌」・「捕蝗」・「売炭翁」・「八駿図」の四作品を指摘する。続く釜田喜三郎氏、高橋貞一氏によって引用の指摘は増え、白氏詩文の影響がより広範囲にわたることがわかってきた。後藤氏・釜田氏は日本古典文学大系『太平記』全三冊(3)（岩波書店、一九六〇‐一九六二年）の校注者であり、その漢籍研究は頭注に反映されている。岩波大系の底本は通行本である。

これらの研究を承け、増田欣氏の『『太平記』の比較文学的研究』（角川書店、一九七六年三月）が現れる。本書は出典論における金字塔であり、現在に至る研究の方向性に大きく影響している。

増田氏は、それまで個々の出典について論じられていたところに比較文学の視点を導入した。すなわち、『太平記』を漢籍・故事の〈受容者〉と位置づけ、それに対する漢籍（史記・白氏文集）を〈発動者〉と位置づける。その上で〈受容者〉と〈発動者〉をつなぐ〈媒介者〉を想定し、〈受容者〉と〈発動者〉の関係を見据えている。そして、「〈受容者〉の研究」の下に「受容関係の把握」（故事・詩文引用の出典の探求）と「受容事項の研究」（『太平記』内部の表現において故事・詩文引用がどのように用いられているかの考究）を置く。つまり、典拠の探求と、それを用いた表現の考究とを明確に分けたのである。これは高橋貞一氏が「漢籍などでは直接にその典籍によつたか、或は間接によつたかも考慮すべきである。[4]」と述べた点をより進めたものである。

「〈受容者〉の研究」について増田氏は以下の四点を挙げた。

（1）中国の古典に典拠を有する語句や漢詩句の引用
（2）中国の古典にその事績の述べられている人物の名や事物の名目の修辞的引用
（3）中国の古典に叙述されている歴史的もしくは伝説的事象の修辞的引用
（4）中国の古典に叙述されている歴史的もしくは伝説的事象の説話的叙述

（（1）を語句の引用、（2）～（4）をまとめ、故事の引用としている）

このうち、本書の主眼である『白氏文集』引用の系統考察は、『太平記』研究の中から見れば〈発動者〉および〈媒介者〉の研究たる（1）に属する。〈媒介者〉について、氏は次の三つを想定した。

（1）作者が直接依拠した漢籍の本文系統
（2）作者がその漢籍を受容するのに際して用いた注
（3）作者がその漢籍を受容した際の訓法の系統

『太平記』の引く『白氏文集』テキストに限って言えば、増田氏はこの三つのうち（3）の観点から〈媒介者〉に迫ろうとした。第二章第三節「『白氏文集』の訓法と作者の学問系統」において、およそ八〇例にも及ぶ「新楽府」引用文の訓法を検討し、『太平記』作者がいかなる系統の本文によって引用しているのかを追求している。そしてそれは、旧鈔本の一本である神田本『白氏文集』（氏は神田本太平記との混同を防ぐため、藤原茂明筆本としている。）に近いものであったろうと結論する。それと同時に、『太平記』においては直接の引用（影響）関係をみとめるのが困難であり、その理由は〈媒介者〉、つまり受容にあたって想定される経路が多岐にわたっていることを述べている。

現在、『太平記』全巻に亙って『白氏文集』を含む漢籍引用を述べた最新の研究は、新編日本古典文学全集『太平記』全四冊[5]（小学館、一九九四‐一九九八年）の注である。頭注という限られたスペースでありながら丁寧に網羅しており、元となった詩句の指摘も的確である。本書は天正本に拠り、欠巻を教運本で補っている。

加えて、各論ではあるが柳瀬喜代志氏の「『長恨歌』『長恨歌伝』と「楊國忠之事」――『太平記』作者の嚢中の漢籍考――」正続[6]では、『太平記』最大の白詩引用である楊国忠之事を題材として、『太平記』の作者が参照した漢籍を考察している。

二　『太平記』諸本の研究

『太平記』における『白氏文集』引用研究は、『太平記』本文研究とも切り離すことができない。引用する白詩詩文は、テキストが属する系統によって引用全体の数が増減するからである。

『太平記』は、成立してから江戸時代初期に版本となるまでは写本として流通した。長坂成行氏の『伝存太平記写本総覧』（和泉書院、二〇〇八年九月）では系統不明な零本まで含めちょうど一〇〇本が紹介されている。本書は書誌まで含め、膨大な調査によってなっているが、その解題を読むだけでも『太平記』諸本のテキストは複雑に交雑していることが読み取れる。(7)一本一系統とすらいえる。

『太平記』諸本研究は、水戸藩の藩校、彰考館で編纂された『参考太平記』をそのはじめとする。ここでは今日の諸本研究上重要な、巻二十二の有無を元にした分類方法も示されている。

近代以降の研究も、巻二十二の有無を基準として展開されてきた。それは亀田純一郎氏、高橋貞一氏らの研究を経て、鈴木登美恵氏の研究によって長足の進歩を遂げた。

鈴木氏は、「玄玖本太平記解題」（『玄玖本太平記』五（勉誠社、一九七五年二月）所収）において、巻二十二の有無に加え巻の分割方法をも基準に取り込んだ分類を提唱した。以下はその引用である。

甲類本（三十九巻に分割してゐる本。則ち、巻第二十二を欠く四十巻本）

神田本系（神田本）

玄玖本系（玄玖本・松井本・真珠庵本）

南都本系（南都本・内閣文庫本・東教大本・相承院本・簗田本・正木本）

西源院本系（西源院本・織田本）

乙類本（甲類の巻第二十六・二十七の二巻に相当する部分を三巻に分割して、全体を四十巻に分割してゐる本）

毛利家本系（毛利家本）

前田家本系（前田家本）

吉川家本系（吉川家本）

米沢本系（米沢本）

梵舜本系（梵舜本・神宮文庫本・天理本）

流布本系（古活字本・整版本の類）

丙類本（甲類の巻第三十二相当部分を二巻に分割し、甲類の巻第三十五のうちから所謂〝北野通夜物語〟を別に一巻として巻第三十八に当て、更に甲類の巻第三十六・三十七の二巻を併せて一巻として、全体を四十巻に分割してゐる本）

天正本系（天正本・義輝本(8)・野尻本巻第三十以前）

丁類本（甲類の巻第十四から巻第十八までの五巻に相当する部分を七巻に分割して、全体を四十一巻に分割してゐる本。及び、甲類の巻第十四から巻第十八までを七巻に分割した上、甲類の巻第三十八・三十九・四十の三巻を四巻に分割して、全体を四十二巻に分割してゐる本）

京大本系（京大本・豪精本・釜田本巻第二十三以前）

今日、『太平記』諸本研究においては、鈴木氏の甲乙丙丁四分類法が最も広く行われており標準的な分類となっている。現在もっとも『太平記』の写本諸本の書誌を蒐めたカタログである『伝存太平記写本総覧』においては、鈴木氏の分類法を用いてこれを一層充実させている。『太平記』諸本を分類のどこに位置づけるかは今日もなお考察の対象となっており、長坂氏の分類も完全に固定したわけではない。研究の際には再度の確認が必要である。

三　『白氏文集』受容についての新視点

従来、日本文学における『白氏文集』は、引用される本文がいかなる系統、いかなる底本に基づくものかを解明すべく研究されてきた。

その基礎となるのが、『白氏文集』諸本の系統分類であった。この分野は、太平洋戦争後に諸家の秘笈が公開され、また混乱期にあって多くの良質な伝本が巷間に流出したことによって調査が容易になったため、急速に進展した。中でも一九五五年に大東急記念文庫の所蔵する金沢文庫旧蔵本が公開されたことは、大きな意味を持つ。現存する旧鈔本系テキストで最も巻数の多いこの本は、入唐僧慧蕚の元奥書を有する鎌倉時代写の確かな伝本であるからだ。巻三・四を中心に後代の補写が加わるものの、本書によってしか残っていない旧鈔本系の作品も数多いのである。

さて、戦後にあってこの分野に先鞭を付けたのは花房英樹博士であった。『白氏文集の批判的研究』（彙文堂、一九六〇年三月）第一部の伝本批判において、版本の中に「前後続集本」および「先詩後筆本」（本書では「前詩後文」としている）という異なる編成がある点に着目し、前後続集編成は旧態を遺すものであるとした。さらに旧鈔本諸本へと筆を進め、それは唐代における文集の旧を伝えるものだと論証した。

また花房氏は、現在白居易の作品を論じる際に欠かせない作品番号――いわゆる「花房番号」――の提唱者として特記される。前後続集・前詩後文の異なる編成を持つ『白氏文集』において、作品を特定することとその作品がどの本のどの巻に収められているかを特定することは調査の基本だが、全ての作品に番号を与え、主要な伝本のどこに収められるかを悉皆調査して一覧にしたことは、後に続くわれわれにとって非常にありがたい業績であった。

この作品番号による諸本対照一覧は神鷹徳治氏らによって更新され、いま最も完備したものは下定雅弘・神鷹徳治編『宮内庁所蔵　那波本白氏文集』全四冊（勉誠出版、二〇一二年二月）の第四冊末尾に付されたものである。旧鈔本系についての研究を更に推進したのは、太田次男氏であった。『旧鈔本を中心とする白氏文集本文の研究』全三冊（勉誠社、一九九七年二月）において、諸本を実見した上での厳密な校勘と分析を行っており、その方法論については同書下巻「古写本を覗く」に詳しい。氏の研究によって、旧鈔本研究の方法論と主要な現存作品はほぼ網羅されたと言ってよいであろう。

近年上梓された山田尚子氏の『中国故事受容論考　古代中世日本における継承と展開』（勉誠出版、二〇〇九年一〇月）は『白氏文集』を含む日本における漢籍受容について一石を投じるものであった。氏は序章で

古代から中世にかけての故事の様態に焦点を絞ると、『文選』や『白氏文集』等、当時の日本人が自らの漢詩文作成のために参考としてきた漢籍の表現、及び、それに拠って製作された日本の漢詩文の表現と密接に関わるものであり、従って、当時の漢詩文のあり方全体を見据える必要が生ずる。その際、日本人が漢詩文製作のために中国から受容し、用いてきたさまざまな表現についても、故事の場合と同様に、日本において独自の漢語表現が醸成されていく、その過程を想定しなければならない。

と述べている。「日本人が自らの漢詩文作成のために参考としてきた漢籍の表現」とは先の増田氏の定義する〈媒介

者〉にあたり、〈受容者〉たる日本人の表現は、〈発動者〉たる漢籍の中国とは異なる、日本独自の解釈をもって表現されるので、〈媒介者〉のプロセスを重視すべきであるとの指摘である。〈媒介者〉は多様になることから、従来日本文学・中国文学では、その重要性は認識されつつもなかなか踏み込むことができない領域であった。山田氏は日本人の中国故事の表現を論究するにあたって、そこに「新味と継承」――従来の漢籍解釈を踏まえた国風化のプロセスである――という論理を導入した。それは第八章の和漢朗詠集の故事表現研究において遺憾なく発揮され、同作品集で日本人が自作に詠み込んだ中国故事の典拠と、『白氏文集』において白氏が自作の典拠として用いた故事は同一のものが多いと指摘する。これは、日本人の漢籍受容に白氏が従来考えられているよりも深く関わっているということであり、今後重要になってくる視点であろう。

注

（1）増田欣『『太平記』の比較文学的研究』（角川書店、一九七六年三月）二九ページ
（2）久米邦武「太平記は史学に益なし」『史学雑誌』第一七・一八・二〇・二一・二二号（史学会、一八九一年四・五月、七 - 九月）に対する論駁である。
（3）後藤丹治、釜田喜三郎、岡見正雄校注『太平記』全三冊、日本古典文学大系三四 - 三六（岩波書店、一九六〇年一月 - 一九六二年一〇月）
（4）『太平記諸本の研究』（思文閣、一九八〇年四月）第六章太平記の出典
（5）長谷川端校注・訳『太平記』全四冊　新編日本古典文学全集五四 - 五七（小学館、一九九四年九月 - 一九九八年六月）
（6）『『長恨歌』『長恨歌伝』と「楊國忠之事」――『太平記』作者の嚢中の漢籍考――』正続（『早稲田大学教育学部学術研究（国語・国文学編）』三九号、一九九〇年一二月、続は同誌四〇号、一九九一年一二月）
（7）神田孝平旧蔵本に見られる切継補入が、最もわかりやすい形でこれを示している。これは古態本テキストに天正本系テ

キストを切り継いで挿入している。

（8）　蔵書印から、長く義輝本と呼ばれてきたが、小秋元段氏の「国文学研究資料館蔵『太平記』および関連書マイクロ資料書誌解題稿」『調査研究報告』二六（国文学研究資料館、二〇〇五年）および「国文学研究資料館所蔵資料を利用した諸本研究のあり方と課題——『太平記』を例として（第二回　調査研究シンポジウム報告）」『調査研究報告』二七（国文学研究資料館、二〇〇六年）によって印文は「教運」と読むべきであると訂正され、現在は教運本と称している。

第二章　『太平記』所引『白氏文集』本文の系統

一　用例採集の方針と凡例、校勘資料

本章では付表の「太平記諸本校異一覧表」（二〇五ページ以降に収録）に基づいて、『太平記』が引く『白氏文集』本文の各用例についての考察をしていく。

「太平記諸本校異一覧表」は、『太平記』中の白詩引用例と考えられる一三四箇所につき、

①　完本、あるいはそれに近い室町写本であること

②　『太平記』諸本のうち甲・乙・丙の系統を網羅できること（丁類は後出本文であることから、煩を避けるため割愛した。また参考のため江戸刊本を加えた）

③　公刊された影印や、公開されたマイクロフィルム・紙焼き・電子媒体で、特別の許可なく閲覧可能なテキスト

であること

を条件に一二本を抽出し、悉皆調査を行って引用例を一覧できるように整理した表である。配列は太平記の巻数順とし、用例番号を振って登場する章段名を付した。また、『白氏文集』との比較のため、引用元となった白詩の題名・那波本の巻数と花房番号[1]を示している。

考察中に引く『太平記』および『白氏文集』の本文は基本的に以下の方針によった。

・表記は常用漢字による。
・合略仮名（ヿ《コト》など）は通常の仮名に開いた。
・各項目見出しの『白氏文集』本文は那波本で代表させた。他テキストとの異同がある場合は考察内で述べることとする。
・『太平記』本文については、各本の記述が大きく異ならない場合は玄玖本で代表させた。必要ある場合は随時他書を示す。
・第二節「各用例の校異・典拠および考察」の項目番号は「太平記諸本校異一覧表」の用例番号と対応している。
・「神田本」は『白氏文集』、『太平記』それぞれに同名の本がある。混同を防ぐため、本論においては『白氏文集』を「神田本」あるいは「神田」、『太平記』を「神田孝平旧蔵本」あるいは「神田孝平」とした。
・用例採集にあたっては句の長短にかかわらず、『白氏文集』が典拠とできるものを網羅する方針とした。ただし巻25「地蔵替命之事」（玄玖本の場合）の「異香」もしくは「馨香」など、『白氏文集』にも仏典はじめ他の作品にも用例がある場合は、典拠が確定できないので採らなかった。

校勘に使用した資料は以下の通りである。

太平記

甲類本

・玄玖本（影印）：前田育徳会尊経閣文庫『玄玖本　太平記』全五冊（勉誠社、一九七五年二月）一五五四年写？　略称「玄玖」

・神宮徴古館本（マイクロフィルム・紙焼）：国文学研究資料館蔵、フィルム62-5-1、紙焼E1996　一五六〇年写　略称「神宮」

・神田孝平旧蔵本（影印・翻刻）影印：『神田本　太平記』全二冊（汲古書院、一九七二年一〇月）、翻刻：『太平記　神田本』（国書刊行会、一九〇七年一二月）室町中期写　略称「神田孝平」

・西源院本（影印・翻刻）影印：黒田彰・岡田美穂編『西源院本　太平記』全三冊（軍記物語研究叢書・未刊軍記物語資料集）（クレス出版、二〇〇五年九月）、翻刻：鷲尾順敬校訂『太平記　西源院本』（刀江書院、一九三六年六月）一五二一～五四頃写？　略称「西源」

・南都本（マイクロフィルム・紙焼）：国文学研究資料館蔵、フィルム32-11-1、紙焼E612　書写年代不明　略称「南都」

乙類本

・梵舜本（影印）：古典文庫『太平記　梵舜本』全九冊（古典文庫、一九六七年一月）一五八六年写　略称「梵舜」

・今川家本（陽明文庫蔵本）（マイクロフィルム・紙焼）：国文学研究資料館蔵、フィルム55-168-2-1、紙焼E2991　一五〇五年　略称「今川」

・米沢本（マイクロフィルム・紙焼）：国文学研究資料館蔵、フィルム27-14-1、紙焼E1128　書写年代不明　略称「米沢」

・毛利家本（マイクロフィルム・紙焼）：国文学研究資料館蔵、フィルム32-8-1、紙焼E611　一六〇三年以前写　略称「毛利」

丙類本（以下二本を総称して「天正本系」ということがある）

・天正本（マイクロフィルム・紙焼）：国文学研究資料館蔵、フィルム32-13-2、紙焼E1436　一五九二年写　略称「天正」

・教運本（旧称：義輝本）（影印）：高橋貞一編『義輝本　太平記』全五冊（勉誠社、一九八一年二月）書写年代不明　略称「教運」

通行版本

・版本　寛文四年刊本の後印本　略称「版本」

白氏文集

刊本系

・那波本（影印）：下定雅弘・神鷹徳治『宮内庁所蔵　那波本　白氏文集』（勉誠出版、二〇一二年二月）。影印底本は元和四年那波道円刊、古活字版、七一巻、宮内庁蔵。略称「那波」

・紹興本（影印）：『白氏文集』中華再造善本（北京図書館出版、二〇〇三年一二月）。影印底本は宋・紹興年間（一一三一－一一六二）刊本、七一巻、中国国家図書館蔵。略称「紹興」

・馬元調本（明治大学図書館蔵：万暦三四年（一六〇六）序刊本、七一巻）略称「馬本」

・汪立名本（明治大学図書館蔵：『白香山詩長慶集』汪氏一隅草堂、康熙四二年（一七〇三）序刊本、二〇巻）略称「汪本」

・文苑英華（影印）：『文苑英華』（華聯出版社、一九六七年五月）影印底本は明・隆慶元年（一五六七）刊本。略称「英華」

・朝鮮整版本（大阪府立中之島図書館蔵）略称「朝鮮整版」

旧鈔本系

・金沢文庫本（影印）：川瀬一馬監修『白氏文集　金沢文庫本』全四冊（大東急記念文庫、一九八三年一〇月～一九八四年六月）。影印底本は寛喜三年（一二三一）豊原奉重等写本、大東急記念文庫蔵。略称「金沢」

・神田本（影印）：太田次男・小林芳規『神田本白氏文集の研究』（勉誠社、一九八二年二月）。影印底本は嘉承二年（一一〇七）写本、現在は京都国立博物館寄託。略称「神田」

・管見抄（紙焼）：国立公文書館蔵　永仁三年（一二九五）写本　略称「管見」

・正安本（影印）：『長恨歌　正宗敦夫文庫本』ノートルダム清心女子大学古典叢書（ノートルダム清心女子大学・福武書店、一九八一年一〇月）。影印底本は正安二年（一三〇〇）写の長恨歌伝・長恨歌のみの写本。略称「正安」

・上野本（平岡校本）：平岡武夫・今井清校定『白氏文集』全三冊（京都大学人文科学研究所、一九七一年三月）校勘を参照。底本は建保四年（一二一六）写、巻四のみの写本、上野精一氏旧蔵。略称「上野」

・東洋文庫本（平岡校本）：同右。底本は鎌倉初期写嘉吉三年（一四四三）移点の巻四のみの写本、東洋文庫蔵。略称「東洋」
・猿投本（平岡校本）：同右。底本は観応三年（一三五二）写、巻三のみの写本。略称「猿投」
・時賢本（平岡校本）：同右。底本は元亨四年（一三二四）藤原時賢写、巻三のみの写本、宮内庁書陵部蔵。略称「時賢」
・高野本（平岡校本）：同右。底本は鎌倉時代写本、高野山三宝院蔵。略称「高野」
・要文抄本（平岡校本）：上野本に同じ。底本は『白氏文集要文抄』、建長元－文永一一年（一二四九－一二七四）宗性写、東大寺聖語蔵分蔵。略称「要文」

単行本系

・歌行詩本（影印）：長澤規矩也編『和刻本漢詩集成　唐詩』第十輯（汲古書院、一九七四年一一月）。影印底本は元和末刊の三巻本。略称「歌行」
・白氏諷諫（影印）：中華書局上海編集所編集『白氏諷諫』（中華書局、一九五八年一二月）。影印底本は武進費氏の覆宋本。略称「諷諫」
・奥田松菴本（影印）：長澤規矩也編『和刻本漢詩集成　唐詩』第十輯（汲古書院、一九七四年一一月）。影印底本は慶安三年片山舎正刊本。略称「奥田」

平岡校本について：上野本・東洋文庫本・猿投本・時賢本・要文抄本・高野本についての校勘は、平岡武夫・今井清校定『白氏文集』全三冊（京都大学人文科学研究所、一九七一年三月）を用いた。

太田次男・小林芳規『神田本白氏文集の研究』（勉誠社、一九八二年二月）は、新楽府について詳細な校勘記を付している。適宜参照したことを記しておく。

二　各用例の校異・典拠および『太平記』中の位置

1　巻一　関所停止事付施行事

田服ノ外百里ノ間空ク赤土ノミ有テ青苗ナシ餓莩岐ニ満テ飢人地ニ倒ル此年銭三百ヲ以テ粟一斗ヲ買フ

雨飛蠶食千里間、不見青苗空赤土。（中略）是時粟斗銭三百、蝗蟲之価与粟同

（雨飛蠶食す千里の間、青苗を見ず空しく赤土あり。（中略）是の時粟は斗ごとに銭三百、蝗蟲の価は粟と同じ）

旧鈔本系、「是」を「此」に作る。

新楽府「捕蝗」をほぼそのまま引用する。各本大きな異同はなく、原詩の異同もない。原詩は飛蝗による飢饉を描くが、その箇所は省略し、飢饉の記述のみを取り込んでいる。

2　巻一　立后事

金鶏障ノ下ニ冊レテ

梨花園中冊作妃、金雞障下養為児

（梨花園中冊して妃と作し、金雞障の下養って児と為す）

新楽府「胡旋女」より。『新撰朗詠集』伎女に引かれる句。各本大きな異同はなく、原詩の異同もない。原詩では安禄山が養子になる設定だが、ここでは下にも置かず扱われたことを示す記述。

3　巻一　立后事

一生空ク玉顔ニ近カセ給ハス深宮ノ内ニ悶テ春ノ日ノ難レ暮レコトヲ歎キ秋夜ノ長恨ミニ沈マセ給フ金屋ニ人無シテ耿々タル残ノ灯ノ壁ニ背ケル影薫籠ニ香消テ蕭々タル暗雨ノ窓ヲ打ツ声

一生遂向空房宿。秋夜長、夜長無寐天不明、耿耿残燈背壁影、蕭蕭暗雨打窓声。春日遅、日遅独坐天難暮

（一生遂に空房に向かいて宿す。秋の夜長し、夜長くして寐る無く天明けず、耿耿たる残《のこ》んの燈の壁に背けたる影、蕭蕭たる暗き雨の窓を打つ声。春の日遅し、日遅くして独り坐すれば天暮れ難し）

新楽府「上陽白髪人」の引用。梵舜・神田孝平・神宮・天正・毛利「皓皓」、西源・教運・版本・今川「皎皎」、玄玖・米沢「耿耿」。原詩は「耿耿」、諸本間異同なし。『太平記』諸本の文字の異同は「コウコウ」の読みにひかれたものであろう。原詩の意をくみ帝の寵愛薄いさまを描く。『和漢朗詠集』秋夜に引かれる句。

4　巻一　三位殿御局事

人生レテ莫レ㆑作㆓婦人ノ身ト㆒百年ノ苦楽ハ由㆓他人ニ㆒

人生莫作婦人身、百年苦楽由他人

（人生まれて婦人の身と作《な》るなかれ、百年の苦楽は他人に由る）

新楽府「大行路」の引用。諸本「勿」、玄玖「莫」。原詩は「莫」、諸本間異同なし。駆け落ち同然に家を飛び出し

た女がその後転落し、自らの軽率さを後悔して放った言葉。ここでは寵愛薄く思う様にならない現状を嘆いての言葉である。

5　巻一　三位殿御局事

三千ノ寵愛一身ニ在リシカハ六宮ノ粉黛モ顔色無カ如シナリ

廻眸一笑百媚生、六宮粉黛無顔色。後宮佳麗三千人、三千寵愛在一身

（眸を廻らせて一たび笑めば百の媚生る、六宮の粉黛は顔色無し。後宮の佳麗は三千人、三千の寵愛は一身に在り）

「長恨歌」の引用。楊貴妃の寵愛に三位殿の寵愛ぶり重ねて描く。後宮の女性を「三千」と総称する記述は『太平記』に頻出する。

6　巻一　三位殿御局事

都テ三夫人九嬪廿七ノ世婦八十一ノ御妻及ヒ後宮ノ美人楽府ノ妓女

三夫人九嬪二十七世婦八十一御妻曁後宮才人楽府妓女

（三夫人、九嬪、二十七の世婦、八十一の御妻、曁《およ》び後宮の才人、楽府の妓女）

「長恨歌伝」の引用。『太平記』諸本では「曁」を「及」に作るものが多いがともに訓は「オヨヒ」であり理解には問題ない。原詩では宮中の数多くの美女たちも帝の意を惹けないさまを述べる。ここでも同様の使われ方である。今川・米沢・天正・教運「楽府ノ妓女」を欠く。

7　巻一　三位殿御局事

花ノ下ノ春ノ遊ヒ月ノ前ノ秋ノ宴駕スレハ輦ヲ共ニシ幸スル寸ハ席ヲ専ニシ給フ是ヨリ君主朝政為シ給ハス（忽ニ准后ノ宣旨ヲ被レレ下シカハ人皆皇后元妃ノ思ヲ生リ）乍見ル光彩ノ始テ門戸ニ成ルコトヲ此時天下ノ人男ヲ生ムコトヲ軽ンシテ女ヲ生コトヲ重フセリ

春宵苦短日高起、従此君王不早朝。承歓侍宴無閑暇、春従春遊夜専夜。後宮佳麗三千人、三千寵愛在一身。金屋粧成嬌侍夜、玉楼宴罷酔和春。姉妹弟兄皆列土、可憐光彩生門戸。遂令天下父母心、不重生男重生女（「長恨歌」）

（春宵は苦《いと》短くして日高《た》けて起く、此れ従り君王早朝したまわず。歓を承け宴に侍りて閑暇無く、春は春の遊びに従い夜は夜を専らにす。後宮の佳麗は三千人、三千の寵愛は一身に在り。金屋に粧成りて嬌《あでや》かに夜に侍す、玉楼宴罷んで酔うて春に和す。姉妹弟兄皆土を列ね、憐むべし光彩の門戸に生るるを。遂に天下の父母の心をして、男を生むを重んぜずして女を生むを重んぜしむ）（「長恨歌」）

上行同輦、止同室、宴専席、寝専房（「長恨歌伝」：金沢本）

（上と行くに輦を同じうし、止まれば室を同じうし、宴すれば席を専にし、寝れば房を専にす）（「長恨歌伝」）

「長恨歌」および「長恨歌伝」の引用。

「長恨歌」原詩では旧鈔本系（金沢・正安・管見）「漢宮」に作る。

「長恨歌伝」原詩では刊本系（紹興・馬本・汪本・那波本・朝鮮整版）が「上行同室」、旧鈔本系（金沢・正安・管見）刊本系の一部（英華・広記）単行本系（歌行）「上行同輦、止同室」に作る。『太平記』は「駕スレハ輦ヲ共ニシ」の記述があるので旧鈔本系からの影響が見られる。享楽にふけり安史の乱を招いた玄宗と後醍醐天皇を重ね、戦乱の時代の幕開けを暗示する。

8　巻一　無礼講事

雪ノ膚透キ徹ツテ宛カモ大掖ノ芙蓉ノ新ニ水ヲ出シタルニ異ナラス

太液芙蓉未央柳

（太液の芙蓉未央の柳）

「長恨歌」を踏まえる。梵舜・西源・教運「太掖」、神田孝平・玄玖・版本「大掖」、神宮・天正「大液」、今川・毛利「太液」、米沢「大棭」。原詩は「太液」、諸本間異同なし。原詩は楊貴妃の容姿の比喩であり、『太平記』においてはその表現を引用して美しい女性の顔を「太液の芙蓉」と形容。

9　巻二　南都北嶺行幸事付講堂供養事

一人出サセ給フ事容易カラ子ハ

一人出兮不容易、六宮従兮百司備

（一人出づること容易《たやす》からず、六宮従い百司備わる）

新楽府「驪宮高」。『太平記』諸本「一人出給フ事」の類似表現、西源「一人ノ御幸」。諸本の本文がより原詩に近い。原詩は諸本異同なし。

10　巻二　俊基朝臣死罪之事付北方之事

況ヤ連理ノ契リ不浅シテ

在天願作比翼鳥、在地願為連理枝
（天に在りては願わくは比翼の鳥と作《な》り、地に在りては願わくは連理の枝と為《な》らん）
「長恨歌」の比翼連理のくだりを踏まえる。

11　巻三　笠置城没落事
三日マテ食ヲ断ケレハ
身上衣裳口中食
（身上の衣裳口中の食）
新楽府「売炭翁」を踏まえる。米沢にはナシ。原詩諸本異同なし。

12　巻四　笠置囚人死罪流刑事
堂下ノ立部袖ヲ飜シ梨園ノ弟子曲ヲ奏セシム繁絃急管何レモ金玉ノ声玲瓏タリ
太常部伎有等級、堂上者坐堂下立。堂上坐部笙歌清、堂下立部鼓笛鳴
（太常の部伎は等級有り、堂上の者は坐し堂下は立つ。堂上の坐部は笙歌清く、堂下立部は鼓笛鳴る）
新楽府「立部伎」。諸本「堂下ノ立部」、今川「堂上ノ上達部」。今川は堂上と堂下の立場が全く逆になってしまっている。原詩に従えば堂上は坐部であり、踊りを意味する「袖を飜す」という表現には合わない。
原詩、奥田のみ「堂上者坐堂下者立」に作る。
「梨園ノ弟子」は白詩には「長恨歌」をはじめ複数登場し、語句の影響が指摘できるが、いずれの作品を出典とす

べきか定かではない。

13　巻四　笠置囚人死罪流刑事

間関タル鶯ノ語ハ花ノ下ニ滑ニ幽咽セル泉ノ流ハ氷リノ底ニ難敵怨清和節ニ随ツテ移ル四絃一声帛ヲ裂クカ如クニシテ抹テハ又挑返ヘス

軽攏慢撚抹復挑。（中略）間関鶯語花底滑、幽咽泉流氷下難。（中略）四絃一声如裂帛

（軽く攏《はら》い慢《ゆる》く撚《ひね》り抹《かい》ては復《ま》た挑《かいか》えす。（中略）間関たる鶯語は花底に滑らかに、幽咽せる泉流は氷下に難《なや》めり。（中略）四絃一声帛を裂くが如し）

「琵琶行」を引く。『太平記』は原詩の句順を入れ替えている。『新撰朗詠集』管絃に引かれる句。大きな異同は三か所。

①諸本「間関」、西源「絃関」、教運・天正「睍関」。原詩は「間関」、諸本間異同なし。

②梵舜・玄玖・西源・教運・神宮・毛利「氷」、版本・天正・今川・米沢「水」。原詩は旧鈔本系（金沢・管見）および刊本系の一部（紹興・英華・那波・朝鮮整版）「氷」、時代が下る刊本系（馬本・汪本）及び単行本系（歌行）「水」。『太平記』は旧鈔本に近い文字と刊本系に近い文字がともに現れている。

③梵舜「抹復挑」に作る一節、諸本一致しない。原詩はいずれも「抹復挑」に作る。また金沢は「カイテマタカイカヘス」の訓を付す。

14　巻四　笠置囚人死罪流刑事

為ニ君カ一日ノ恩ノ誤ルトハ二妾ガ百年ノ身ヲ一

為君一日恩、悞妾百年身

（君が一日の恩の為に、妾が百年の身を悞る）

新楽府「井底引銀瓶」。各本大きな異同はない。原詩、各本「誤」、紹興・那波本「悞」に作る。原詩は一日の愛に身を任せ駆け落ち同然に家を出た女が、男に振られ家にも戻れずという立場になって軽率な行いをしたことを後悔して言った言葉。『太平記』では「一日の恩愛のために人生が狂ってしまった」という、表面的な内容のみ採る。

15　巻四　笠置囚人死罪流刑事

龍門原上ノ苔ニ埋モルトモ

龍門原上土、埋骨不埋名

（龍門原上の土、骨埋もれども名は埋もれず）

「題故元少尹集後之二」による。『太平記』では「不埋名」は引かず、単に墓に埋められることを言っている。『太平記』、神宮「原上の苔に」とする。他の諸本、表記揺れ以外の異同なし。原詩、異同なし。

16　巻四　笠置囚人死罪流刑事

瘴海ノ気冷ク

毎因毒暑悲新故、多在炎方瘴海中

（毒暑に因りて毎に悲み新故たり、炎方は多く瘴海中に在り）

「夏日与閑禅師林下避暑詩」による。夏の暑さの厳しさを言う。直後の「漁歌牧笛」は、「琵琶行」の「豈無山歌与村笛」の影響を受けるか。西源にはナシ。『和漢朗詠集』文詞に引かれる句。

17　巻四　元朝俊明極渡朝事（天正本系のみの異文）
彼上陽人ノ宮モカクヤト思召出ラレテ永日殊ニ暮シ難シ（天正本）
秋夜長（中略）日遅独坐天難暮
（秋の夜長し（中略）日遅くして独り坐すれば天暮れ難し）
新楽府「上陽白髪人」を前提としている。天正本系の独自異文。不如意な後醍醐帝の状況をたとえている。『和漢朗詠集』秋夜に引かれる句。

18　巻四　元朝俊明極渡朝事（元玖本ナシ）
外都ノ卑湿ニ遷居有シ事（天正本）
潯陽地僻無音楽、終歳不聞絲竹声。住近湓江地低湿、黄蘆苦竹繞宅生
（潯陽は地僻にして音楽無く、終歳絲竹の声を聞かず。住は湓江に近ければ地は低湿、黄蘆苦竹宅を繞《めぐ》りて生う）
「琵琶行」を踏まえていると考えられる。白居易は長安を遠く離れた遷謫の地を「潯陽地僻無音楽、終歳不聞絲竹声。住近湓江地低湿、黄蘆苦竹繞宅生。」と表現した。後醍醐天皇は原詩の如く川の近くに逃れたわけではないが、「卑湿」の語によって、自らの意によらずして都を離れ僻遠の地に赴くことになった白居易の境遇と後醍醐天皇の境遇とを重ね合わせている。梵舜・米沢・毛利・天正・教運のみの異文。

19　巻四　呉越師之事

梟松桂ノ枝ニ鳴キ狐蘭菊ノ叢ニ蔵ル

梟鳴松桂枝、狐蔵蘭菊叢

（梟松桂の枝に鳴き、狐蘭菊の叢に蔵《かく》る）

「凶宅詩」より。荒廃した屋敷の描写である。『源氏物語』蓬生巻でもこの詩を引き荒れた屋敷を描写する。天正本系にはナシ。

20　巻四　呉越師之事

払フ人ナキ閑庭ニ落葉満テ蕭々タリ

宮葉満階紅不掃

（宮葉階に満ちて紅掃わず）

「長恨歌」より。『新撰朗詠集』前栽に引かれる句。19に直接接続するフレーズで、ともに屋敷が荒廃した様子を表す。『太平記』、玄玖・西源・梵舜・今川・毛利・版本「払」、神宮・米沢「掃」に作る。同音同義の字であり、『太平記』内での読みも「ハラ（フ）」で一致することから解釈の問題は生じないと考える。また、『太平記』諸本は「宮葉」で一致する。諸本原詩、旧鈔本系（金沢・正安・管見）刊本系の一部（英華）単行本系の一部（要文）「宮葉」を「落葉」に作る。『太平記』の表記は旧鈔本に近い。毛利はマイクロフィルムの落丁により一部未調査。天正・教運にはナシ。

21　巻四　呉越師之事

鬢ヲロソカニシテ膚ヘ消ヘタル御形

青糸髪落叢鬢疎、紅玉膚銷系裙縵

（青糸の髪落ちて叢鬢疎らに、紅玉の膚銷《き》えて系裙縵《ゆる》し）

新楽府「陵園妾」の引用。原詩各本「髪」に作る。また、「叢鬢」は旧鈔本系（神田・上野・東洋・猿投・管見）単行本系（諷諫・奥田）では「抜鬢」に作る。美女が憔悴する描写。以下、西施についての描写は「長恨歌」を踏まえている。傾国の美女という点で、西施と楊貴妃は共通する。西源にはナシ。毛利、未調査。

22　巻四　呉越師之事

梨花一枝春ノ雨

梨花一枝春帯雨

（梨花一枝春雨を帯ぶ）

「長恨歌」による。『新撰朗詠集』伎女に引かれる句。美女の涙の例え。毛利、未調査。

23　巻四　呉越師之事

粧成テ一ヒ笑ハ百ノ媚君カ眼ヲ迷テ

廻眸一笑百媚生

（眸を廻らせて一たび笑めば百の媚生る）

「長恨歌」による。

24　巻四　呉越師之事
一ヒ宮中ニ入ツテ君王ノ傍ニ侍シヨリ
一朝選在君王側
（一朝選ばれて君王の側らに在り）
「長恨歌」による。

25　巻六　三位殿御夢相事
三千ノ宮女御涙ヲ滴デヽ面々ニ臥沈ミ給フ
「長恨歌」の「後宮佳麗三千人、三千寵愛在一身」を踏まえる。原詩の校異は5を参照のこと。

26　巻六　三位殿御夢相事
青絲ノ鬢面ヲロソカニシテ何ツノ間ニカハ老ハ来リヌラント恠レ紅玉ノ膚消テ今日ヲ限ノ命共ガナト歎シ疎ニ思沈マセ給ケル
青糸髪落叢鬢疎、紅玉膚銷系裙縵
（青糸の髪落ちて叢鬢疎らに、紅玉の膚銷えて系裙縵し）
新楽府「陵園妾」の引用。諸本「青絲髪」、玄玖「青絲ノ鬢面」。玄玖は「ビンヅラ」の読みにひかれたものであろう。原詩各本「青絲髪」に作る。また、「叢鬢」は旧鈔本系（神田・上野・東洋・猿投・管見）単行本系（諷諫・奥田）では「抜鬢」に作る。憔悴する三位殿をいう。

27　巻六　楠望見未来記之事

百王治天ノ安危ヲ勘テ

四海安危居掌内、百王治乱懸心中

（四海の安危は掌内に居り、百王の治乱は心中に懸く）

新楽府「百錬鏡」を踏まえる。原詩の二句を併せて一つにしている。『太平記』、西源「日本一州ノ安危ヲ鑑テ」に作る。西源以外は直後に「日本一州ノ未来記」と続く。よって、西源は半句ずつを取り合わせた表現となっているといえる。『和漢朗詠集』帝王に引かれる句。

28　巻六　赤坂城合戦之事付人見本間抜懸之事

骨ハ化シテ黄壌一堆ノ下ニ朽ヌレト

黄壌詎知我

（黄壌詎《なん》ぞ我を知らんや）

「題故元少尹集後二首」の一を踏まえる。また、「骨」の語は同詩の2に「龍門原上土、埋骨不埋名」として現れる。死して名を残すことを説明するのに用いられている。『和漢朗詠集』懐旧に引かれる句。

29　巻九　久我縄手合戦事付足利殿丹州下向事

大行ノ路能ク車ヲ摧ク若人ノ心ニ比ブレバ是夷ナル途ナリ巫峡ノ水能舟ヲ覆ス若人ノ心ニ比ブレバ是安キ流ナリ人ノ心ノ好悪太タ不レ常トハ云ナカラ

太行之路能摧車、若比人心是坦途。巫峡之水能覆舟、若比人心是安流。人心好悪苦不常

（太行の路は能く車を摧《くだ》く、若し人の心に比せば是れ坦途なり。巫峡の水は能く舟を覆す、若し人の心に比せば是れ安流なり。人の心の好悪苦《はなは》だ常ならず）

新楽府「大行路」の引用。新撰朗詠集・述懐に引かれる句。梵舜・神田・教運・天正・米沢・毛利「夷路」、西源「平路」、玄玖・版本・神宮・南都・今川「夷途」。原詩は旧鈔本系（神田・時賢・高野・猿投・管見）「夷途」、刊本系（紹興・馬本・汪本・英華・那波）単行本系の一部（諷諫・奥田）「坦途」。読み仮名の振られているものには「タヒラカナルミチ」とあるものが多いことから、訓読に影響されて文字が変わったと考えられる。増田氏に指摘あり（一一七ページ参照）。『太平記』の多くが「夷」に作り、また「坦」に作る例はないことから、旧鈔本系の影響が認められる。

30　巻九　六波羅要害事

彼ノ雲南万里ノ軍戸ニ三丁アレハ一丁ヲ抽ト云ヘリ

無何天宝大徴兵、戸有三丁点一丁。点得駆将何処去、五月万里雲南行

（何《いく》くも無く天宝大いに兵を徴し、戸に三丁有れば一丁を点ず。点し得て駆り将《も》て何処にか去る、五月万里雲南に行く）

新楽府「新豊折臂翁」の引用。『太平記』諸本「雲南万里」、天正・教運のみ「温南万里」に作る。原詩、刊本系・単行本系各本「点一丁」とするを旧鈔本系（神田・高野・猿投・時賢）「抽一丁」に作る。『太平記』、「一丁ヲ抽」と作

り、旧鈔本に近い。

31　巻九　六波羅要害事

昆明池ノ春ノ水ニ日ヲ沈メテ渕淪タルニ異ナラス

昆明春（中略）波沈西日紅奫淪

（昆明の春（中略）波は西日を沈めて紅奫淪《いんりん》たり）

新楽府「昆明春水満」より。鴨川沿いに作った堀の様子を形容する。

『太平記』、玄玖・神宮・神田孝平・毛利「渕淪」、西源「渕綸」、南都・梵舜・版本「奫淪」、今川「漂淪」、天正・教運「淪々」に作る。原詩は「奫淪」で諸本異同はない。『太平記』諸本は「奫」を「淵」にひかれてエンと読み、それによって表記が変化したと考えられる。『新撰朗詠集』水に引かれる句。

32　巻九　六波羅要害事

城塩州ノ受降城モ角ヤト覚テ

新楽府「城塩州」を踏まえる。六波羅要害の堅固さを、「城塩州」でうたわれる受降城の堅固さに例えている。直接の本文引用ではなく、読者が原詩を知っていることが前提の表現である。

33　巻一〇　三浦大多和源氏合体之事

自ラ疵ヲ吸ヒ血ヲ含テ

含血吮瘡撫戦士
（血を含み瘡を吮《す》って戦士を撫しかば）
新楽府「七徳舞」玄玖・梵舜・教運・版本・南都「疵吸血含」（原詩と疵吸・血含の順番が逆転）、西源「血吸含疵」（原詩と含・吸の位置が逆転）。原詩、諸本異同なし。長崎入道円喜が子の二郎高重を労ったのを、麾下の戦士を重んじた太宗と重ねる。

34　巻一〇　鎌倉合戦事

霓裳一曲ノ調ヘノ中ニ鼙鼓地ヲ動テ来リ
漁陽鼙鼓動地来、驚破霓裳羽衣曲
（漁陽の鼙鼓地を動かして来る、驚破す霓裳羽衣の曲）
「長恨歌」より引用。諸本「声」に作るところを玄玖「調へ」に作るが、原詩にはない箇所である。新田勢が総攻撃に出たさまを安禄山の乱の始まりになぞらえ、大きな戦の始まりとそれによる鎌倉方の滅亡の語り始めとする。

35　巻一〇　金澤貞将討死之事

棄テ㆓我カ百稔ノ命ヲ㆒報ス㆓公カ一日ノ恩ニ㆒
為君一日恩、悞妾百年身
（君が一日《いちじつ》の恩の為に、妾が百年の身を悞る）
新楽府「井底引銀瓶」を踏まえた表現。諸本「公」に作るところを神田孝平本「君」に作る。「キミ」の訓に引かれたものだろうか。この箇所、原詩は「君」。他、『太平記』における「棄・弃」「年・稔」の表記は異体字の関係。原詩の校異は13参照。

原詩は後悔の念の独白だが、ここは「一日ノ恩ニ報ス」と改変することによって金沢武蔵守の心情を表す言となっている。

36　巻一一　先帝御入洛事付筑紫合戦之事

是只君ノ聖文神祇ノ徳ニ依スハ

豈徒耀神武、豈徒誇聖文

（豈に徒だ神武を耀かすのみならんや、豈に徒に聖文を誇るのみならんや）

新楽府「七徳舞」の引用。『太平記』諸本「神武」に作るところを玄玖「神祇」、神宮「神」に作る。原詩では「神武」、諸本異同なし。原詩には「耀」を高・真「輝」に作る差があるが『太平記』には登場しない。後醍醐天皇の徳をたたえる表現。

37　巻一一　先帝御入洛事付筑紫合戦之事

行路ノ難キ詩ニ不〻在山兮不〻在水唯人ノ情ノ反覆ノ間ニ在リ

行路難、不在水、不在山、只在人情反覆間

（行路の難きこと、水にしも在らず、山にしも在らず、只だ人情反覆の間に在り）

新楽府「大行路」の引用。原詩「兮」なし、「不在水不在山」に作る。『太平記』では山と水を逆転させている。

『太平記』諸本は「白居易カ」と出典を明示するが、他に例がない。

38　巻一一　金剛山寄手被誅事付佐介右京亮之事
驕レル者ハ失シ倹ナル者ハ存ズ
倹存奢失今在目
（倹なるは存し奢なるは失し今目に在り）
新楽府「杏為梁」より。諸本「驕」に作る箇所、原詩では「奢」（諸本異同なし）。「おごる」の訓に引かれたか。米沢・毛利では佐介宣俊の章段そのものを欠く。

39　巻一二　大内裏造営之事付北野天神之事
三十六ノ後宮ニハ三千ノ枡女粧ヲ餝リ
後宮佳麗三千人、三千寵愛在一身
（後宮の佳麗は三千人、三千の寵愛は一身に在り）
「長恨歌」を踏まえた表現。

40　巻一二　大内裏造営之事付北野天神之事
鴛鴦ノ衾ノ下ニ
鴛鴦瓦冷霜華重、翡翠衾寒誰与共

（鴛鴦の瓦冷《すさま》じうして霜の華重し、翡翠の衾は寒うして誰と共にか）

「長恨歌」を踏まえた表現。『新撰朗詠集』恋に引かれる句。原詩、旧鈔本系（金沢・正安・管見・要文）、刊本系の一部（英華）「旧枕故衾」、刊本系（紹興本・馬本・汪本・那波本・朝鮮整版）、単行本の一部（歌行）「翡翠衾寒」に作る。『白氏文集』本文研究の上では、旧鈔本系に近いか刊本系に近いかを判別する重要な指標となる箇所であるが、『太平記』は「衾」のみを引くためいずれに拠ったかは判別できない。『太平記』では、鴛鴦の「夫婦仲がよい象徴」という意をくんで使用している。

41　巻一二　大内裏造営之事付北野天神之事

誰カ知偽ノ言ハ巧ニシテ簧ニ似タルコトヲ君ニ勧テ鼻ヲ掩ハシムトモ君掩コト莫レ君カ夫婦ヲシテ参商ト為シム君請テ蜂ヲ掇シムトモ君掇コト莫レ君カ母子ヲシテ豺狼ヲ成ラシメリ

但見丹誠赤如血、誰知偽言巧似簧。勧君掩鼻君莫掩、使君夫婦為参商。勧君掇裙君莫掇、使君父子成豺狼

（但だ見る丹誠赤きこと血の如きを、誰か知らん偽言巧みなること簧に似るを。君に鼻を掩《おお》えと勧むるも君掩うこと莫れ、君が夫婦をして参商為《た》らしめん。君に裙を掇《と》れと勧むるも君掇ること莫れ、君が父子をして豺狼と成らしめん）

新楽府「天可度」を引く。ほぼそのまま書き下しである。『太平記』、毛利のみ「簧」を「黄」に作る。また、各本とも原詩で「父子」とあるを「母子」に作る。原詩、単行本系の一部（奥田）「丹誠」を「真誠」に、旧鈔本系（神田・上野・東洋・猿投・管見）「勧君」を「請君」に、朝鮮整版本・那波本以外の各本「掇裙」を「掇蜂」に作る。『太平記』は「君請テ蜂ヲ掇シム」としており、「請」を用いる点で旧鈔本に近い。讒言により道真が左遷されることを批判的にいう。天正本系にはナシ。

42　巻一二　天下安鎮法之事付忠顕朝臣文観僧正事

落葉ヲ列テ身上ノ衣トシ菓実ヲ拾テ口中ノ食トシテ

身上衣裳口中食

（身上の衣裳口中の食）

新楽府「売炭翁」を踏まえる。解脱上人が世塵にまみれず質素な暮らしをしていたことをいう。

43　兵部卿御消息ノ事（天正本系のみの異文）

夜灯照ス㆑窓ヲ愁ヒ霾ニ㆓楼外ニ㆒（天正本）

莓苔翳冠帯、霧雨霾楼雉

（莓苔《まいたい》冠帯翳り、霧雨楼雉《ろうち》に霾《つちふ》る）

「南賓郡斎即事寄楊万州」（巻11）より。天正本系の独自異文。

44　巻一二　驪姫申生ヲ譏死スル事（天正本系のみの異文）

比翼連理之語ヲモ為サハヤト

在天願作比翼鳥、在地願爲連理枝

（天に在りては願わくは比翼の鳥と作り、地に在りては願わくは連理の枝と為らん）

「長恨歌」の比翼連理のくだりを踏まえる。天正本系の独自異文。

45　巻一三　竜馬進奏之事付藤房遁世之事

骨昂リ筋太シテ脂肉短シ頸ハ鶏ノ如ニシテ

背如竜兮頚如象、骨竦筋高脂肉壮

（背は竜の如く頚は象の如し、骨竦《あ》がり筋高くして脂肉壮たり）

新楽府「八駿図」を引く。

『太平記』諸本の問題は三箇所に分けられる。

①梵舜「挙リ」、神田「あがり」、玄玖・版本・神宮「昂リ」、西源・南都・米沢・毛利「アカリ」、教運・天正「騰リ」、今川「マカリ」に作るが、「あがり」の訓に引かれたものだろう。今川「マカリ」はカタカナ「ア」との字形相似による誤写と思われる。原詩では「竦」だが、『太平記』でこの字に作るものはない。

②『太平記』諸本「鶏ノ如シ」およびその類型表現に作る。原詩、旧鈔本系（神田・上野・東洋・猿投）刊本の一部（英華）「頚如鳥」、刊本系（紹興本・馬本・汪本・那波本・朝鮮整版）「頚如象」、単行本系（諷諫）「頚如烏」に作る。『太平記』には旧鈔本の文字が認められる。

③『太平記』諸本「脂肉短シ」に作る。原詩では刊本系が「脂肉壮」、旧鈔本系が「脂肉少」であり、「短」という字は見当たらない。

竜馬の相形を、同じく竜馬を詠んだ「八駿図」を用い描写する。

46　巻一三　竜馬進奏之事付藤房遁世之事

穆王是ニ乗テ四荒八極不レ至ト云事ナシ

穆王独乗何所之。四荒八極踏欲遍

（穆王独り乗りて何所にか之く。四荒八極踏むこと遍からんと欲す）

新楽府「八駿図」を踏まえる。以下、竜馬のエピソードを「八駿図」の表現を用い批判的に描く。

47　巻一三　竜馬進奏之事付藤房遁世之事

方星ト云フ星降テ八疋ノ馬ト成ケリ穆王是ヲ愛シテ造父御タラシメ四荒八極ノ外瑶池ニ遊ビ碧台ニ宴シ給シカハ七廟ノ祭ルコト年ヲ逐テ衰エ明台ノ礼日ニ随フテ廃レテ周ノ世是ヨリ傾キケリ

瑶池西赴王母宴、七廟経年不親薦。璧台南与盛姫遊、明堂不復朝諸侯。（中略）穆王得之不為戒、八駿駒来周室壊。至今此物世称珍、不知房星之精下為怪

（瑶池西のかた王母の宴に赴き、七廟年を経て親ら薦めず。璧台南のかた盛姫と遊び、明堂復た諸侯を朝せしめず。（中略）穆王之を得て戒と為さず、八駿の駒来たりて周室壊る。今に至るまで此物世に珍と称す、房星の精下りて怪を為すを知らず）

新楽府「八駿図」を引く。『太平記』諸本は、「房星」を梵舜・西源・版本・南都・今川・毛利「房星」、神田孝平・玄玖・教運・神宮・天正・米沢「方星」に作る。原詩「房星」に作り、諸本異同なし。二十八宿の一つの房宿を指すので「房星」がよい。また、「瑶池ニ遊ヒ碧台ニ宴シ」は原詩「瑶池西赴王母宴（中略）璧台南与盛姫遊」なので、逆転している。

原詩、単行本系の一部（奥田）「赴」を「追」、旧鈔本系（神田・上野・東洋・猿投）および刊本系の一部（英華）「宴」を「讌」に作る。『正字通』「讌並同宴」とするので同義と見なせる。『太平記』諸本は「宴」に作っており、刊本系

の文字である。

48　巻一三　竜馬進奏之事付藤房遁世之事

一凶一吉的然トシテ耳ニアリ

一凶一吉在眼前

（一凶一吉眼前に在り）

新楽府「草茫茫」を引用する。『太平記』諸本は「一凶一吉的然トシテ耳ニアリ」もしくはその類似表現になっているが、「的然」の語は原詩にない。

49　巻一三　竜馬進奏之事付藤房遁世之事

由来尤物ノ是レ非レ吉キニ君ノ心ヲ蕩テ即害ヲ為者也

由来尤物不在大、能蕩君心則為害

（由来尤物は大に在らず、能く君の心を蕩して則ち害を為す）

新楽府「八駿図」を踏まえる。

①『太平記』諸本「由来尤物ハ是レ非レ大ニシテ」もしくはその類似表現に作る。南都本は「由来尤ニ凶ナリ」、今川本「由来尤凶ナリ是ニ非ス」に作る。南都・今川はともに意味不通。原詩諸本はいずれも「由来尤物」である。

②原詩「不在大」に作る箇所、『太平記』は多く「非大」もしくはその類似表現に作る。「あらず」という読み下しに引かれたものであろう。

50　巻一三　竜馬進奏之事付藤房遁世之事

方星ノ精化シテ此ノ馬ト成テ人ノ心ヲ蕩サント為ル者也

能蕩君心則為害。（中略）不知房星之精下為怪

（能く君の心を蕩して則ち害を為す。（中略）房星之精下りて怪を為すを知らず）

新楽府「八駿図」を踏まえる。『太平記』諸本、梵舜・神田孝平・西源・版本・南都・今川・毛利「房星」に作り、玄玖・教運・神宮・天正・米沢「方星」に作る。同じ章段の37と同一箇所からの引用だが、神田孝平本の引用は37で「方星」、40で「房星」と差が見られる。

51　巻一三　竜馬進奏之事付藤房遁世之事

只奇物ノ翫ヲ止テ

誡奇物

（奇物を誡む）

新楽府「八駿図」の注（題注）を引用する。注からの引用はここ以外に例がない。駿馬を奇物とし、それにおぼれて国を傾けぬよう天皇を諫めている。

52　巻一三　藤房発心事（天正本系のみの異文）

落涙モ闌干タリ（天正本）

涙攔干

（涙攔干たり）

「長恨歌」からの引用である。『新撰朗詠集』伎女に引かれる句。天正・教運の天正本系テキストに見られる独自表現である。原詩、「攔」を刊本系（紹興本・馬本・汪本）「闌」、刊本系のうち朝鮮・那波本「攔」、旧鈔本系（金沢・正安・管見）「瀾」、単行本（歌行詩諺解）「欄」に作り、揺れている。『太平記』は「闌」に作り、紹興・馬本・汪本と一致する。天正本系の独自異文。

53　巻一三　西園寺公宗隠謀露顕之事

第一第二ノ絃ハ索々タリ秋ノ風松ヲ払テ疎韻落ツ第三第四ノ絃ハ冷々タリ夜ノ鶴子ヲ憶テ籠中ニ鳴ク絃々掩抑シテ只拍子ニ移ル

第一第二絃索索、秋風払松疏韻落。第三第四絃冷冷、夜鶴憶子籠中鳴。第五絃声最掩抑、隴水凍咽流不得

（第一第二の絃は索索たり、秋風松を払って疏韻落つ。第三第四の絃は冷冷たり、夜の鶴子を憶ふて籠の中に鳴く。第五の絃は声最も掩抑す、隴水凍り咽びて流れ得ず）

新楽府「五絃弾」の引用。神田孝平・南都・教運「絃々掩抑」の一節なし。『和漢朗詠集』管絃に引かれる句。

54　巻一四　都落之事

タゝ安禄山カ潼関ノ軍ニ官軍忽ニ打負テ玄宗皇帝自ラ蜀ノ国エ落サセ給シニ六軍翠花ニ随テ剣閣ヲ経シニ異ナラス

九重城闕烟塵生、千乗万騎西南行。翠華揺揺行復止、西出都門百余里。六軍不発無奈何、宛転娥眉馬前死。（中略）

黄埃散漫風蕭索、雲桟縈紆登剣閣。峨嵋山下少人行、旌旗無光日色薄。蜀江水碧蜀山青、聖主朝朝暮暮情。（「長恨歌」）

（九重の城闕に烟塵生り、千乗万騎西南に行く。翠華揺揺として行いて復た止まる、西のかた都門を出づること百余里。六軍発せず奈何ともするなく、宛転たる娥眉馬前に死す。（中略）黄埃散漫として風蕭索たり、雲の桟縈り紆りて剣閣に登る。峨嵋山下に人行少く、旌旗光なくして日の色薄し。蜀江水碧にして蜀山青し、聖主朝朝暮暮の情。）（「長恨歌」）

及安禄山引兵嚮闕、以討楊氏為辞、潼関不守。翠花南幸、出咸陽道、次馬嵬亭。（「長恨歌伝」）

（安禄山が兵を引きて闕に嚮《むか》うに及んで、楊氏を討たんとするを以て辞《ことば》と為し、潼関守らず。翠花南に幸して、咸陽道に出でて、馬嵬の亭に次《やど》る。）（「長恨歌伝」）

「長恨歌」から「六軍」・「翠華（翠花）」・「雲」・「剣閣」、「長恨歌伝」から「六軍」・「翠華（翠花）」（長恨歌と重複）・「安禄山」・「潼関」という語彙を取り込んでいる。後醍醐天皇の都落ちに、玄宗が蜀へ落ち延びる場面を重ねている。

55　伯耆守自勢多皈都事（梵舜本および天正本系の異文）

卑湿ノ行宮（天正本）

我従去年辞帝京、謫居臥病潯陽城。潯陽地僻無音楽、終歳不聞糸竹声。住近湓江地低湿、黄芦苦竹繞宅生

（我去年帝京を辞して従り、謫居し病に臥す潯陽城。潯陽は地僻にして音楽無し、終歳絲竹の声を聞かず。住は湓江に近ければ地低湿たり、黄蘆苦竹宅を繞りて生う）

「琵琶行」の影響を受ける。原詩は、長安を離れ流謫の地にある白居易が自身の境遇を歎く詩であるが、「低湿」という語で住居の粗末さ・わびしさを表現している。『太平記』では「卑湿」という表現になっているが、「低・卑」と

もに「ひくい」という訓をもつ。ここは都を落ちて叡山に向かった後の宮殿の様子を描写する中で現れる。讒言により心ならずも都を離れ配流の憂き目を見ている白居易と、心ならずも都を離れて叡山に落ちることを余儀なくされた後醍醐天皇、両者とも自発的ではなく都を離れることとなっている。わずか一単語ではあるが、その境遇を配流先の鄙の地の粗末な住居を例える「卑湿」という語で表す点に、両者の重ね合わせが見える。

　梵舜本および天正本系の独自異文である。

56　巻一五　三井寺合戦之事付当寺推鐘之事

玉ノ甃暖ニシテ落花自ラ繽紛タリ

遅遅兮春日、玉甃暖兮温泉溢

（遅遅たる春日に、玉甃暖にして温泉溢る）

新楽府「驪宮高」より。後段「落花自ラ繽紛タリ」およびその類似表現は原詩にナシ。『太平記』・原詩とも問題となる異同はない。

57　巻一五　主上還幸事付賀茂神主改補事

養ハレテ深窓ニ有シ時ヨリ

養在深窓人未識

「長恨歌」より引用。『太平記』諸本は「深窓」に作る。原詩、刊本系（紹興・馬本・汪本・那波・朝鮮整版）「深閨」、旧鈔本系（金沢・正安・管見）「深窓」に作る。『太平記』は旧鈔本系の文字と一致する。

58　巻一五　主上還幸事付賀茂神主改補事

玉妃ノ太真ヲ出シ春ノ媚ヲ残セリ

玉妃太真院（「長恨歌伝」）

（玉妃の太真院）（「長恨歌伝」）

春寒賜浴華清池（「長恨歌」）

（春寒うして浴を華清池に賜う）（「長恨歌」）

「長恨歌伝」「長恨歌」を引く。『太平記』、梵舜・神田孝平・米沢「太真院」、西源・教運・版本・南都・天正・今川「太真浴」、毛利「太真路」、玄玖「太真」に作る。毛利の「路」は字形が「浴」の草書体に酷似しており、誤写と思われる。『白氏文集』には「太真院」の用例はあるが「太真浴」の例はない。

「長恨歌」旧鈔本系本文では、死後昇仙した楊貴妃の登場する場面でその字《あざな》を「太真」、刊本系本文では「玉妃」としている。旧鈔本系の「長恨歌」に従えば太真＝楊貴妃となり、一応「太真浴」という表記の根拠について説明はできる（ただし、なぜ楊貴妃と記さなかったかという疑問は残る）。

したがって、『太平記』で「太真院」ではなく「太真浴」に作るテキストは、引用後半の「春ノ媚」によって「長恨歌」の「春寒賜浴華清池」を連想したものと考えられる。

「長恨歌伝」の「玉妃太真院」は、「太真院」に作る『太平記』諸本の表記の根拠である。

59　巻一六　棟堅奉入将軍事

朝ノ飡食飢渇シテ夜ノ寝覚蒼々タリ
朝飡飢渇費杯盤、夜臥腥臊汚床席
（朝の飡飢渇して杯盤を費し、夜の臥腥臊として床席を汚す）

新楽府「伝戎人」を引く。『太平記』、梵舜・玄玖・南都「飡食」、神田孝平・西源・教運・天正・米沢「飡」、版本・今川・毛利「食」に作る。また梵舜・版本・南都・今川・毛利「寝醒蒼々」、神田孝平・西源「寝醒蒼」、玄玖「寝覚蒼々」、教運・天正・米沢「寝寤蒼々」に作る。原詩、旧鈔本系（神田・時賢・高野・猿投）「臥」を「宿」に作る。「腥臊」（セイサウ）の音にひかれ、「醒蒼」「蒼々」の字があてられたものと考えられる。

60　巻一六　棟堅奉入将軍事

魂浮レ骨空ク（ヲ不定）シテ天涯望郷ノ鬼ト成スラント
身死魂飛骨不収。応作雲南望郷鬼
（身は死して魂飛び骨収めず。応に雲南望郷の鬼と作るべし）

新楽府「新豊折臂翁」を引く。原詩、旧鈔本系（神田・時賢・高野・猿投）は「飛」を「孤」に作る。故郷を遠く離れた筑紫で戦死した際のわびしさに思いをやる尊氏軍の心境をいう。

61　巻一六　多々良浜合戦之事付高駿河守異見之事

言ノ下ニ骨ヲ消シ笑ノ中ニ刀ヲ研トハ
笑中有刀潜殺人

（笑中に刀有り潜かに人を殺す）

新楽府「天可度」の影響を受ける。ただし、前半部「言ノ下ニ骨ヲ消シ」と合わせた句が『和漢朗詠集』に見えるので、直接の典拠は朗詠集である。ただし、朗詠集の当該句は白氏の句を踏まえるため、『太平記』のこの箇所は間接的に白氏の影響下にあるといえる。他にも『和漢朗詠集』に現れる語句を引く例があり、同集が『太平記』に影響していることがうかがえる。

62　巻一六　多々良浜合戦之事付高駿河守異見之事

誠ニ人ノ心ノ測リ難キ事天ヨリモ高ク地ヨリモ厚シト申習ハシタル事ニテハ候ヘトモ

天可度、地可量、唯有人心不可防

（天をも度《はか》るべし、地をも量《はか》るべし、唯だ人心の防ぐべからざる有り）

新楽府「天可度」を踏まえる。教運・天正・今川・毛利「天地ヲモ極メ海水ヲモ尽ス可シ」およびその類似表現に作る。原詩に比し「海水」の字が入っている。

63　巻一七　山門牒南都之事付東寺合戦事

物具ヲ沽テロ中ノ食ヲ継ケルカ

身上衣裳ロ中食

（身上の衣裳ロ中の食）

新楽府「売炭翁」を踏まえる。『太平記』においては、武士が糧食に餓え困窮して物具を売ってかろうじて食いつないだ、という箇所に現れており、原詩の詩意を離れ修飾的に用いられている。

64　巻一七　聖主還幸事付執立儲君被付義貞之事

剣閣ノ雲ニ踏迷ヒ

雲桟縈紆登剣閣

（雲桟縈《めぐ》り紆《めぐ》りて剣閣に登る）

「長恨歌」を踏まえる。原詩、刊本諸本「紆」、旧鈔本系（金沢・正安・管見）および刊本系の一部（英華）「廻」に作る。

65　巻一七　還幸供奉禁殺之事

住来シ跡ニ還給タルトモ庭ニハ秋草寂繁テ通モ露深ク閨ニハ夜月指入テ塵掃フ人モ無シ

行宮見月傷心色（中略）西宮南苑多秋草、宮葉満階紅不掃。

（行宮に月を見れば心を傷ましむるの色（中略）西宮の南苑に秋の草多し、宮葉階《きざはし》に満ちて紅掃わず。）

「長恨歌」を踏まえる。『新撰朗詠集』前栽に引かれる句。『太平記』は、叡山から還幸した後醍醐天皇の供奉の公家が没落し、かつての邸宅が荒れ果てていることを描写することによってわびしさを感じさせる。原詩は、玄宗が最愛の妃を亡くしなおも生きていることによって感じる宮殿のむなしさを表している。

66　巻一七　金崎船遊之事付白魚入船事

繁絃急管ノ声一唱三嘆ノ曲融々トシテ正始ノ音ニ叶シカハ

一弾一唱再三歎（中略）融融曳曳召元気

（一たび弾じ一たび唱うて再三歎ず、（中略）融融曳曳として元気を召す）

新楽府「五絃弾」を踏まえる。『太平記』、梵舜・神田・西源・教運・版本・南都・天正・今川・米沢・毛利「融々洩々」に作り、玄玖・神宮は「融々」。原詩、旧鈔本系（神田・時賢・高野・猿投）、刊本系の　部（英華）が「洩洩」に作る。『文苑英華』は刊本系本文に属する総集であるが、時に旧鈔本系本文の文字を遺存していることが神鷹氏によって指摘されている。(1) ゆえに『太平記』の文字は旧鈔本系本文の影響がみられると考えられる。金崎船遊びの際の音楽を描写するのに用いられている。

67　巻一八　先帝吉野潜幸之事

霜ニ響ク遠寺ノ鐘ニ御枕ヲ峙テハ

遺愛寺鐘欹枕聴

（遺愛寺の鐘は枕を欹てて聴く）

「香炉峰下新卜山居草堂初成偶題東壁五首」之四より。『太平記』、梵舜・玄玖・天正・米沢「峙」、神田孝平・西源・教運・版本・南都・今川「欹」、神宮「そはたて」、毛利「ソハタテ」に作る。峙・欹は音通である。次項と併せ、流謫の地にある後醍醐天皇の心寂しさを際立たせるための修辞。『和漢朗詠集』山家に引かれる句。

68　巻一八　先帝吉野潜幸之事

紅顔花ノ如ナリシ三千ノ宮女モ
後宮佳麗三千人、三千寵愛在一身
（後宮の佳麗は三千人、三千の寵愛は一身に在り）
「長恨歌」を踏まえた表現。原詩の異同は5参照のこと。

69　巻一八　一宮御息所之事
深宮ノ内ニ長セ給シ後
楊家有女初長成、養在深窓人未識
（楊家に女有り初めて長成《ひととな》れり、養われて深窓に在れば人未だ識らず）
「長恨歌」より引用。『太平記』諸本は「深窓」に作る。原詩、諸本「深閨」、旧鈔本系（金沢・正安・管見）「深窓」に作る。『太平記』は旧鈔本系の文字と一致する。原詩では楊貴妃という女性をいう表現だったものが、親王である一宮に使われる点で、原詩を離れた慣用表現になりつつあるといえるだろう。

70　巻一八　一宮御息所之事
言ス咲ス人ヲ愁殺スト
不言不笑愁殺人
（言わず笑わず人を愁殺す）
新楽府「李夫人」の引用。原詩、旧鈔本系（神田・上野・東洋・猿投・管見）「君」に作る。『太平記』の引用は全て

「人」に作っており、刊本系・単行本系と一致する。絵に描かれた女によって男が苦しむ点が原詩と共通する。

71　巻一八　一宮御息所之事

墻ニ苔生ヒ瓦ニ松古リテ

牆有衣兮瓦有松

（牆に衣《こけ》有り瓦に松有り）

新楽府「驪宮高」を引く。『太平記』、玄玖・西源・梵舜・毛利・天正・教運・版本「墻」、神宮・神田孝平・南都・今川・米沢「垣」に作る。原詩、旧鈔本系（上野・管見）、刊本系の一部（英華）、単行本の一部（諷諫）が「牆」を「墻」に作る。神田本、この字を欠く。ただしわずかに残った偏の部分は上部が十字型になっているので少なくとも「牆」ではない。『太平記』は旧鈔本に近い文字である。

72　巻一八　一宮御息所之事

織珊瑚ヲ撃ク一両曲氷玉盤ニ写ス千万声

鋏撃珊瑚一両曲、氷写玉盤千万声

（鋏珊瑚を撃つ一両曲、氷玉盤を写す千万声）

新楽府「五絃弾」より引用。『太平記』は「節珊瑚ヲ砕ク」およびその類似表現に作るが、「節」は原詩には見られない文字である。ここには「琵琶行」の「鈿頭雲篦撃節砕」からの影響が見られる。また、原詩、「氷」を刊本系（紹興・馬本・楽府）では「水」に作る。『太平記』は全て「氷」に作る。旧鈔本に近い表現である。

玄玖・神宮・南都・版本は原詩の「銕」を「繊」に作るが、「繊」は細い糸のことであり、とても珊瑚を砕くことはできない。あるいは祖本、もしくは参照した本に「鐵」(「銕」の同義字であって「繊」に字形が似る)が用いられていた可能性を示唆するか。

73 巻一八 一宮御息所之事

立チ徘徊ハセ給タレト

起徘徊

(起ちて徘徊す)

「長恨歌」の影響を受ける。心そこになくしてふらふらと歩き回ることをいう。神田・西源・南都・今川・米沢・毛利、「徘徊」を「ヤスラハセ」「やすらはせ」とかなに開く。

74 巻一八 一宮御息所之事

方士ガ海入テ楊貴妃ヲ見奉リシニ異ス

臨卭方士鴻都客~在地願為連理枝。(一一一ページ三八句目から一一二ページ最終句までの「長恨歌」本文を参照)

「長恨歌」後半の、方士による楊貴妃探訪譚を踏まえた表現。困難な再会が実現したことをいう。なお、新編日本古典文学全集の現代語訳に「神仙の術を行う道士が渤海へ行って楊貴妃にお会いした」とするのはやや言い過ぎのように思う。ここでの「渤海」は渤海国ではなく、黄海最奥部の遼東半島と山東半島の内側の海域を指す。「海ニ入テ」は「長恨歌」の「忽聞海上有仙山」によるが、ここでは仙山とのみいい、巻三六の「楊国忠事」段で現れる三神山の名はない。『太平記』のこの箇所を読む限りでは「海」は渤海に限定できない。

75　巻一八　一宮御息所之事
長生殿ノ裏ニハ梨花ノ雨塊ヲ破ラス
梨花一枝春帯雨
（梨花一枝春雨を帯ぶ）
「長恨歌」より。『新撰朗詠集』伎女に引かれる句。ただし「雨塊ヲ破ラス」は『論衡』是応篇による。

76　巻一八　一宮御息所之事
楽ミ尽キ悲ミ来ル
時移事去、楽尽悲来
（時移り事去り、楽しみ尽きて悲しみ来たる）
「長恨歌伝」を引く。一時の平穏の後に再び戦乱となることをいう。

77　巻一八　一宮御息所之事
倶ニ東岱前後ノ烟ト立上リ北芒新旧ノ露トモ消ナハヤト
東岱前後魂、北邙新旧骨
（東岱前後の魂、北邙新旧の骨）

「対酒」（巻10、花房番号470）による。「東岱」は泰山で古来霊山として著名。北邙は北邙山で、『史記集解』の注では『皇覧』（佚書）を引いて呂不韋の墓所とする。ともに霊地であり、一宮とともに死んでしまいたいという御息所の悲痛な心の内をいう。

78　巻一八　一宮御息所之事

竹苑故宮ノ月心ヲ傷シメ皈テ寒閨ニ臥セハ椒房寡居ノ風夢ヲ吹ク

梨園弟子白髪新、椒房阿監青娥老。（中略）鴛鴦瓦冷霜華重、翡翠衾寒誰与共

（梨園の弟子白髪新たなり、椒房の阿監青娥老いんたり。（中略）鴛鴦の瓦冷じうして霜の華重し、翡翠の衾寒うして誰と共にか）

「長恨歌」中盤、都に戻った玄宗の嘆きを踏まえている。『新撰朗詠集』恋および老人に引かれる句。原詩、旧鈔本系（金沢・正安・管見）、刊本系の一部（英華）、単行本系の一部（要文）「翡翠衾寒」を「旧枕故衾」に作る。この箇所は文集の旧鈔本系諸本と刊本系諸本を見分けるポイントの一つとなっている。『太平記』、「寒閨ニ臥セハ」という表現に含まれる「寒」字からは刊本系テキストとの関係が考えられるが、断定できるほどの一致ではない。

79　巻二〇　義貞朝臣山門送（牒）状之事

烟塵暗ニ浸シ二九重之月ヲ一翠花再ヒ払フ二四迷之雲ヲ一

九重城闕煙塵生、千乗万騎西南行。翠華揺揺行復止、西出都門百余里

（九重の城闕に煙塵生ず、千乗万騎西南に行く。翠華揺揺として行いて復た止まる、西のかた都門を出ること百余里）

「長恨歌」を踏まえた表現。落ち行く玄宗の様子を描く。牒状にふさわしくなるよう「烟塵暗浸　九重之月　翠花再払　四迷之雲」という四字の対句となっているが、語彙は長恨歌を踏襲する。

80　巻二〇　義貞頸懸獄門之事付勾当内侍之事
金屋ノ内ニ粧ヒヲ閉チ鶏障ノ下ニ媚ヲ深クセシヲ
金屋粧成嬌侍夜（「長恨歌」）

（金屋に粧成りて嬌《あでや》かに夜に侍す）（「長恨歌」）

金鶏障下養為児（「胡旋女」）

（金鶏障の下に養われて児と為る）（「胡旋女」）

「長恨歌」および新楽府「胡旋女」による。原詩、異同はない。勾当内侍の育ちが高貴であることをいう。

81　巻二〇　義貞頸懸獄門之事付勾当内侍之事
羅綺ニタモ堪サル形ハ
不任羅綺
（羅綺にも任《た》えず）
「長恨歌伝」を引用する。女性の体のたおやかなさまの描写として、『太平記』では本項と91の二回使われている。

82　巻二〇　義貞頸懸獄門之事付勾当内侍之事

連理ノ枝ノ頭ニ驪山ノ花自ラ濃ナリシカハ

在地願為連理枝

（地に在りては願わくは連理の枝と為らん）

「長恨歌」による。「驪山」は華清宮の所在地。安史の乱以前に玄宗と楊貴妃が仲睦まじく過ごした離宮であり、それを借りて義貞と勾当内侍が仲睦まじいさまを言う。

83　巻二〇　義貞頸懸獄門之事付勾当内侍之事

一度笑テ幽王国ヲ傾ト

漢皇重色思傾国（中略）廻眸一笑百媚生

（漢皇色を重んじて傾国を思う（中略）眸を廻らせて一たび笑めば百の媚生る）

「長恨歌」を踏まえる。『太平記』、玄玖「幽王国ヲ傾」に作る。褒姒の故事を踏まえる。楊貴妃という傾国の美女におぼれて天下を失った玄宗を例示して、そこに勾当内侍と義貞の関係を重ねて投影することで末期の因果を描いたものであろう。

84　巻二〇　奥勢逢難風之事

唐ノ太宗ノ魏徴ニ哭セシカ如ク

魏徴夢見天子泣、張謹哀聞辰日哭

（魏徴夢に見《まみ》えて天子泣き、張謹哀を聞くに辰日に哭す）

新楽府「七徳舞」による。原詩、旧鈔本系（神田・時賢・高野・猿投・管見）、単行本系の一部（奥田）「天子」を「子夜」に作るが、『太平記』本文には現れない。寵臣を失った後醍醐天皇の悲嘆をいう。

85　巻二一　後醍醐天皇崩御事（天正本系のみの異文）

此疎山柴棘ノ卑湿ニ（天正本）

住近湓江地低湿、黄蘆苦竹繞宅生

（住は湓江に近ければ地低湿たり、黄蘆苦竹宅を繞りて生う）

「琵琶行」を踏まえていると考えられる。18を参照。天正本系の独自異文。

86　巻二一　先帝崩御之事

土墳数尺ノ草

土墳数尺何処葬

（土墳数尺何処にか葬らん）

新楽府「隋堤柳」を引く。「憫亡国也」（亡国を憫《あわ》れむなり）と注される詩であり、後醍醐天皇崩御と亡国のイメージが重なる。

87　巻二一　先帝崩御之事

先帝程ノ聖主又神武ノ君ハ未タヲワシマサヽリシカハ

豈徒耀神武、豈徒誇聖文
（豈に徒らに神武を耀かすのみならんや、豈に徒らに聖文を誇るのみならんや）
新楽府「七徳舞」による。故後醍醐天皇の遺徳を偲ぶ表現。

88　巻二一　塩冶判官讒死之事
後宮三千ノ侍女ノ中ヨリ
後宮佳麗三千人
（後宮の佳麗は三千人）
「長恨歌」を引く。異同は5を参照。

89　巻二一　塩冶判官讒死之事
楊貴妃一ヒ笑テ六宮ニ無顔色ト申事候ヘハ
回眸一笑百媚生、六宮粉黛無顔色
（眸を廻らせて一たび笑めば百の媚生る、六宮の粉黛顔色無し）
「長恨歌」を引く。ぬきんでた美人のたとえとして用いる。異同は5を参照。

90　巻二一　塩冶判官讒死之事
玉顔寂寞トシテ涙闌干タリト譬ヘシ雨中ノ梨壺

玉顔寂莫涙攔干、梨花一枝春帯雨
（玉顔寂莫として涙攔干たり、梨花一枝春雨を帯ぶ）
「長恨歌」を引く。新撰朗詠集・伎女に引かれる句。42参照。南都・梵舜にはナシ。『太平記』の表現は、「長恨歌」中に「梨花」「雨」の語が詠まれているのを利用して言葉を連ねて「梨壺」へと導いていく縁語の技法が見られる。西源・梵舜はナシ。花づくしの中の一節。

91　巻二一　塩冶判官讒死之事
此女房湯ヨリ揚リケリト覚ヘテ
既出水、体弱力微、若不任羅綺（「長恨歌伝」）

（既に水《ゆ》を出ずるに、体弱く力微かにして、羅綺だも任えざるが若し）（「長恨歌伝」）

侍児扶起嬌無力（「長恨歌」）

（侍児扶け起こすに嬌として力無く）（「長恨歌」）

「長恨歌伝」「長恨歌」を踏まえる。明らかに引用と解るのは西源院本の例のみであるが、他本でも美女の入浴という場面と、「ヲモトヒト」という訓（侍児にヲモトヒトのふりがなを振る例有り：金沢本）は白詩の影響下にあると言えるだろう。

92　巻二一　覚一真性連平家事（天正本のみの異文）
彼楊貴妃驪山ノ花清宮ニシテ蘭膏ノ湯ヲ沈セシニ皇帝其ノ膚ノ妙ナル事ヲ喜見テ驪山ノ雪夜浴堂ノ春ト欹テ目ヲ細

メ魂ヲ消シ玉シモ理哉ト思出テ目放モセス当居タレハ金肌玉骨ノ妙態羅綺ニダモ不レ勝ヘシテ（天正本）

「長恨歌」「長恨歌伝」を踏まえる。天正本のみの独自異文である。

93　巻二三　戎王之事

三千人ノ官女ヲ一人下シテ

後宮佳麗三千人、三千寵愛在一身

（後宮の佳麗は三千人）

「長恨歌」を踏まえた表現。原詩の異同は5参照のこと。

94　巻二三　畑六郎左衞門事（梵舜本で代表）

后三千ノ列ニ勝レ

出典は93に同じ。原詩の異同は5参照のこと。梵舜・今川・米沢・毛利・天正・教運・版本に現れる異同。神宮・神田孝平はこの箇所を欠き、不明。

95　巻二三　鷹巣城之事

其在ハ開元ノ宰相宋朝ノ開府カ幼君ノ為ニ武ヲ黷シ其辺功ヲ立サリシモ智慮ノ忠臣トイツヘシ

君不聞開元宰相宋開府、不賞辺功防黷武

（君聞かずや開元の宰相の宋開府、辺功を賞せず武を黷《けが》すを防ぐ）

新楽府「新豊折臂翁」を引く。『太平記』、玄玖・南都「宋朝ノ開府」、教運・天正・今川・毛利「宗開府」に作る。「宋朝ノ開府」は「宋」を王朝名と理解したことによるが、すると直前の「開元ノ宰相」と合わない。宋開府は玄宗の開元の治を支えた宋璟（六六三〜七三七：龍朔三〜開元二五年）の別称で、開府儀同三司の官職を授けられたことに由来する。姓＋官職名で特定の人物を表す事例では、例えば杜甫を工部員外郎を授けられたことによって杜工部と称するものがある。「宗」は字形の相似によるものであろう。

玄玖・西源・南都・今川・教運「智慮ノ」、毛利・天正・版本「知慮ナキ」と全く逆に作る。米沢にはナシ。

96　巻二三　土岐参向御幸狼藉之事

酒煖テ焼残セル紅葉毎レ手ニ折覆テ

林間暖酒焼紅葉

（林間に酒を暖めて紅葉を焼く）

「送王十八帰山寄題仙遊寺」による。『和漢朗詠集』秋興に収められている句である。

97　巻二五　天龍寺建立之事

百王ノ理乱四海ノ安危

四海安危居掌内、百王治乱懸心中

（四海の安危は掌内に居り、百王の治乱は心中に懸く）

新楽府「百錬鏡」を引く。異同は20を参照。『和漢朗詠集』帝王に引かれる句。

98　巻二五　日野勧修寺意見事（天正本系および梵舜）
福原之卑湿ニ移シ時モ（天正本）
天正本系および梵舜は「卑湿」の後が入る点に「琵琶行」の影響が見られる。45を参照。神田孝平にはナシ。

99　巻二五　天龍寺建立之事
禁裏仙洞ハ松門茅屋ノ如クナレハ
松門柏城幽閉深
（松門柏城幽閉深く）
新楽府「陵園妾」を踏まえる。直後の「玉楼・金殿」も白氏の詩語に存在するので、こちらも影響を考慮できる。

100　巻二六　楠正行藤井寺合戦之事
此十余年我身ノ長ヲ待
楊家有女初長成
（楊家に女有り初めて長成《ひととな》れり）
原詩、金沢本「長成」に「ヒトヽナレリ」の訓を付す例があることから、「長恨歌」の語彙の影響が考えられる。

101　巻二六　自伊勢進宝剣之事

光瓊粉ノ琢磨ヲ不レ仮トモ化シテ一片ノ秋ノ漂水ノ如シ瓊粉金膏磨瑩已、化為一片秋潭水
（瓊粉金膏もて已に磨瑩す、化して一片の秋の潭の水と為る）
新楽府「百錬鏡」を引く。玄玖・南都「漂水」に作る。字形の相似による誤写か。西源・梵舜・版本にはナシ。鏡の美しさをいう。

102　巻二六　自伊勢進宝剣之事
面上ノ眼ハ其高天ニ耀ケル百錬ノ鏡ノ如ク
「百錬鏡」の題によるか。ヤマタノオロチの目の光り輝くさまを例える。

103　巻二六　自伊勢進宝剣之事
喉下ノ鱗ハ夕日ヲ浸セル大洋ノ浪ニ不異
影浸南山青滉瀁、波沈西日紅奫淪。（中略）詔開八水注恩波、千介万鱗同日活
（影は南山を浸して青滉瀁たり、波は西日を沈めて紅奫淪たり。（中略）詔して八水を開きて恩波を注ぎ、千介万鱗同日に活す）
新楽府「昆明春水満」を踏まえると考えられる。新撰朗詠集・水に引かれる句。「浸」、「鱗」と「万鱗」、「夕日」と「西日」、「白波」と「波」が共通する語である。ヤマタノオロチの鱗についての描写である。

104　巻二七　師直奢侈之事付師泰悪行之事
有ル貴人ノ御女深キ宮ノ中ニ冊レテ三千ノ数ニモト

楊家有女初長成、養在深窓人未識。（中略）後宮佳麗三千人、三千寵愛在一身
（楊家に女有り初めて長成《ひとな》れり、養われて深窓に在れば人未だ識らず。（中略）後宮の佳麗は三千人、三千の寵愛は一身に在り）
「長恨歌」の影響を受ける。大切に育まれた公家女性をいう。

105　巻二七　廉頗藺相如之事付卞和玉之事秦王并趙王之事
宮門ヲ出入スルニ時ノ王侯貴人モ目ヲ側テ
出入禁門、不問京師長吏、為之側目
（禁門を出入するに、京師長吏問はず、之が為に目を側む）
「長恨歌伝」を引く。原詩、旧鈔本系（金沢・正安・管見）単行本系（歌行）「不問」を「不問名姓」に作るが、『太平記』本文には登場しない。藺相如《りんしょうじょ》のあまりの権勢ぶりに、彼が通行するときは高貴な人々も目をそらして規則違反を見て見ぬ振りをしたということ。

106　巻二七　始皇求蓬萊之事付趙高之事
童男丫女
童男丱女
新楽府「海漫漫」より。『太平記』、梵舜「童男臥女」、神田孝平・教運・版本・南都・毛利「童男丱女」、玄玖・神宮「童男丫女」、西源「童男艸女」、天正「童男女」、今川「童男非女」、米沢「童男童女」とバリエーションが多い。

『太平記』における表記の由来は二つに分類できる。すなわち「丱・艸・非」は字形の相似に、「丫・臥」は「クワン」の読みに由来すると考えられる。原詩諸本は「丱」である。ここより108まで始皇帝の蓬萊を求める説話。

107　新楽府「海漫漫」より。長文なので別途検討する。（一〇四ページ参照）

108　巻二七　始皇求蓬萊之事付趙高之事

神陵三月ノ火九重ノ雲ヲ焦シ泉下多少ノ宝玉人間ノ塵ト成ニケリ

竜槨神堂三月火。可憐宝玉帰人間

（竜槨神堂三月の火。憐れむべし宝玉の人間《じんかん》に帰しけるを）

新楽府「草茫茫」を引く。ほぼそのまま書き下した形である。

109　巻二七　直義朝臣出家事（天正本系および梵舜・今川・版本）

サヒシサマサル簾ノ外ニハ廬峯ノ雪モ浦山シク（天正本）

香炉峰雪撥簾見

（香炉峰の雪は簾を撥げて見る）

「香炉峰下新卜山居草堂初成偶題東壁五首」之四を踏まえた表現。梵舜・今川・天正・教運・版本のみにあり。枕草子などにもここを下敷きにしたエピソードがあるなど、古来愛唱された句である。『和漢朗詠集』山家に引かれる句。

110　巻二八　項羽高祖之事
三月マテ火消ス驪山ノ神陵
新楽府「草茫茫」による。108を参照のこと。

111　巻二八　項羽高祖之事
後宮ノ美人三千人
後宮佳麗三千人
（後宮の佳麗は三千人）
「長恨歌」より引用。書き下しの形である。原詩の異同は5のとおり。『太平記』は「後宮」に作っており、刊本系と一致するが、「漢宮」より「後宮」の方がより一般的な言葉であることから、刊本系の影響があるとまでは言い切れない。

112　巻二八　項羽高祖之事
九泉ノ宝玉二度人間ニ帰ルコソ哀ナレ
新楽府「草茫茫」による。108を参照のこと。

113　巻三〇　将軍御兄弟和睦之事

出入身ヲソハメ
「長恨歌伝」による。105を参照のこと。

114　巻三〇　主上仙院梶井宮奉渡南山事（天正本系のみの異文）
知ラヌ卑湿ノ南山トカヤ
「琵琶行」による。55を参照のこと。天正本系のみの独自異文。

115　巻三二　南帝直冬合体之事付梵漢物語之事
今ハ連理ノ枝ノ上ニ
在地願為連理枝
（地に在りては願はくは連理の枝と為らん）
「長恨歌」を踏まえる。

116　巻三二　南帝直冬合体之事付梵漢物語之事
後宮ノ三千
「長恨歌」による。111を参照のこと。

117　巻三二　南帝直冬合体事付梵漢物語事

君かために衣裳に薫すれとも君蘭麝を聞なから馨香なしと思ひ君かために容色を事とすれとも君金翠を看なから顔色なしと思へり（神宮文庫本）

為君薫衣裳、君聞蘭麝不馨香。為君盛容飾、君看金翠無顔色

（君が為に衣裳に薫《たきもの》すれども、君蘭麝《らんじゃ》を聞きながら馨香《けいこう》とせず。君が為に容飾を盛んにすれども、君金翠を看ながら顔色無しとす）

『太平記』本文は、元玖本に脱字があるため、同じ甲類本の神宮文庫を用いた。

新楽府「大行路」を引く。ほぼそのまま書き下しである。原詩、旧鈔本系（神田・時賢・高野・猿投・管見）「盛」を「事」に作る。『太平記』各本、「事」に作っており、旧鈔本系本文の影響が見受けられる。並みいる女性が獅子国の帝の気を引こうとするが、当の帝は后一人を寵愛して他には見向きもしないさまをいう。『和漢朗詠集』恋に引かれる句。

118　巻三二　南帝直冬合体之事付梵漢物語之事

新キ人来テ旧人捨ラレヌ眼裏ノ荊チ掌上ノ花ノ如シ

新人迎来旧人棄、掌上蓮花眼中刺

（新しき人迎え来たりて旧き人棄てられぬ、掌上の蓮花眼中の刺）

新楽府「母別子」を引く。原詩、各本「刺」に作るが、単行本系の一部（東洋・雅章・道春）のみ「荊」に作る。毛利を除く『太平記』各本「荊」に作るのは単行本系本文の特徴を示している。

119　巻三二　直冬朝臣上洛之事付鬼切鬼丸之事
春風三月一城ノ人皆狂ゼルニ異ナラス
花開花落二十日、一城之人皆若狂
（花開き花落つること二十日、一城の人皆狂せるが若し）
新楽府「牡丹芳」を引く。

120　巻三二　神南合戦之事
昔唐太宗戦ニ臨テ士ヲ重セシニ血ヲ含ミ疵ヲ吸フ耳ニ非ス亡卒ノ遺骸ヲハ帛ヲ敷テ是ヲ収シモ角哉と覚テ哀也
亡卒遺骸散帛収（中略）含血吮瘡撫戦士
（亡卒の遺骸をば帛を散じて収め（中略）血を含み瘡を吮うて戦士を撫す）
新楽府「七徳舞」を引く。『太平記』、原詩と句順が逆転している。山名師義が身替わりとなった川村弾正忠の首を請い受け手厚く弔ったことと、唐の太宗が死したり傷ついたりした臣下を手厚く扱った故事を重ねる。

121　巻三三　当時公家武家分野之事
蘺々タル原上ノ蓁ニ
離離原上草
（離離たる原上の草）
「賦得古原草送別」を引く。『太平記』、玄玖・神田孝平・西源・米沢「離離」を「蘺々」に作るが、原詩、この字に作る例はない。

122　巻三三　当時公家武家分野之事
窮民孤独ノ飢ヲ資ニモ非ス
捕蝗捕蝗竟何利、徒使飢人重労費
新楽府「捕蝗」を踏まえる。風刺的な用法である。

123　新田左兵衛佐義興自害之事
玉妃傍ニ媚テ玄宗世ヲ失ヒ給ヒシモ
故事として「長恨歌」を踏まえる。

124　巻三七　尾張左衛門佐遁世事付異国本朝道人物語之事
然ラハ三千ノ宮女中ニ
後宮佳麗三千人、三千寵愛在一身
（後宮の佳麗は三千人、三千の寵愛は一身に在り）
「長恨歌」を踏まえた表現。原詩の異同は5参照のこと。新田義興が色好みのために身を滅ぼすことになったのをいう。

125　巻三七　尾張左衛門佐遁世事付異国本朝道人物語之事
即三千第一ノ美人
124参照。原詩の異同は5参照のこと。

126　巻三六　楊国忠事
「長恨歌」及び「長恨歌伝」による。長文のため、別に検討する。（一〇六ページ参照）

127　巻三五　北野詣人世上雑談之事
後宮三千ノ顔色
124参照。「長恨歌」を踏まえた表現。『太平記』、諸本とも「後宮」に作るのは原詩の刊本系本文と一致。原詩の異同は5参照のこと。

128　巻三五　北野詣人世上雑談之事
養レテ深窓ニ有レハ人未タ是ヲ知ス天ノ生ル麗キ質ナレハ
養在深窓人未識。天生麗質難自棄
（養われて深窓に在れば人未だ識らず。天の生せる麗質は自ずから棄て難く）
「長恨歌」を引く。書き下しの形である。『太平記』、南都「深閨」に作る。原詩、刊本系・単行本系諸本「深閨」、旧鈔本系（金沢・正安・管見）「深窓」に作る。西源・南都以外の『太平記』は旧鈔本系の文字と一致する。

129　巻三五　北野詣人世上雑談之事
一ヒ咲ル眸ニハ
廻眸一笑百媚生
（眸を廻らせて一たび笑めば百の媚生る）
「長恨歌」を踏まえる。『太平記』、「笑」を「咲」に作る。白氏に「咲」でほほえみを意味し「えむ」「わらふ」と訓じる用例がある。

130　巻三五　北野詣人世上雑談之事
天宝ノ年ノ末ニ泰階平安ニシテ四海無事也
開元中泰階平四海無事也
（開元中泰階平らかにして四海無事なり）
「長恨歌伝」を引く。『太平記』諸本、「開元」を「天宝」に作る。ともに玄宗の年号であり、前半（七一三〜七四一年）が開元、後半（七四二〜七五六年）が天宝となる。開元年間は後に「開元の治」と称される善政が布かれ唐王朝の絶頂期となったが、天宝年間は政治が乱れやがて唐王朝衰退のきっかけとなった安史の乱へとつながっていく。楊貴妃の入内（天宝三載）、安史の乱の勃発（一四載）、退位（一五載）は全て天宝年間の出来事であり、史実からいうならば天宝の末年は決して「泰階平安ニシテ四海無事」ではない。ここでは楊貴妃入内の年を「天宝十年」にするのに対応して「天宝ノ末年」としたものだろう。

131　巻三五　北野詣人世上雑談之事
君王重色
漢皇重色思傾国
（漢皇色を重んじて傾国を思ふ）
「長恨歌」を引く。

132　巻三九　諸大名讒道朝之事付道朝北国下向之事
花開花落ツルコト二十日間一城之人皆如レ狂セルト
花開花落二十日、一城之人皆若狂
（花開き花落つること二十日、一城の人皆な狂せるが若し）
新楽府「牡丹芳」を引く。遊宴の喧噪狂乱ぶりをいう。

133　巻四〇　光厳院禅定法皇御年薮之事付崩御之事
往昔ノ七夕ニハ長生殿ニシテ二星ノ契ヲ羨テ六宮ノ美人
七月七日長生殿、夜半無人私語時。在天願作比翼鳥、在地願為連理枝
（七月七日長生殿、夜半人無く私語《ささめごと》せし時。天に在りては願はくは比翼の鳥と作り、地に在りては願はくは連理の枝と為らん）
「長恨歌」を踏まえる。光厳院崩御が七月七日だったことにかけた表現。

134　巻四〇　中殿震宴再興之事

爰騰二歌詠ヲ於五雲之間ニ一

五雲飄颻飛上天

（五雲飄颻として飛して天に上る）

新楽府「両朱閣」を踏まえる。原詩、旧鈔本系（神田・上野・小汀・猿投）刊本系の一部（英華）「飛」を「迎」に作る。『太平記』本文には登場しない異同である。応制和歌序文の典拠として用いられている。

二―一　長文引用箇所の検討

107の「海漫漫」引用について述べていく。

『太平記』、梵舜「童男臥女」、神田孝平・教運・版本・南都・毛利「童男丱女」、玄玖・神宮「童男丫女」、西源「童男艸女」、天正「童男女」、今川「童男非女」、米沢「童男童女」とバリエーションが多い。各本ごとの表記は106と一致する。いま、玄玖本を例にとって原詩（那波本）との対照をしてみる。『太平記』各句の頭に付した丸数字は、『太平記』本文の順番を示す。

原詩（那波本）	太平記（玄玖本：27巻、始皇求蓬莱之事付趙高之事）
海漫漫	①蒼海漫々トシテ

直下無底旁無辺
雲濤煙浪最深処
人伝中有三神山
山上多生不死薬
服之羽化為天仙
秦皇漢武信此語
方士年年采薬去
蓬莱今古但聞名
烟水茫茫無覓処
海漫漫
風浩浩
眼穿不見蓬莱島
不見蓬莱不敢帰
童男丱女舟中老
徐福文成多誑誕
上元太一虚祈禱
君看驪山頂上茂陵頭
畢竟悲風吹蔓草

---

②辺モナシ
③雲ノ浪烟ノ波最深ク
⑤蓬莱ハ今モ古ヘモ只名ノミ聞テ見事ナケレハ
⑥天水茫々トシテ求ニ所ナシ
④風浩々トシテ閑ナラス
⑦蓬莱ヲ見ズハ否ヤ帰ラシトイヒシ
⑧童男丫女ハイタツラニ舟ノ中ニヤ老ヌラン

何況玄元聖祖五千言
不言薬
不言仙
不言白日昇青天

原詩の句順を入れ替えつつ、始皇帝の故事の部分を引用しているのがわかる。

引用箇所に係わる原詩の異同は以下の通り。

「烟水」、旧鈔本系（神田・時賢・高野・猿投）「天水」に作る。『太平記』諸本は「天水」に作り、旧鈔本に近い。


126の「長恨歌」「長恨歌伝」引用について述べていく。

「楊国忠事」段は、畠山入道道誓謀叛の顛末を語り、その「前表」として、唐・天宝一四載に勃発した安史の乱を、長文を割いて述べる。その題材は「白氏文集」巻一二所載の「長恨歌」「長恨歌伝」より採っている。既に柳瀬喜代志氏の「『長恨歌』『長恨歌伝』と「楊國忠之事」――『太平記』作者の嚢中の漢籍考――」正続（『早稲田大学教育学部学術研究（国語・国文学編）』三九号、一九九〇年一二月、続は同誌四〇号、一九九一年一二月）、高橋貞一氏の『太平記諸本の研究』（思文閣出版、一九八〇年四月）の論考がある。

本項は、他の項と用例採集の方針が異なる。「楊国忠事」段は全編にわたって長恨歌および長恨歌伝を下敷きにしながら物語が展開していくため、他項と同様の方針で用例を採ると、段全体にわたって引用し検討を加えねばならなくなり、膨大な量となる。よって、本論の主目的である「太平記が引く『白氏文集』の本文系統はいかなるものであるかの解明」に必要な、『白氏文集』本文引用に限定して比較検討を加えた。

引用されている本文の系統を考える際に重要なのは、表中に※を付した「是ハ常ニ世ニ有ル物ナリ何ソ是ヲ以テ験ト為ルニ足ンヤ」の節（三一一・三一三・三一五・三一六・三一八ページ参照）である。これは「長恨歌序」からの引用である。「序」は別集『白氏文集』には見えず、日本の一部の本に見えるだけであり、それはことごとく単行本系に属するものである。特に「歌行詩」と総称されるテキストに付されていることが多い。

また、玄玖・神宮・南都・梵舜・今川・米沢・竹中・天正・教運「旧衾旧枕」、毛利「旧枕旧衾」、西源・版本「翡翠衾寒」に作る異同は系統を考える上で重要なポイントである。

ここは原詩、旧鈔本系（金沢・正安・管見）、刊本系の一部（英華）、単行本の一部（要文）「旧枕故衾」刊本系（紹興本・馬本・汪本・那波本・朝鮮整版）、単行本の一部（歌行）「翡翠衾寒」に作る。『白氏文集』本文研究の上では、旧鈔本系に近いか刊本系に近いかを判別する明確な指標となる箇所である。

この章段の『太平記』所引『白氏文集』は、単行本系の文字を持ちつつも、西源・版本が刊本系、それ以外が旧鈔本系の本文に近いと言えよう。

比較すると、この章段における西源院本および版本の特殊性が際立つ。本段において西源院本・版本が引用する「長恨歌」は、刊本系本文とほぼ完全に一致する。また、西源院本・版本は引用詩句の配列および引用箇所がそれ以外の各本と異なっている(3)。これは他からかけ離れたといってもよいほどの特徴である。ただし西源院本と版本の間では引用詩句の配列および引用箇所は一致していないので、この二本が影響関係にあるとはいえない。西源院本については、一三〇ページ以降で言及する。

以下に参考のため長恨歌本文の校異表を掲げておく。『太平記』において引かれている箇所には傍線を付した（凡例参照）。

長恨歌校異表

底　本

那波本（影印）：下定雅弘・神鷹徳治編『宮内庁所蔵　那波本　白氏文集』（勉誠出版、二〇一二年三月）
明馬元調本（原本）：明治大学図書館蔵万暦三四年（一六〇六）序刊本
南宋紹興刊本（影印）：『白氏長慶集』（藝文印書館、一九八一年二月）
金澤文庫本（影印）：川瀬一馬監修『白氏文集　金澤文庫本』（大東急記念文庫、一九八三年一〇月‐一九八四年三月）
歌行詩本（影印）：長澤規矩也編『和刻本漢詩集成　唐詩』第十輯（汲古書院、一九七四年一一月）

凡　例

那波本を底本とし、他書は異同のみ示した。面→眼となっている場合、那波本は面、対校書では眼と作ることを示す。鈴→鈴／猿となっている場合、那波本は鈴、対校書では鈴・猿の二字を併記することを示す。

『太平記』において引かれている箇所には傍線を付した。波線は各書一致する箇所、一重線は西源・版本のみの引用箇所。

行	刊本系 底本：那波本	刊本系 紹興本	刊本系 馬元調本	旧鈔本系 金澤文庫本	単行本系 歌行詩本
一	漢皇重色思傾国、御宇多年求不得。		皇→王	宇→寓	
二	楊家有女初長成、養在深閨人未識。			閨→窓	
三	天生麗質難自棄、一朝選在君王側。				
四	廻眸一笑百媚生、六宮粉黛無顔色。		眸→頭		廻眸→回頭
五	春寒賜浴華清池、温泉水滑洗凝脂。				
六	侍児扶起嬌無力、始是新承恩沢時。				
七	雲鬢花顔金歩揺、芙蓉帳暖度春宵。				
八	春宵苦短日高起、従此君王不早朝。				
九	承歡侍宴無閑暇、春従春遊夜専夜。		閑→閒	宴→寢	
一〇	後宮佳麗三千人、三千寵愛在一身。			後→漢	
一一	金屋粧成嬌侍夜、玉樓宴罷醉和春。				粧→糚
一二	姉妹弟兄皆列土、可憐光彩生門戸。				土→士
一三	遂令天下父母心、不重生男重生女。				
一四	驪宮高處入青雲、仙樂風飄處處聞。				

一五	緩歌縵舞凝絲竹、盡日君王看不足。	縵→慢	縵→謾	縵→慢	縵→慢
一六	漁陽鼙鼓動地來、驚破霓裳羽衣曲。				
一七	九重城闕烟塵生、千乘萬騎西南行。	烟→煙		烟→煙	烟→煙
一八	翠華揺揺行復止、西出都門百餘里。				
一九	六軍不發無柰何、宛轉娥眉馬前死。	柰→奈	娥→蛾	柰→奈、娥→蛾	柰→奈、娥→蛾
二〇	花鈿委地無人収、翠翹金雀玉掻頭。				
二一	君王掩面救不得、迴看血涙相和流。		迴看→回首	面→眼、血涙→涙血	迴看→回首
二二	黄埃散漫風蕭索、雲棧縈紆登劔閣。			紆→廻	
二三	峨嵋山下少人行、旌旗無光日色薄。			峨→蛾、人行→行人	
二四	蜀江水碧蜀山青、聖主朝朝暮暮情。				
二五	行宮見月傷心色、夜雨聞鈴腸斷声。			鈴→猿	鈴→鈴／猿
二六	天旋日轉迴龍馭、到此躊躇不能去。		日→地、迴→廻		日→地、迴→回
二七	馬嵬坡下泥土中、不見玉顔空死處。				
二八	君臣相顧盡霑衣、東望都門信馬歸。		霑→沾		霑→沾
二九	歸來池苑皆依舊、太液芙蓉未央柳。				
三〇	芙蓉如面柳如眉、對此如何不涙垂。				

三一	春風桃李花開夜、秋雨梧桐葉落時。			夜→日	夜→夜／日、雨→雨／霧
三二	西宮南苑多秋草、宮葉滿階紅不掃。		階→堦	苑→内、宮→落	宮→宮／落
三三	梨園弟子白髪新、椒房阿監青娥老。				
三四	夕殿螢飛思悄然、孤灯挑盡未成眠。			孤→秋、成→能	成→能
三五	遲遲鐘鼓初長夜、耿耿星河欲曙天。			鼓→漏	鼓→漏
三六	鴛鴦瓦冷霜華重、翡翠衾寒誰與共。			翡翠衾寒→舊枕故衾	
三七	悠悠生死別經年、魂魄不曾來入夢。				
三八	臨邛道士鴻都客、能以精誠致魂魄。			道→方	誠→神
三九	爲感君王輾轉思、遂教方士殷勤覓。				
四〇	排空馭氣奔如電、昇天入地求之遍。		殷勤→慇懃	排→棑	空→風、昇→升、遍→徧
四一	上窮碧落下黃泉、兩處茫茫皆不見。		昇→升		
四二	忽聞海上有仙山、山在虛無縹緲間。			緲→眇	
四三	樓閣玲瓏五雲起、其中綽約多仙子。			閣→殿、中→上	閣→殿
四四	中有一人字玉眞、雪膚花貌參差是。	玉→太	玉→太	眞→妃、貌→皃	
四五	金闕西廂叩玉扃、轉教小玉報雙成。				
四六	聞道漢家天子使、九華帳裏夢中驚。		中→魂		中→魂

四七	攬衣推枕起徘徊、珠箔銀屏邐迤開。			攬→擥、徘徊→俳佪	
四八	雲鬢半垂新睡覺、花冠不整下堂來。	垂→偏	垂→偏	垂→偏	垂→偏
四九	風吹仙袂飄颻擧、猶似霓裳羽衣舞。		颻→飄		颻→飄
五〇	玉容寂寞涙攔干、梨花一枝春帶雨。		攔→闌	攔→瀾	攔→欄
五一	含情凝睇謝君王、一別音容兩眇茫。		睇→涕		睇→眸、眇→渺
五二	昭陽殿裏恩愛絶、蓬萊宮中日月長。		眇→渺	昭→照、絶→歇	
五三	迴頭下望人寰處、不見長安見塵霧。			望→視	迴→回
五四	唯將舊物表深情、鈿合金釵寄將去。			唯→空	
五五	釵留一股合一扇、釵擘黄金合分鈿。			股→鈷	擘→劈
五六	但令心似金鈿堅、天上人間會相見。			令→教、堅→竪	
五七	臨別殷勤重寄詞、詞中有誓兩心知。				
五八	七月七日長生殿、夜半無人私語時。				
五九	在天願作比翼鳥、在地願爲連理枝。				
六〇	天長地久有時盡、此恨緜緜無盡期。	盡→絶	盡→絶	緜緜→綿綿、盡→絶	緜緜→綿綿、盡→絶

三　考　察

前節で、一三四例の『白氏文集』引用例を挙げた。本節では採句傾向・本文系統について考察を進めていく。調査によって判明した『白氏文集』の出典は以下の通りである。巻数は那波本のもの。

巻一　：凶宅　一例（19）

巻三　：七徳舞　五例（用例番号33・36・84・87・120）
海漫漫　二例（106・107）
立部伎　一例（12）
上陽白髪人　二例（3・17）
胡旋女　二例（2・80）
新豊折臂翁　三例（30・60・95）
大行路　四例（4・29・37・117）
捕蝗　二例（1・122）
昆明春水満　二例（31・103）
城塩州　一例（32）

五絃弾　三例（53・66・92）
伝戎人　一例（59）

一二首　二八例

巻四：驪宮高　三例（9・56・71）
百錬鏡　四例（27・97・101・102）
両朱閣　一例（134）
八駿図　六例（45・46・47・49・50・51）
牡丹芳　二例（119・132）
売炭翁　三例（11・42・63）
母別子　一例（118）
李夫人　一例（70）
陵園妾　三例（21・26・99）
杏為梁　一例（38）
井底引銀瓶　二例（14・35）
隋堤柳　一例（86）
草茫茫　四例（48・108・110・112）
天可度　三例（41・61・62）

一四首　三五例

巻一〇：対酒　一例（77）

巻一一：南賓郡斎即事寄楊万州　一例（43）

巻一二：長恨歌伝　一〇例（6・76・81・91・92・105・113・123・126・130）：123・126は長恨歌と重複

長恨歌　四八例（5・7・8・10・20・22・23・24・25・34・39・40・44・52・54・57・58・64・65・68・69・73・74・75・78・79・82・83・88・89・90・93・94・100・104・111・115・116・123・124・125・126・127・128・129・131・133・134）123・126は長恨歌伝と重複

琵琶行　六例（13・18・55・85・98・114）

巻一三：賦得古原草送別　一例（121）

巻一四：送王十八帰山寄題仙遊寺　一例（96）

巻一八：香炉峰下新卜山居草堂初成偶題東壁五首（四）　二例（67・109）

巻五一：題故元少尹集後二首（一）　一例（28）
　　　　題故元少尹集後二首（二）　一例（15）
巻六九：夏日与閑禅師林下避暑詩　一例（16）
巻外　：長恨歌序　一例（126）

計三九首　一三八例（重複二、巻外一含む）

採句傾向を見ると、「長恨歌伝」「長恨歌序」を除けば全て詩からの引用に限られ、特に巻二〇までにほぼ限定されるという傾向が見える。これは、鎌倉時代までの白氏詩文引用の傾向と同じである。

更に限定をしていけば、「新楽府」・「長恨歌伝」・「長恨歌」・「琵琶行」に大きく偏っている。これは高橋貞一『太平記諸本の研究』七八五ページに、

白氏文集及び長恨歌傳を出典とする箇所を概観したのであるが、殆どすべての引用が、巻三、巻四及び長恨歌、琵琶行及び長恨歌傳の内であることは、最も注目すべきことである。（傍点ママ）

と述べられている通りである。この四作品のみで一二六例、実に全引用の九一％を占める。中でも長恨歌は突出して多く、三五・五％に達する。長恨歌中の用例では後宮の女性を総称する「三千」に係わるものが最も多く、一二例を

見る。

本調査において採った用例について、その多くは原詩でも異同がない箇所を出典としているか、本文系統の検討に用いることができない形（74「方士ガ海入テ楊貴妃ヲ見奉リシニ異ス」のように直接かつ具体的な引用ではなく、背景にある詩を読者に想起させるような書き方をする例など）での引用であった。

加えて、旧鈔本系・刊本系の判別には『太平記』特有の問題が存在する。物語を語る上で適当な形に詩句が変形されていることと、原詩の文字が訓読文に引かれて同音で意味の近い文字に置き換えられていることである。増田氏は29の大行路「夷途」を例に挙げて、

「夷途」（原詩）→「夷途《タヒラカナルミチ》」→「平路《タヒラカナルミチ》」→「平路」→「平路《ヘイロ》」（西源院本）

という変遷が見られることを示した。「夷途」を「タヒラカナルミチ」と読んだことで「平路」の字が当てられ、原詩の『太平記』諸本ではふりがなや訓がなが脱落した後にあらためて「ヘイロ」と訓じた、ということである。同様の例は、3において耿耿《こうこう》が同音の皓皓や皎皎となっているものがある。

このように原詩にない文字に置き換わってしまうと、それが『白氏文集』からの引用、あるいは影響を受けた詩句であることが確実であっても本文系統を導き出すのは困難になる。これもまた、『太平記』における白氏引用と白詩理解の一つの形であろう。

旧鈔本系・刊本系・単行本系それぞれのテキストに特徴的な文字を識別できたのは、以下に記す二〇例である。

①旧鈔本系の文字をもつ例

7　「駕スレハ輦ヲ共ニシ」

20　「落葉満テ」

29　梵舜・神田・教運・天正・米沢・毛利「夷路」、西源「平路」、玄玖・版本・神宮・南都・今川「夷途」

30　「一丁ヲ抽」

41　「君請テ蜂ヲ掇シム」

45　「頚ハ鶏ノ如ニシテ」

57　「深窓」

66　梵舜・神田・西源・教運・版本・南都・天正・今川・米沢・毛利「融々洩々」、玄玖・神宮は「融々」

71　玄玖・西源・梵舜・毛利・天正・教運・版本「墻」、神宮・神田孝平・南都・今川・米沢「垣」

72　「氷玉盤ニ」

107　「天水茫々トシテ」

117　「事」

②刊本系の文字をもつ例

47　「碧台ニ宴シ」

52　「闌干」

（78　「寒閨ニ臥セハ」）

③旧鈔本系・刊本系の文字が諸本によって異なる例

13　梵舜・玄玖・西源・教運・神宮・毛利「氷」、版本・天正・今川・米沢「水」

128　南都「深閨」、諸本「深窓」

126　玄玖・神宮・南都・梵舜・今川・米沢・竹中・天正・教運「旧衾旧枕」、毛利「旧枕旧衾」、西源・版本「翡翠衾寒」

④単行本の文字が現れる例

118　「荊」

126　「是ハ常ニ世ニ有ル物ナリ何ソ是ヲ以テ験ト為ルニ足ンヤ」

『太平記』に引用される『白氏文集』の本文は、旧鈔本系・刊本系の本文が並存しているが、旧鈔本系寄りの傾向を示すといえる。

ここで④の単行本の文字が現れる例に目を向けてみる。

126の「長恨歌序」は、単行本系の中でも、鎌倉時代から江戸にかけて日本で成立した特定のものにしか現れない。そのはじめは現在発見されているものでは、ともに正安二年（一二三〇）の奥書をもつ正宗敦夫氏旧蔵本と、三条西公正氏旧蔵本に遡る。(4)また坂本龍門文庫蔵の清原宣賢筆室町中期写本(5)が伝わる。江戸時代になると「歌行詩」と総称される、長恨歌伝・長恨歌序・長恨歌・琵琶行（并序）、野馬台詩を収録した刊本となった。[6]今回調査した『太平記』の本文は、例外なくこの引用文を含んでおり、伝世の初期から本文として存在したことがうかがえる。

これは『太平記』が摂取した『白氏文集』の本文は、成立当時、あるいは伝播の中で、大集としての『白氏文集』以外の、当時流行のテキストからの摂取があったことを明確に示している。

この点について太田次男氏は、

それでは（日本文学作品に：筆者注）引用される白詩の本文が刊本に替わるのは何時頃かといえば、これは正確にはいえないが、『太平記』に引かれる「長恨歌」のなかに、旧鈔本にはみられない文字が認められたので、この頃が一つの目処になるかも知れない。但し、それは必ずしも白氏文集刊本（むろん中国の刊本）の本文に拠るとは限らず、例えば『古文真宝』など、ほかの刊本所収本文によることもむろん可能である。

（太田次男『旧鈔本を中心とする白氏文集本文の研究』下　一二六〇ページ）


と述べている。これは西源院本あるいは版本の「楊貴妃事」「楊国忠事」段を指すと思われる。

『太平記』所引の『白氏文集』本文の直接の典拠について、いまこれを論じることはできない。先に述べた「当時流行のテキスト」は、「長恨歌序」の引用によって提起された「歌行詩」系の単行本の影響、また太田氏が指摘するような『古文真宝』（「大行路」、「琵琶行」、「長恨歌」、「七徳舞」等が収録される）、あるいは『和漢朗詠集』・『新撰朗詠集』といった名句名文を収めた集、抄物、『古文真宝』・『文苑英華』などの総集、『芸文類聚』・『太平広記』をはじめとする中国類書など、当時作者が参看しえた書物は和漢の広範な領域が考えられるが、これらにもそれぞれ異なるテキストが存在する。作者が記憶に頼って書いた箇所もあろう。いま筆者はこれらの全てに亙って比較検討するだけの見識をもっていない。

ここでは、以下のことを確認したい。

① 『太平記』が引く『白氏文集』の本文は、物語を語る上で適当な形に詩句が変形されている。

② 『太平記』に引用される『白氏文集』の本文は、旧鈔本系・刊本系の本文が並存しているが、旧鈔本寄りの傾向を示す。

③ 単行本系の中でも限られたテキストにしか存在しない特有の文字が現れる。

④ ②・③の理由により、『太平記』が摂取した『白氏文集』の本文は、成立当時、あるいは伝播の中で、別集としての『白氏文集』以外の、当時流行のテキスト(7)からの摂取があったと考えられる。

旧鈔本系・刊本系の本文が並存していることこそ『太平記』引用『白氏文集』本文の特質である。それは旧鈔本系から刊本系へ、『白氏文集』のテキスト受容の主流が移り変わっていく過程に発生し、その後続いていく現象を示しているのである。

注

（1）花房番号については本書二八ページを参照のこと。

（2） 神鷹徳治「紫式部が読んだ『文集』のテキスト――旧鈔本と版本」（日向一雅編『源氏物語と漢詩の世界 『白氏文集』を中心に』（青簡舎、二〇〇九年二月）所収）

（3）「太平記諸本校異一覧表」別表2（三一〇ページから）を参照

（4） 正宗氏旧蔵本は『長恨歌 正宗敦夫文庫本』ノートルダム清心女子大学古典叢書（ノートルダム清心女子大学・福武書店、一九八一年一〇月）に影印あり。三条西公正氏旧蔵本は、『文学』二一-六（岩波書店、一九三四年六月）に氏自身の紹介が載る。

（5） 影印は『長恨歌并琵琶行』阪本龍門文庫複製叢刊四（龍門文庫、一九六二年三月）：解説を川瀬一馬氏が書く。

（6） 長澤規矩也編『和刻本漢詩集成』唐詩一〇（汲古書院、一九九二年九月）所収の『長恨歌伝・長恨歌・琵琶行・野馬台』に元和末刊本の影印、神鷹徳治編『歌行詩諺解』（勉誠社、一九八八年六月）に貞享元年（一六八四）刊本の影印がある。

（7） 一二〇ページ参照。

第三章　引用される『白氏文集』本文から見た『太平記』諸本の系統について

『太平記』諸本分類は現在、鈴木登美恵氏の立てた甲乙丙丁の四分類を用いることが主流となっている。本章では『白氏文集』引用の観点から見て、この分類を改めて考えることとする。

鈴木氏は、「玄玖本太平記解題」（『玄玖本太平記』五所収、勉誠社、一九七五年二月）において、以下に引用する、巻二十二の有無に加え巻の分割方法をも基準に取り込んだ分類を提唱した。

甲類本（三十九巻に分割してゐる本。則ち、巻第二十二を欠く四十巻本）

神田本系（神田本）

玄玖本系（玄玖本・松井本・真珠庵本）

南都本系（南都本・内閣文庫本・東教大本・相承院本・簗田本・正木本）

西源院本系（西源院本・織田本）

乙類本（甲類の巻第二十六・二十七の二巻に相当する部分を三巻に分割して、全体を四十巻に分割してゐる本）

毛利家本系（毛利家本）
前田家本系（前田家本）
吉川家本系（吉川家本）
米沢本系（米沢本）
梵舜本系（梵舜本・神宮文庫本・天理本）
流布本系（古活字本・整版本の類）
丙類本（甲類の巻第三十二相当部分を二巻に分割し、甲類の巻第三十五のうちから所謂〝北野通夜物語〟を別に一巻として
　巻第三十八に当て、更に甲類の巻第三十六・三十七の二巻を併せて一巻として、全体を四十巻に分割してゐる本）
天正本系（天正本・義輝本[1]・野尻本巻第三十以前）
丁類本（甲類の巻第十四から巻第十八までの五巻に相当する部分を七巻に分割して、全体を四十一巻に分割してゐる本。及
　び、甲類の巻第十四から巻第十八までを七巻に分割した上、甲類の巻第三十八・三十九・四十の三巻を四巻に分割し
　て、全体を四十二巻に分割してゐる本）
京大本系（京大本・豪精本・釜田本巻第二十三以前）

この分類を元にして長坂成行氏の『伝存太平記写本総覧』が編まれた。現在諸本研究でもっとも多くの伝本をカタログ化している書である。書誌・所蔵者・翻刻や影印の有無、マイクロ等の有無などを記載しており、諸本を探すためには必携であろう。

一　甲類本

甲類本とそれ以外の各本で白詩引用に断層が見られる。18の「琵琶行」や94の「長恨歌」など、甲類本のみが引用ナシであり、乙類・丙類本に現れる例が見受けられる。まず甲類本／それ以外の諸本の間で分類すべきである。

二　丙類本：天正本系

丙類本は他系統に比し独自異文の多さが目立つ。以下、例示する。特に注記がなければ天正本系の天正本（一五九二年書写）・教運本（書写年代不明）に共通する箇所であり、どちらかのみに現れる場合は明記した。また、他の系統に引用が見られるが丙類本のみ引用が見られない19・20・41は（ナシ）とした。

天正本

17　彼上陽人ノ宮モカクヤト思召出ラレテ永日殊ニ暮シ難シ
18　外都ノ卑湿ニ遷居有シ事
19　（ナシ）
20　（ナシ）
31　昆明池ノ春ノ水西日ヲ浸テ淪々タルニ不㆑異

41　（ナシ）
43　夜灯照ス㆑窓ヲ愁ヒ霾㆓楼外㆒
44　比翼連理之語ヲモ為サハヤト
45　骨騰リ筋太シテ脂肉短ク頸如㆑鶏ノ
47　方星之精降テ
52　落涙モ闌干タリ
55　卑湿ノ行宮
85　此疎山柴棘ノ卑湿ニ
92　（天正本のみ）彼楊貴妃驪山ノ花清宮ニシテ蘭膏ノ湯ヲ沈セシニ皇帝其ノ膚ノ妙ナル事ヲ喜見テ驪山ノ雪夜浴
堂ノ春ト欹テ目ヲ細メ魂ヲ消シ玉シモ理哉ト思出テ目放モセス当居タレハ金肌玉骨ノ妙態羅綺ニダモ不㆑勝
ヘシテ
114　知ラヌ卑湿ノ南山トカヤ

一三箇所

教運本
17　彼上陽人ノ宮モカクヤト思召出ラレテ永日殊ニ暮シ難シ
18　外都ノ卑湿ニ遷居有シ事
19　（ナシ）

20　（ナシ）
31　昆明池ノ春ノ水西日ヲ浸テ淪々タルニ不㆑異ナラ
41　（ナシ）
43　夜灯照シ㆑窓ヲ愁ヒ霾ル㆓楼外ニ㆒
44　比翼連理之語ラヒヲモ成サハヤ
45　骨騰リ筋太ク脂肉短シ頸ハ如㆑鶏ノ
47　方星ノ精降リテ
52　落涙モ闌干タリ
55　卑湿之行宮
85　此疎山柴棘ノ卑湿ニ
114　知ヌ卑湿ノ南山トカヤ

一二箇所

『白氏文集』の引用から見ても、従来の指摘通り天正本と教運本は近いが、同一ではない。特に、92の長文が天正本のみに存することは両者の決定的な差となっている。しかし他は字遣いまでほぼ一致しており、この二本の影響関係が認められる。

従来天正本系諸本は記事の増補が多いと言われているが、白詩引用から見てもそれが裏付けられることとなった。

三　乙類本

次に、乙類本である。甲類本に近い引用を見せるのであるが、その中にも天正本系と同一出典の引用を見せる箇所がある。ただし、出典は同一であるが、字遣いは一致しない。

米沢本（書写年代不明）

18　此卑湿ノ地ニ移リタリシカ

47　方星ト云星降テ

毛利家本（一六〇三年以前書写）

18　平安城ヲ此卑湿ノ地ニ

95　サレハ開元ノ宰相宗開府カ幼君ノ為ニ武ヲ黷シ其辺功ヲ不レ立シモ智恵ナキ忠臣ト云ツヘシト

梵舜本（一五八六年写）

55　卑湿ノ行宮

今一度全体に立ち返ると、まず甲類本とそれ以外の各本で白詩引用に断層が見られる。白詩引用の場合は、梵舜本はやや甲類本に近い。これは諸本研究で言われている「梵舜本は乙類に属する」ということとは異なる現象である。いずれにせよ今回調査を行った乙類本は、いずれも丙類本の文字が見られるが、その程度には個々のテキストごとに差があるということである。

調査した『太平記』諸本で書写年代がわかるものを古いものから並べると以下の通りとなる。

・今川家本（丙類・一五〇五年）
・玄玖本（甲類・一五五四年？）
・西源院本（甲類・一五二一‐五四ごろ）
・神宮徴古館本（甲類・一五六〇年）
・梵舜本（乙類・一五八六年）
・天正本（丙類・一五九二年）
・毛利家本（丙類・～一六〇三年）

神田孝平旧蔵本（甲類）、南都本（甲類）・米沢本（乙類）、教運本（丙類）は書写年代不明である。ゆえに、米沢本・毛利家本と天正本・教運本の本文の先後関係はわからない。どちらがどちらに影響を与えたのか明確には論じられないので、乙類本を甲類から丙類に至る間に置くべきか丙類から更に下るものなのか、白詩引用の点からでは追い切れない。『太平記』諸本の研究では、梵舜本は天正本系からの引用が明白に認められるとされているので、白氏文集研究の観点から見た場合とは違いがある。だが、それはわずかであり新たに系統を論ずべき程の差ではない。

書写年代による差は、送り仮名・宛字の差というレベルにとどまり通常の同系統間の異同の域を超えない。白氏引用から見ても、写本の成立年代よりも、むしろその本が、甲・乙・丙・丁どの系統に属しているかで大きな分類ができると言える。諸本研究を補強する材料であろう。

四　西源院本について

甲類・西源院本の「楊貴妃事」は特異さが目立つ。西源院本の他の箇所は「一つの系統に拠らず、旧鈔本系と刊本系の本文が並存している」と前章で述べた通りなのだが、この章段のみ完全に刊本系テキストに依拠しており、その典拠や状況が大きな問題となる。この問題はおそらく西源院本の成立にも関わることにもなろう。だが、今の時点で答えを出すことはできない。

鷲尾順敬氏の翻字本『西源院本太平記』解説に拠れば、西源院本の書写年代は一五二一〜一五五四年頃、書写者を龍安寺十世の大休宗休（応仁二－天文一八年（一四六八－一五四九））に比定しており、未完軍記物語資料集の影印本に附された岡田氏の解説もまたこれを採る。影印で見る限り西源院本そのものには書写の手がかりとなる情報が残されておらず、さらに写真撮影後に火災を被って一部が焼失しており、残った本も周囲が焼け焦げ、一部の文字にかかっている。完全な形ではもはや残っていないのである。鷲尾氏は、『大雲山誌稿』を引き、筆跡をもって書写者を大休宗休としているが、その仮定の弱さは『西源院本太平記』解説に自ら「大休の筆として大過なかるべし」と記している通りである。現時点では決定的な証拠がなく、西源院本の書写年代・書写者については証明できないのである。

仮に大休宗休の筆になるという仮定が正しかったとすると、次に彼が刊本系テキスト（宋版であろう）を目にすることができたか、どのように目にしたのかという、禅林における『白氏文集』受容の問題が提起される。

これは堀川貴司氏の「中世禅林における白居易像」（『国語と国文学』七八‐五、至文堂、二〇〇一年五月）および『五山文学研究　資料と論考』（笠間書院、二〇一一年六月）などによって近年議論が始まったばかりの分野であり、本論の域を超える。後考を俟ちたい。

注

（1）蔵書印から長く義輝本と呼ばれてきたが、現在は教運本と称すべきであるとされている。四ページ注（8）を参照のこと。

第四章　『太平記』所引『白氏文集』本文の位置づけ

第二章において、『太平記』が引く『白氏文集』本文は以下の特徴をもつと結論した。

①『太平記』が引く『白氏文集』の本文は、物語を語る上で適当な形に詩句が変形されている。
②『太平記』に引用される『白氏文集』の本文は、旧鈔本系・刊本系の本文が交雑しているが、旧鈔本寄りの傾向を示す。
③単行本系の中でも限られたテキストにしか存在しない特有の文字が現れる。
④②・③の理由により、『太平記』が摂取した『白氏文集』の本文は、成立当時、あるいは伝播の中で、別集としての『白氏文集』以外の、当時流行のテキストからの摂取があったと考えられる。(1)

本章では、これを踏まえ、主に①について考察を進め、第二章と併せて『白氏文集』本文研究の中での位置づけを探っていきたい。

一　「三千」の表現をめぐって

まず取り上げたいのが、長恨歌の「後宮佳麗三千人、三千寵愛在一身」（後宮の佳麗は三千人、三千の寵愛は一身に在り）の影響を受けた表現である。『太平記』においてこの句に影響を受けたと考えられる表現は以下の通りである（本文は玄玖本を用いた）。

5　三千ノ寵愛一身ニ在シカハ
25　三千ノ宮女
39　三千ノ枡女
68　紅顔花ノ如ナリシ三千ノ宮女モ
93　三千人ノ官女ヲ一人下シテ
88　後宮三千ノ侍女ノ中ヨリ
104　三千ノ数ニモト
111　後宮ノ美人三千人
116　後宮ノ三千
124　然ラハ三千ノ宮女中ニ
125　即三千第一ノ美人

127　後宮三千ノ顔色　　一二例

長恨歌を直接書き下して引用する5以外の全てにおいて、「三千」とは「宮女」や「枡女」、「侍女」といった女性を表す名詞を修飾している。

使用対象を見ると、104のみ入内前の人物に対して使われているが、他は全て後宮の女性である。104は後宮の女性ではないが入内を目指していつくしみ育てた人物をいうので、「（後宮の）三千ノ数ニモ（入れたい）ト」（カッコ内筆者補足）と考えられる。よって広義では後宮の女性を形容していることになる。原詩の「後宮佳麗三千人、三千寵愛在一身」は玄宗の後宮の数多の美女の中で楊貴妃のみが寵愛されたことについての句であり、それを承けた『太平記』は、単なる美女に対してではなく、後宮に関係する多くの女性を総称する慣用句として「三千」「三千人」を用いているといえる。

『太平記』以前にこの意味で「三千」を用いている例は、以下のようなものがある（本文は新編日本古典文学全集によった）。

『和漢朗詠集』下・閑居（寛仁二年：一〇一八頃成立）　　閑賦　張読

「宮車一去　楼台之十二空長　隙駟難追　綺羅之三千暗老」

（宮車一たび去りて　楼台の十二長《とこしなへ》に空し　隙駟追ひ難く　綺羅の三千暗に老いたり）

『夜の寝覚』巻三（平安時代後期成立）

「御気色、いと三千人をきはむるほどにはあらざめるを」

『栄花物語』巻一七　おむがく（平安時代中・後期成立）

「唐土にも三千人の后などはおはするやうありけり」

『大鏡』人（平安時代後期成立）

「唐には、昔三千人の后おはしけれど」

「上陽人は楊貴妃にそばめられて、帝に見えたてまつらで、深き窓のうちにて、春の行き秋の過ぐることをも知らずして、十六にてまゐりて、六十までありき。かやうなれば、三千人のかひなし。」

『とはずがたり』巻一（鎌倉時代中・後期成立）

「あまた子供ありといへども、おのれ一人に三千の寵愛もみな尽くしたる心地を思ふ」

むろんこれが『太平記』以前の全ての用例ではないが、「三千」と後宮の女性が結びついていることが見てとれる。『和漢朗詠集』以外はみな長恨歌が出典と考えられる。後宮に関係する女性を総称する「三千」の表現は漢詩文に由来し、平安時代から慣用的に用いられており、『太平記』の用例もこの延長線上に位置しているといえる。

二　白詩の影響を受ける表現の類別

増田欣氏は、『太平記』の漢詩文の影響を、語句の引用と故事の引用に大別した。それは以下のような分類[2]であった。

（1）中国の古典に典拠を有する語句や漢詩句の引用
（2）中国の古典にその事績の述べられている人物の名や事物の名目の修辞的引用
（3）中国の古典に叙述されている歴史的もしくは伝説的事象の修辞的引用
（4）中国の古典に叙述されている歴史的もしくは伝説的事象の説話的叙述
（（1）を語句の引用、（2）～（4）をまとめ、故事の引用としている）

いま、白詩について、この分類に沿ってまとめる。

二―一　中国の古典に典拠を有する語句や漢詩句の引用

この類型は「引用の形態によって、本来的な引用と同化的な引用との二つに分けることができる[3]」と定義している。

本来的な引用（直接引用：直接話法的）

1 田服ノ外百里ノ間空ク赤土ノミ有テ青苗ナシ餓莩岐ニ満テ飢人地ニ倒ル此年銭三百ヲ以テ粟一斗ヲ買フ

2 金鶏障ノ下ニ冊レテ

3 一生空ク玉顔ニ近カセ給ハス深宮ノ内ニ閇テ春ノ日ノ難レ暮レコトヲ歎キ秋夜ノ長恨ミニ沈マセ給フ金屋ニ
人無シテ耿々タル残ノ灯ノ壁ニ背ケル影薫籠ニ香消テ蕭々タル暗雨ノ窓ヲ打ツ声

4 人生レテ莫レ作二婦人ノ身ト一百年ノ苦楽ハ由二他人ニ一

6 都テ三夫人九嬪廿七ノ世婦八十一ノ御妾及ヒ後宮ノ美人楽府ノ妓女

7 花ノ下ノ春ノ遊ヒ月ノ前ノ秋ノ宴駕スレハ輦ヲ共ニシ幸スル寸ハ席ヲ専ニシ給フ是コリ君主朝政為シ給ハス
（中略）乍見ル光彩ノ始テ門戸ニ成ルコトヲ此時天下ノ人男ヲ生ムコトヲ軽ンシテ女ヲ生コトヲ重フセリ

12 堂下ノ立部袖ヲ飜シ梨園ノ弟子曲ヲ奏セシム繁絃急管何レモ金玉ノ声玲瓏タリ

13 間関タル鶯ノ語ハ花ノ下ニ滑ニ幽咽セル泉ノ流ハ氷リノ底ニ難敵怨清和節ニ随ツテ移ル四絃一声帛ヲ裂クカ
如クニシテ抹テハ又挑返ヘス

14 為二君カ一日ノ恩ノ一誤ルトハ二妾ガ百年ノ身ヲ一

19 梟松桂ノ枝ニ鳴キ狐蘭菊ノ叢ニ蔵ル（4）

29 大行ノ路能ク車ヲ摧ク若人ノ心ニ比ブレバ是夷ナル途ナリ巫峡ノ水能舟ヲ覆ス若人ノ心ニ比ブレバ是安キ流
ナリ人ノ心ノ好悪太タ不レ常トハ云ナカラ

30 彼ノ雲南万里ノ軍戸ニ三丁アレハ一丁ヲ抽ト云ヘリ

33 自ラ疵ヲ吸ヒ血ヲ含テ

37　行路ノ難キ詩ニ不レ在山兮不レ在水唯人ノ情ノ反覆ノ間ニ在リ

38　驕レル者ハ失シ倹ナル者ハ存ズ

45　骨昂リ筋太シテ脂肉短シ頸ハ鶏ノ如ニシテ

48　一凶一吉的然トシテ耳ニアリ

49　由来尤物ノ是レ非レ吉キニ君ノ心ヲ蕩テ即害ヲ為者也

51　只奇物ノ翫ヲ止テ

53　第一第二ノ絃ハ索々タリ秋ノ風松ヲ払テ疎韻落ツ第三第四ノ絃ハ冷々タリ夜ノ鶴子ヲ憶テ籠中ニ鳴ク絃々掩抑シテ只拍子ニ移ル

56　玉ノ甃暖ニシテ落花自ラ繽紛タリ

61　言ノ下ニ骨ヲ消シ笑ノ中ニ刀ヲ研トハ

66　繁絃急管ノ声一唱三嘆ノ曲融々トシテ正始ノ音ニ叶シカハ

70　言ス咲ス人ヲ愁殺スト

71　墻ニ苔生ヒ瓦ニ松古リテ

72　繊珊瑚ヲ撃ク一両曲氷玉盤ニ写ス千万声

76　楽ミ尽キ悲ミ来ル

86　土墳数尺ノ草

96　酒煖テ焼残セル紅葉毎レ手ニ折覆テ

121　蘺々タル原上ノ藂ニ

132　花開花落ツルコト二十日間一城之人皆如レ狂セル

同化的な引用（作者自身のことばにとりこめてしまう引用：間接話法的）

9　一人出サセ給フ事容易カラ子ハ

11　三日マテ食ヲ断ケレハ

15　龍門原上ノ苔ニ埋モルトモ

16　瘴海ノ気冷ク

20　払フ人ナキ閑庭ニ落葉満テ蕭々タリ[5]

21　鬢ヲロソカニシテ膚ヘ消ヘタル御形[6]

23　粧成テ一ヒ笑ハ百ノ媚君カ眼ヲ迷テ[7]

24　一ヒ宮中ニ入ツテ君王ノ傍ニ侍シヨリ[8]

26　青絲ノ鬢面ヲロソカニシテ何ツノ間ニカハ老ハ来リヌラント恠レ紅玉ノ膚消テ今日ヲ限ノ命共ガナト歎シ疎ニ思沈マセ給ケル

27　百王治天ノ安危ヲ勘テ

28　骨ハ化シテ黄壌一堆ノ下ニ朽ヌレト

34　霓裳一曲ノ調ヘノ中ニ鼙鼓地ヲ動テ来リ

36　是只君ノ聖文神祇ノ徳ニ依スハ

40　鴛鴦ノ衾ノ下ニ

41　誰カ知偽ノ言ハ巧ニシテ簧ニ似タルコトヲ君ニ勧テ鼻ヲ掩ハシムトモ君掩コト莫レ君カ夫婦ヲシテ参商ト為シム君請テ蜂ヲ掇シムトモ君掇コト莫レ君カ母子ヲシテ豺狼ヲ成ラシメリ

43　夜灯照スレ窓ヲ愁ヒ霾二楼外ニ一

44　比翼連理之語ヲモ為サハヤト

46　穆王是ニ乗テ四荒八極不レ至ト云事ナシ

47　方星ト云フ星降テ八疋ノ馬ト成ケリ穆王是ヲ愛シテ造父御タラシメ四荒八極ノ外瑶池ニ遊ヒ碧台ニ宴シ給シカハ七廟ノ祭ルコト年ヲ逐テ衰エ明台ノ礼日ニ随フテ廃レテ周ノ世是ヨリ傾キケリ

52　落涙モ闌干タリ

57　養ハレテ深窓ニ有シ時ヨリ

58　玉妃ノ太真ヲ出シ春ノ媚ヲ残セリ

59　朝ノ湌食飢渇シテ夜ノ寝覚蒼々タリ

60　魂浮レ骨空クシテ天涯望郷ノ鬼ト成スラント

62　誠ニ人ノ心ノ測リ難キ事天ヨリモ高ク地ヨリモ厚シト申習ハシタル事ニテハ候ヘトモ

63　物具ヲ沽テロ中ノ食ヲ継ケルカ

69　深宮ノ内ニ長セ給シ後

73　立チ徘徊ハセ給タレト

75　長生殿ノ裏ニハ梨花ノ雨塊ヲ破ラス

78　竹苑故宮ノ月心ヲ傷シメ飯テ寒閨ニ臥セハ椒房寡居ノ風夢ヲ吹ク

87　先帝程ノ聖主又神武ノ君ハ未タヲワシマサヽリシカハ

97　百王ノ理乱四海ノ安危

100　此十余年我身ノ長ヲ待

122　窮民孤独ノ飢ヲ資ニモ非ス

134　爰騰二歌詠ヲ於五雲之間ニ一

二―二　中国の古典にその事績の述べられている人物の名や事物の名目の修辞的引用

この類型は「中国の史伝に名の高い人物などの名を借りきたって、修辞的な効果を高めるための比況法や直喩法、時には隠喩法に用いたもの」(9)と定義される。定型句的な表現をここに分類する。

10　況ヤ連理ノ契リ不浅シテ

18　此卑湿ノ地ニ遷シタリシカハ

25　三千ノ宮女御涙ヲ滴デヽ面々ニ臥沈ミ給フ

39　三十六ノ後宮ニハ三千ノ枡女粧ヲ餝リ

50　方星ノ精化シテ此ノ馬ト成テ人ノ心ヲ蕩サント為ル者也

55　卑湿ノ行宮

64　剣閣ノ雲ニ踏迷ヒ

65 住来シ跡ニ還給タルトモ庭ニハ秋草寂繁テ通モ露深ク閨ニハ夜月指入テ塵掃フ人モ無シ

67 霜ニ響ク遠寺ノ鐘ニ御枕ヲ峙テハ

68 紅顔花ノ如ナリシ三千ノ宮女モ

77 倶ニ東岱前後ノ烟ト立上リ北芒新旧ノ露トモ消ナハヤト

79 烟塵暗ニ浸シ二九重之月ヲ一翠花再ヒ払フ二四迷之雲ヲ一

80 金屋ノ内ニ粧ヒヲ閉チ鶏障ノ下ニ媚ヲ深クセシヲ

81 羅綺ニタモ堪サル形ハ

82 連理ノ枝ノ頭ニ驪山ノ花自ラ濃ナリシカハ

83 一度笑テ幽王国ヲ傾ト

85 此疎山柴棘ノ卑湿ニ

88 後宮三千ノ侍女ノ中ヨリ

89 楊貴妃一ヒ笑テ六宮ニ無顔色ト申事候ヘハ

90 玉顔寂寞トシテ涙闌干タリト譬ヘシ雨中ノ梨壺

91 此女房湯ヨリ揚リケリト覚ヘテ

92 彼楊貴妃驪山ノ花清宮ニシテ蘭膏ノ湯ヲ沈セシニ皇帝其ノ膚ノ妙ナル事ヲ喜見テ驪山ノ雪夜浴堂ノ春ト歆テ目ヲ細メ魂ヲ消シ玉シモ理哉ト思出テ目放モセス当居タレハ金肌玉骨ノ妙態羅綺ニダモ不レ勝ヘシテ

93 三千人ノ官女ヲ一人下シテ(10)

94 后三千ノ列ニ勝レ(11)

98　福原ノ卑湿ニ移セシ時モ
104　有ル貴人ノ御女深キ宮ノ中ニ冊レテ三千ノ数ニモト
109　冷愁シサマサル簾外ニハ蘆峯ノ雪モ浦山敷
114　知ラヌ卑湿ノ南山トカヤ
115　今ハ連理ノ枝ノ上ニ
116　後宮ノ三千
125　然ラハ三千ノ宮女中ニ
134　爰騰二歌詠ヲ於五雲之間ニ一

二―三　中国の古典に叙述されている歴史的もしくは伝説的事象の修辞的引用

この類型は「鎌倉末・南北朝期当時の社会的事件や人物の事績を、あるいは強調し、あるいは意義づけ、そして時には批判するために、その事件や事績と類似の、もしくは対蹠的な中国故事をもちきたって比較対照する修辞法[12]」と定義される。

5　三千ノ寵愛一身ニ在リシカハ六宮ノ粉黛モ顔色無カ如シナリ
8　雪ノ膚透キ徹ツテ宛カモ大掖ノ芙蓉ノ新ニ水ヲ出シタルニ異ナラス
17　彼上陽人ノ宮モカクヤト思召出ラレテ永日殊ニ暮シ難シ

22　梨花一枝春ノ雨(13)

31　昆明池ノ春ノ水ニ日ヲ沈メテ渕淪タルニ異ナラス

32　城塩州ノ受降城モ角ヤト覚テ

35　棄テ二我カ百稔ノ命ヲ一報ス二公カ一日ノ恩ニ一

42　落葉ヲ列テ身上ノ衣トシ菓実ヲ拾テ口中ノ食トシテ

54　タゝ安禄山カ潼関ノ軍ニ官軍忽ニ打負テ玄宗皇帝自ラ蜀ノ国エ落サセ給シニ六軍翠花ニ随テ剣閣ヲ経シニ異ナラス

74　方士ガ海入テ楊貴妃ヲ見奉リシニ異ス

84　唐ノ太宗ノ魏徴ニ哭セシカ如ク

95　其在ハ開元ノ宰相宋朝ノ開府カ幼君ノ為ニ武ヲ黷シ其辺功ヲ立サリシモ智慮ノ忠臣トイツヘシ

99　禁裏仙洞ハ松門茅屋ノ如クナレハ

101　光瓊粉ノ琢磨ヲ不レ仮トモ化シテ一片ノ秋ノ漂水ノ如シ(14)

102　面上ノ眼ハ其高天ニ耀ケル百錬ノ鏡ノ如ク(15)

103　喉下ノ鱗ハ夕日ヲ浸セル大洋ノ浪ニ不異(16)

105　宮門ヲ出入スルニ時ノ王侯貴人モ目ヲ側テ(17)

113　出入身ヲソハメ

119　春風三月一城ノ人皆狂ゼルニ異ナラス

120　昔唐太宗戦ニ臨テ士ヲ重セシニ血ヲ含ミ疵ヲ吸フ耳ニ非ス亡卒ノ遺骸ヲハ帛ヲ敷テ是ヲ収シモ角哉ト覚テ哀

也

123　玉妃傍ニ媚テ玄宗世ヲ失ヒ給ヒシモ角ヤト
133　往昔ノ七夕ニハ長生殿ニシテ二星ノ契ヲ羨テ六宮ノ美人

二―四　中国の古典に叙述されている歴史的もしくは伝説的事象の説話的叙述

この類型は「挿入説話」[18]と定義される。


106～108は挿入説話「始皇求蓬萊之事」である。

110～112は挿入説話「項羽高祖之事」である。

117～118は挿入説話「梵漢物語之事」である。

126は挿入説話「楊国忠事」である。

127～131は挿入説話「北野詣人世上雑談事」のうち「玄宗奪寧王夫人事」である。


最も多いのは（1）「中国の古典に典拠を有する語句や漢詩句の引用」であり、（2）「中国の古典にその事績の述べられている人物の名や事物の名目の修辞的引用」32例、（3）「中国の古典に叙述されている歴史的もしくは伝説的事象の修辞的引用」22例、（4）「中国の古典に叙述されている歴史的もしくは伝説的事象の説話的叙述」５ヶ所となる。

（1）～（3）の中には挿入説話の中に現れる用例があり、（4）とどちらに分類すべきか検討したが、挿入説話は白居易の作品そのものを故事として採って、長恨歌なら長恨歌そのものの筋立てをたどっていくものと考え、（4）以外の該当箇所に分類し、いずれの説話に現れるかは注に示すこととした。

三　結　論

前項の分類を見渡せば、『太平記』所引の『白氏文集』本文は、まず何をおいても物語を語る上での修辞法であると言える。文字が同訓・同音で同義のものに交代している例がしばしば見受けられることからも分かるように、その引用は決して原典に正確なものではない。また、直接引用しない例では「城塩州ノ受降城モ角ヤト覚テ」のように、裏にある白詩の内容を暗喩するものであったり、「三千」の例のようにただ単に特定の状況下において形容詞的に用いられたりするものがある。『太平記』は中国文学作品の〈受容者〉であり、白詩はあくまでも物語内部の道具として用いられている、と言う点をまずはおさえておかねばならない。

その上でなお、引用文内部には、作者が拠ったであろうテキスト系統をうかがわせる文字が散見される。それは全部で二〇例を指摘できる（本書一一八・一一九ページ参照）が、それはテキスト系統としては若干の刊本系を含みながらも旧鈔本系に近いものであった。しかしながら、二例ではあるが単行本系にしか現れない文字があり、これによって『太平記』が摂取した『白氏文集』の本文は、成立当時、あるいは伝播の中で、別集としての『白氏文集』以外の、当時流行のテキストからの摂取があったと考えられる。具体的には一二〇ページ末に列挙したが、『和漢朗詠集』のような名句名文集、『長恨歌・琵琶行抄』のような抄物、『文苑英華』のような総集、金言集など非常に幅広い。

「楊貴妃事」における西源院本・版本の引用文が刊本系テキストに寄るのは、こうした状況の中で異様に見える。両者がいかにしてこの本文を持つに至ったのかを解明することは、『太平記』の研究においても、室町時代の白詩受容プロセスの研究においても非常に大きな問題であるが、本書で解決することはできなかった。

室町時代、『白氏文集』を引用する書物は多岐にわたる。増田氏によって〈媒介者〉と定義されたその多くの書物のうち、『太平記』作者がいずれに拠ったのか、現時点で特定することは非常に困難である。もとより何か一本に依拠して書いたとは考えづらいし、作者自身の記憶によったものもあったろう。

『白氏文集』本文受容の研究の視点から見れば、この「別集の影響のある旧鈔本系寄りのテキスト」を有することと、それによって見えてくる〈媒介者〉の多様さが、『太平記』における『白氏文集』受容の特質だといえる。『太平記』においては、その内部に室町時代の『白氏文集』受容の状況が反映されていると言えるだろう。それは刊本系・写本系テキストの混在に見られる本文並存現象と、単行本系テキストの影響による「長恨歌序」の本文の摂取となって現れている。

今後、受容の主流となる本文系統の変遷期における『白氏文集』受容状況の研究を進めて行くに当たっては、まずどのような書物に、どのような本文系統の引用が見られるのかを一つずつ確認していかねばならない。それは森の中から一本の木を探すような作業であるが、当時の日本人はこれら〈媒介者〉を通じて白詩を受容していたのであり、ここを解明せねば当時の状況に迫ることはできない。改めて白詩の影響の広大さを実感せずにはおれないのである。

注

（1）　本書一二〇ページ参照。

(2)『太平記』の比較文学的研究』五〇ページ。
(3) 注(2)に同じ。
(4) 挿入説話(呉越帥之事)の一部である。
(5) 注(4)に同じ。
(6) 注(4)に同じ。
(7) 注(4)に同じ。
(8) 注(4)に同じ。
(9)『太平記』の比較文学的研究』五四ページ。
(10) 挿入説話(戎王之事)の一部である。
(11) 注(4)に同じ。
(12)『太平記』の比較文学的研究』五五ページ。
(13) 注(4)に同じ。
(14) 挿入説話(三種神器来由事)の一部である。
(15) 注(10)に同じ。
(16) 注(10)に同じ。
(17) 挿入説話(廉頗藺相如之事)の一部である。
(18)『太平記』の比較文学的研究』五九ページ。

第二部　日本における『白氏文集』受容の形態

第一章 『奥入』所引『白氏文集』本文について

『奥入《おくいり》』は、『源氏物語』古注釈書としては藤原伊行の『源氏釈』に次いで古い本であり、それを受けて成立している。

作者は藤原定家（一一六二－一二四一年）である。定家は『源氏物語』本文史において、「青表紙本」と呼ばれる、現在主流となった系統のテキストの校定者として特別な位置を占める。『新古今和歌集』を撰進し百人一首を撰んだ歌人として有名だが、他にも校本『土佐日記』や日記『明月記』など、多くの著作を遺している。漢籍にも詳しく、歌論書『詠歌大概』の中で「白氏文集第一・第二帙常可握翫」（白氏文集の第一・第二の帙を常に握翫すべし）との言葉を残している。平安末から鎌倉初期の文学を扱うとき、必ずといっていいほど行き当たる人物である。

日本における古典文学作品の『白氏文集』受容研究の一形態に、注釈書がある。物語表現の典拠を指摘していく書物だが、『奥入』はこれにあたる。鎌倉初期という旧鈔本系テキストの影響下にある時代にできており、引用文にもそれが反映されていると考えられる。以下、まず『奥入』諸本の概要を述べた後、白氏詩文の引用例を掲げ、本文系統について考察していくことにする。

一　『奥入』諸テキストについて

現在残る『奥入』は、成立までいくつかの段階を踏んでいるというのが定説である[1]。これを成立順に第一次・第二次と呼んでいる。第一次は定家所持の『源氏物語』各巻の末尾に、覚え書きのように記されたものであり、第二次は定家自身がそれを切り出して[2]項目の追加を行い、枡形・粘葉装の一冊に仕立てたものである。本文末尾から切り出したことは、自筆本『奥入』料紙の端や裏面に、時折『源氏物語』本文の末尾が残っていることから推測されている。

この他に、別本と呼ばれる最も項目数の多いテキストも残るが、果たして定家の手になったのか、という点も含めて、第一次・第二次本との関係は完全には分かっていない。項目数は、第一次・第二次・別本の順に増えている。第一次・第二次の順番を逆に考えるなど成立には異説もあるが、ここは、池田利夫氏の「一人の人の注で繁から簡に移ることがどれほどあるか知らないが、総じては逆であろう[3]」との説に従うことにする。

最後に、『奥入』諸本の形態についてまとめておく。

まず、第一次『奥入』に関して述べる。これは未だ本文から切り出されない形で残ったものである。現在知られている良好なテキストは、定家自筆本、それに準じるとされた明融臨模本、そして大島本であり、合わせて四十二帖が残る[4]。

一方、第二次『奥入』はほぼ全ての巻にわたる自筆本が現存し、その注釈を作者自身の筆でうかがい知ることが出来る点で唯一無二の資料と言えよう。ただし、これは「手習」巻で終わっているほか、落丁があり、鷹司兼冬（正応二‐徳治三年：一二八九‐一三〇八）の手になる高野本『奥入』によって補えるとされる。しかしそれでも「螢」「篝火」「夢浮橋」を欠く。

別本については、未だ定説を見ないのと、本論に直接の関係がないため、割愛する。

本章の執筆に当たっては、第二次本である自筆本『奥入』の影印を用いた。(5) これは、本章の主眼は定家の目睹した漢籍テキストがどのような系統のものであったのかを明らかにした上で、その引用態度を論じることであり、そのためには自筆本の中でも、ほぼ全巻にわたる注が残っている本書によるのが最上であると考えたからである。

二　漢籍引用数とその出典

以下に自筆本『奥入』所引漢籍の出典と編目、引用数を示す。漢籍に限り、仏典と日本人の手になる漢詩文は含まない。本節では『奥入』引用漢籍の出典を概観する。

経部
毛　詩（国風・豳「七月」）1
古文孝経（掛冠）1
史部
史　記　引用数8

周本紀1　秦本紀1　漢本紀1　呂后本紀1
項羽本紀1　呉太白世家1　魯世家1　田敬仲完世家1

漢　書　引用数2
鄒陽伝1　広徳伝1

晋　書　引用数3
嵇康伝1　郤詵伝1　石崇伝1

東観漢記（逸文）1

子部

遊仙窟　1

蒙　求　引用数4
逢萠掛冠1　孫康映雪1　車胤蛍雪1　蔣詡三逕1

目蓮関係　1

集部

文　選　引用数3
豪士賦序2　歎逝賦1

白氏文集　引用数33
長恨歌7　長恨歌傳2　琵琶引1　自嘲詩1　暮立1　庾楼暁眺1　寄殷協律1
北窓三友1　聞夜砧1　夜聞歌者1　八月十五日夜〜1　草堂記1　生別離1

薔薇正開春酒初熟因招劉十九張大夫崔二十四同飲1　十年三月三十日別微之〜1
香炉峰下新卜山居初成草堂偶々題東壁　一1　香炉峰下新卜山居初成草堂偶々題東壁　四1
秦中吟2（内訳　重賦1　議婚1）　新楽府7（内訳　上陽白髪人2　李夫人2　陵園妾2　傳戎人1）
元氏長慶集（和漢朗詠集所収）1
劉夢徳文集（和漢朗詠集所収）1
計一三種六〇ヶ所

引用数から見ると、集部に重点が置かれているのがわかる。全体の六割近くを『白氏文集』が占める。『白氏文集』、とりわけ「長恨歌」と「新楽府」は源氏への影響が大きい漢籍であるが、これを重視しているのが分かる。しかし、『史記』をはじめとした史書も、計十二ヶ所と全体の二割ほどを占める。この二種のみで全体の八割であり、古くから源氏の解釈に重要だと考えられていたことが分かる。また、『目連変文』という、唐代の通俗文学作品を引いているのは珍しい例であるようだ(6)。

第一部で取り上げた『太平記』が、史部の書を重く見るのと対照をなす。

三　校　異

『白氏文集』の引用例についてその校異を見ていく。テキストによって対校に使用した本が違うので、その都度示していく。

凡　例

・異同がある場合「爐火盡→烟火盡」のように表した。上が『奥入』所引の文字、下が対校した本の文字である。
・異同がない場合は「異同なし」とした。
・対校に使用した本は、その都表中で示した。
・『奥入』にあるが対校書にその文字がない場合は「ナシ」とした。
・便宜のため、作品題名上に番号を示した。
・フォントの都合上、入力不可能な場合はいわゆる新字体で代替している。この場合特に注は付けていない。（例：「逝」は本来二点しんにょうだが、一点しんにょうになっている）
・『和漢朗詠集』に見えるものは題の後に堀部正二『校異和漢朗詠集』（大学堂書店　一九八一年七月）による番号と編目を示した。
・『白氏文集』の作品番号は、花房英樹氏『白氏文集の批判的研究』（中村印刷出版部　一九六〇年三月）によった。
・配列は花房番号順である。

引用番号	作品番号・作品名	旧鈔本系		刊本系	出現巻
		神田本	金沢本	那波本	
1	0075文集　秦中吟（議婚）				
	天下無正聲　悦耳卽爲姝		欠巻		帚木

	天下無正色　悦目卽爲姝 顔色非相遠　貧富則有殊 貧時爲所弃　富爲時所趨 紅樓富家女　金縷繡羅襦 見人不歛手　嬌癡二八初 母兄未開口　已嫁不須臾 綠窓貧家女　寂寞二十餘 荊釵不直錢　衣上無眞珠 幾迴人欲娉　臨日又踟躕 主人會良媒　置酒滿玉壺 四座且勿飲　聽我歌兩途 富家女易嫁　嫁早輕其夫 貧家女難嫁　嫁晩孝於姑 聞君欲娶婦　娶婦意何如		歛→斂	
2	0076文集秦中吟（重賦） 夜深爐火盡　霰雪白紛々 幼者形不蔽　老者體無温 悲端与寒氣　併入鼻中	欠巻	爐火盡→烟火盡	末摘花
3	0131樂府上陽人 未容君王得見面已被 楊妃遙側目妬令潛配上陽宮 異同なし	異同なし	異同なし	竹河

4	0131上陽人 秋夜長　々々無眠天不明　耿々殘 燈背壁影　蕭々暗雨打窓聲	眠→睡	眠→寐		幻
5	0144文集樂府　傳戎人 涼源卿井不得見　胡地妻子虛 弃捐	子→児	傳→縛 涼源卿→涼原郷　子→児	涼源卿→涼原郷　子→児	玉鬘
6	0160樂府　李夫人 人非木石皆有情　不如不遇傾 城色	異同なし	異同なし	異同なし	蜻蛉
7	0161樂府　陵園妾 松門到曉月俳佪　栢城盡日風 蕭瑟 陵園妾々々々　顔色如花命如葉 命如葉薄將奈何	俳佪→徘徊	異同なし	異同なし	手習
8	0160樂府　李夫人 漢武帝初喪李夫人　々々病時 不肯別　死後留得生前恩 君恩未盡念未已　甘泉殿 裏令寫眞　丹青畫出竟 何益		喪→哭 未盡→不盡	喪→哭 未盡→不盡	総角 末摘花

	不言不笑愁殺君　又令方士	笑→咲	君→人	君→人
	合靈藥　玉釜煎錬金爐焚	煎→剪		
	九華帳深夜悄々　反魂香		深→中	深→中
	反夫人魂　夫人之魂在何許		反→降	反→降
	香煙引　到焚香處既來何		煙→烟	煙→烟
	苦不須臾縹眇悠揚還		眇→渺　揚→楊	眇→緲　揚→楊
	減去　去何速兮來何遲			
	是邪非邪兩不知　翠娥	是邪非邪→是耶非耶	娥→蛾	娥→蛾
	髣髴平生皃不似昭陽寢		皃→貌	皃→貌
	疾時魂之不來君心苦			
	魂之來兮君亦悲　背燈			
	隔帳不得語安用暫			
	來遙見	來遙見→來遙見爲	來遙見→來還見違	來遙見→來還見違
	傷心不獨武皇帝自古及		武皇帝→漢武帝	武皇帝→漢武帝
	今多若斯　君不見穆王三日		多→皆	多→皆
	哭重璧臺前傷盛姬			
	又不見秦陵一掬淚　馬		秦→泰	秦→泰
	嵬路上念楊妃　縱令妍			
	姿艷骨化爲土　此恨長在		骨→質	骨→質
	無銷期　生亦惑死亦惑			
	尤物感人忘不得　人非木		感→惑	感→惑
	石皆有情　不如不遇傾城色			
9	0498夜聞歌者　宿鄂州			宿鄂州→ナシ

	夜泊鸚鵡州　江秋月澄徹 隣船有歌者　發調堪秋絶 歌罷繼以泣　泣聲通復咽 尋聲見其人　有婦顔如雪 獨倚帆墻立　娉婷十七八 夜涙似眞珠　雙々墮明月 借問誰家婦　歌泣何悽切 一問一霑巾　低眉竟不説	欠巻	澄徹→澄澈 巾→襟　竟→終	紅葉賀
10	0579生別離 晨鷄再鳴殘月沒　征馬連嘶 行人出	欠巻	鷄→雞	総角
11	0595長恨哥傳 方士乃竭其術以索之不至 又能遊神馭氣出天界没 地府以求之　又不見　又旁求 四虚上下東極絶天海跨蓬 壺見寂高仙山上多樓閣西廂 下有洞戸東嚮　イ闔其門　署曰 玉妃太眞院　方士抽簪叩扉有 雙鬟童女出應門 于時雲海沈々洞天日晩瓊戸	閣→闕 署→暑 晩→暮	又不見→不見 絶→ナシ 寂→取　閣→闕 闔→闔 鬟→ナシ	宿木

	重闈悄然無聲 言訖憫然　指碧衣女取金釵 鈿合各折其半授使者曰　爲 我謝太上皇謹獻是物	憫→黙	憫→憫悶　衣女取→衣取 我→ナシ	
12	0595長恨哥傳 指碧衣女取金釵鈿合各折其半 授使者曰爲我謝太上皇謹獻是物 尋舊好	異同なし	衣女取→衣取 我→ナシ	桐壺
13	0596長恨哥 歸來池苑皆依舊　大液芙蓉未央柳 在天願作比翼鳥　在地願爲連理枝	大液→太液	大液→太液	桐壺
14	0596長恨哥（和漢朗詠集787：恋、前半のみ） 夕殿螢飛思悄然　秋燈挑盡未能眠 春宵苦短日高起　從此君王不早朝	異同なし	秋燈→孤燈	桐壺 幻
15	0596長恨哥 楊家有女初長成　養在深窓人未識	異同なし	異同なし	帚木
16	0596長恨哥 七月七日長生殿　夜半無人私語時 在天願比翼鳥　々々々 天長地久有時盡　此恨綿々無絶期	異同なし	無絶期→無尽期	夕顔

17	0596長恨哥 鴛鴦瓦冷霜華重　舊枕故衾 誰与共	異同なし	舊枕故衾→翡翠衾寒	葵
18	0598琵琶引 今年歡笑復明年　秋月春風等閑度 弟走從軍阿夷死　暮去朝來顔色故 門前零落鞍馬稀　老大嫁作商人婦 商人重利輕離別　前月浮梁買茶去 去來江口守空船　遶船月明江水寒 夜深忽夢少年事　夢啼粧涙紅闌干 我聞琵琶已歎息　又聞此語重喞々 同是天涯淪落人　相悲不必曾相識 我從去年辭帝京　謫居病臥尋陽城 尋陽小處無音樂　終歳不聞絲竹聲 今夜聞君琵琶語　如聽仙樂耳暫明 莫辭更坐彈一曲　爲君翻作琵琶行 感我此言良久立　却坐促絃々轉急 悽々不似向前聲　滿座重聞皆淹泣 就中泣下誰最多　江州司馬青衫濕	零→冷 相悲不必曾→相逢何必曾	零→冷 離別→別離 相悲不必曾→相逢何必曾 尋→潯 翻→飜 淹→掩	明石
19	0724八月十五夜禁中獨直対月憶元九 （和漢朗詠集243：八月十五夜）			

	三五夜中新月色　二千里外故人心	存在せず	異同なし	須磨 鈴虫
20	０７９０暮立			
	大底四時心惣苦　就中腸斷是秋天	存在せず	底→抵	蜻蛉
21	０９１１庚楼暁望			
	子城陰處猶殘雪　衙皷聲前未有塵	異同なし	異同なし	若菜上
22	０９７５香鑪峯下新卜山居草堂初成偶題東壁五首（一）			
	五架三間新草堂　石階松柱竹編墻	異同なし	石階松柱→石堦桂柱 墻→牆	須磨
23	０９７８香鑪峯下新卜山居草堂初成偶題東壁五首（四） （和漢朗詠集５５９：山家）			
	遺愛寺鐘欹枕聽　香鑪峯雪撥簾看	異同なし	異同なし	総角
24	１０５５薔薇正開春酒初熟因招劉十九張大夫崔二十四同飲 （和漢朗詠集１４８：首夏）			
	甕頭竹葉經春熟　階底薔薇入夏開	欠巻	異同なし	賢木
25	１１０７十年三月卅日別微之於澧上十四年三月十一日遇微之於峡中停舟夷陵三宿而別言不盡者以詩終之七言十七韻以贈且欲寄所遇之地與相見之時爲他念會話張本也			

	（和漢朗詠集749：懐旧、五・六句目のみ） 一別五年方見面　語到天明竟不眠 生涯共寄蒼波上　郷國倶抛白日邊 往事眇茫都似夢　舊遊零落半歸泉 醉悲灑涙春盃裏　吟苦支頤曉燭前	欠巻	蒼波→滄波 眇茫→渺茫　遊→游 頤→頣	須磨
26	1472草堂記 春有錦繡谷花　夏有石門澗雲 秋夕虎溪月　冬有鑪峯雪	欠巻	異同なし	薄雲
27	2565寄殷律協（和漢朗詠集738：交友） 琴詩酒友皆抛我　雪月花時尤憶君	欠巻	友→伴　尤→最	末摘花
28	1287聞夜砧（和漢朗詠集347：擣衣） 八月九月正長夜　千聲万聲無止時	欠巻	止→了	夕顔
29	2821自嘲詩 五十八翁方有後　靜思堪喜亦堪 嗟□持盃祝願無他語　愼勿頑 愚似汝耶	欠巻	耶→爺	柏木
30	2985北窓三友 今日北窓下　自問何所爲　欣然得三友 三友者爲誰　琴罷輙擧酒　酒罷輙吟詩			末摘花

三友違相引　倏環無已時　一彈愜中心 一詠暢四支　猶恐中有間　以酔弥縫之	違相引→相引 四支→四友　間→閑	違→遮　倏環→循環

四　考　察

『白氏文集』：引用数21

金沢文庫本の旧鈔本が残る箇所は、おおむね『奥入』と合う。5「傳戎人」あるいは8「樂府　李夫人」などは、『奥入』と金沢本が大きく食い違う。これはこの箇所の金沢本が刊本から書写した所以である(7)。旧鈔本である神田本を参照したところ、こちらは『奥入』とよく一致した。

「長恨歌」の

鴛鴦瓦冷霜華重　舊枕故衾

は、神鷹徳治氏の『白氏文集諸本の系譜』（博士論文、未刊）などによって、旧鈔本系本文け「舊枕故衾」、刊本系本文は「翡翠衾寒」と作っていることが判明しており、今回の結果からもそれがうかがえる。また、「琵琶行」の「尋」は、管見の及んだ刊本系テキストでは皆「潯」に作っており、金沢本は元来「尋」と作ってあるところに別筆でさんずいが書き加えられている。

7「陵園妾」は、3、4行目を1、2行目の前に挿入するよう書き入れがある。この指示は和歌・漢文を問わず自筆本『奥入』全体に散見され、漢文の場合は入れ替え指示に従った方が本来の語順であることから、定家による書き入れではないかと思われる。

これらを考え合わせると、『奥入』所引の『白氏文集』は、旧鈔本系本文に近いものである。旧鈔本が現存しない部分もあり、校勘資料として用いることができるだろう。

調査の結果、『白氏文集』は、旧鈔本系本文に依っていることが判明した。「李夫人」、「夜聞歌者」は全文を引いている。李夫人は新楽府の一作品であり伝本が多く残るが、「夜聞歌者」は旧鈔本が現存していない作品である。

夜聞歌者（奥入）

夜泊鸚鵡州　江秋月澄徹
隣船有歌者　發調堪秋絶
歌罷繼以泣　泣聲通復咽
尋聲見其人　有婦顔如雪
獨倚帆墻立　娉婷十七八
夜涙似眞珠　雙々墮明月
借問誰家婦　歌泣何悽切
一問一霑巾　低眉竟不説

夜聞歌者（那波本）

夜泊鸚鵡洲　江秋月澄澈
鄰船有歌者　發調堪秋絶
歌罷繼以泣　泣聲通復咽
尋聲見其人　有婦顔如雪
獨倚帆檣立　娉婷十七八
夜涙似眞珠　雙雙墮明月
借問誰家婦　歌泣何凄切
一問一霑襟　低眉竟不説

このように、『奥入』所引本文と、刊本系である那波本を比較すると異なっていることがわかる。『奥入』は白詩本文を考える上で貴重な資料を提供しているのである。

引用漢籍を俯瞰していくと、史書、詩文集、小説類など、定家は様々な分野に通じていたことがわかる。ことに漢詩になると『和漢朗詠集』所収のものが十項目と比較的多く見受けられるので、参照していた可能性が高い。(8)『和漢朗詠集』は、著者藤原公任自筆の平安写本・断簡があり、更には定家在世中に成立している時雨亭文庫本なども知られているので、機会を得て対校してみたい。

定家の引用態度であるが、詩はそのまま引き、故事や史実はある程度要約して、エピソードを紹介するという傾向が見える。『奥入』はあくまで『源氏物語』注釈書であると考えれば、納得いく処理である。

『奥入』は、旧鈔本系『白氏文集』の本文のみならず、佚書『東観漢記』や、現存しない旧鈔本系本文を少なからず伝えており、テキスト校定の貴重な資料となるのではないだろうか。

注

（1）池田利夫「奥入」『奥入　原中最秘抄』日本古典文学影印叢刊一九（（財）日本古典文学会　一九八五年九月）

（2）自筆本『奥入』の奥書には「毎巻奥所注付僻案切出為別紙」とあり、自筆本『奥入』切り出しは定家自身の手になったことが分かる。

（3）注（1）に同じ。
（4）現存するのは、定家自筆〈行幸〉〈柏木〉、明融臨模本〈桐壺〉〈帚木〉〈花宴〉〈若菜上〉〈若菜下〉〈柏木〉〈橋姫〉〈浮舟〉、大島本〈帚木〉〈空蟬〉〈夕顔〉〈若紫〉〈末摘花〉〈紅葉賀〉〈花宴〉〈葵〉〈賢木〉〈花散里〉〈明石〉〈蓬生〉〈松風〉〈薄雲〉〈朝顔〉〈少女〉〈玉鬘〉〈初音〉〈胡蝶〉〈行幸〉〈藤袴〉〈真木柱〉〈梅枝〉〈藤裏葉〉〈若菜上〉〈若菜下〉〈柏木〉〈鈴虫〉〈夕霧〉〈御法〉〈匂兵部卿〉〈紅梅〉〈竹河〉〈橋姫〉〈椎本〉〈総角〉〈宿木〉〈手習〉。
存在が確認されていない巻は〈須磨〉〈関屋〉〈絵合〉〈螢〉〈常夏〉〈篝火〉〈野分〉〈横笛〉〈幻〉〈早蕨〉〈東屋〉〈蜻蛉〉〈夢浮橋〉。
（5）複刻日本古典文学館『奥入』（日本古典文学刊行会　一九七一年一〇月）
（6）神鷹徳治「『奥入』所引「長恨歌」の本文の系統について」
（7）川瀬一馬監修『白氏文集　金澤文庫本』（大東急記念文庫　一九八三年一〇月‐一九八四年六月）の解題において現存諸巻の考察が加えられている。
（8）安貞二年：一二二八の奥書あり。『冷泉家時雨亭叢書』四六巻（朝日新聞　二〇〇五年六月）に全巻の影印がある。

第二章　宮内庁蔵那波本『白氏文集』巻三・四（新楽府）の書入について

本章では、宮内庁所蔵の那波本『白氏文集』の書き入れについての調査と考察を試みた。底本は下定雅弘・神鷹徳治編『宮内庁所蔵　那波本　白氏文集』（勉誠出版、二〇一二年三月）を用いた。

『白氏文集』は、本文そのものの受容、注釈書による受容の他に、底本への書き入れによって受容した例がある。それは読解のための語句注釈のメモであったり、本文異同に関するものであったり、訓点を付す作業であったり、校勘者による識語の書き入れだったりと、様々な性質のものがある。ここでは対象を「新楽府」に絞った上で、本文異同に関するものを抽出し検討を加えていくことにする。

一　宮内庁蔵那波本の特徴

今回調査対象とした「那波本」と呼ばれる伝本は、元和四年（一六一八）に日本で刊行された古活字版の一本である。全七一巻、その本文は刊本系に属し、詩文の配列は旧鈔本のそれという、際だった特徴を持つ。なお、完本の同版が約二〇本現存する。

宮内庁本が他の同版本に勝る特徴は、その書き入れにある。那波本はしばしば書き入れを伴うのだが、宮内庁本はその量と質が他所よりも良好であることが予想される。本文中、あるいは匡廓上下の余白部分に他テキストとの校合が多く書き入れられているが、未だこれについての考察を見ない。もし旧鈔本由来のものがあれば、本文校勘に新たな資料を提供することになるだろう。

今回は「新楽府」として知られ、日本文学への影響も大きい巻三・四の書き入れと、代表的な白氏文集テキストとの校異を取った。以下その結果を述べる。

二　校異表

次ページ以下に校異表を掲げる。以下に凡例を示す。

凡　例

・引用文の字体はすべて常用漢字とした。また、書き入れのみを示し、原文は割愛した。
・丁数：オ・ウはオモテ・ウラを指す
・底本：書き入れの他、作品名を挙げた。書き入れの頭に附した算用数字は行数、上中下はそれぞれ匡廓上余白・匡廓内傍書・匡廓下余白に書き込まれていることを意味する。例として「6上」は六行目匡廓上余白、「3中」は三行目の匡廓内に傍書されている意である。また、引用は基本的に原文どおりとしたが、どの文字に対する書き入れなのかを明示するために筆者が文字を補った箇所がある。その場合、補った文字を（　）で括った。

第三巻

丁数	底本：宮内庁那波本（影印）	旧鈔本系 神田本（影印）	刊本系 紹興本（影印）	刊本系 汪本（明大蔵）
巻三				
一オ	序 6上 古十九首之例也異本有此七字	古十九首之例也	ナシ	ナシ
	7下 徑異本作俚	俚	徑	徑
	8下 （采之者）来者（之）	来者之	采之者	采之者
	9下 肆一作律	律	肆	肆
一ウ	序 3中 （為）異无	為	為	ナシ
	（時）白居易異	白居易	ナシ	ナシ
二ウ	目録 7中 王字無奥同	ナシ	王	王
三オ	8中 官汪本乍宮	官	官	宮
三ウ	7中 （淫）婬	淫	淫	淫

四オ	8中　所（「由」上に挿入せよ）	所	ナシ	ナシ
四ウ	七徳舞 7下　（天子）子夜	子夜	天子	天子
五オ	2下　自イ	尓	尓	爾
	3下　（今来）尓来イ	尓来	尓来	爾来
六ウ	海漫漫 6中　（頂）塚イ	塚	頂	頂
七オ	立部伎 3中　者（「立」上に挿入せよ）	ナシ	ナシ	ナシ
七ウ	華原磬 5下　今乍古　古乍今	古今	今古	今古
	6下　雖乍豈　在乍有	豈有	雖在	雖在
八ウ	上陽白髪人 1下　敢便乍必	必	便	便
	4下　寐乍睡	睡	寐	寐
	7下　長乍情イ	情	長	長
	8下　西乍南イ	西	西	西
	9下　点乍画	画	点	点
九オ	1下　末乍年　年乍中	年中	末年	末年

	2下　世乍勢	勢	世	世
九ウ	胡旋女			
	1下　来乍南	南	来	来
	6下　疑乍者	者	疑	疑
	8下　女下在尔イ	ナシ	ナシ	ナシ
一〇オ	新豊折臂翁			
	2下　左乍右　右乍左	左　右	左　右	左一作右　右一作左
	3上　慣聴梨園歌管声七字異本作唯聴驪宮歌吹声	唯聴驪宮歌吹声	慣聴梨園歌管声	慣聴梨園歌管声一作唯聴驪宮歌吹声
	5上　点乍抽	抽	点	点
	6下　得乍将　将乍向	将　向	得　将	得　将
	7上　聞―乍伝導	聞道	聞道	聞道
	8下　過乍戦	戦	過	過一作戦
一〇ウ	2下　(偸)異本无（人偏ナシを指す）、又乍自	自	偸	偸
	3下　将乍把	把	将	将一作把
	4中　且図揀退帰郷土（「骨」上に挿入せよ）	且図揀退帰郷土	且図揀退帰郷土	且図揀退帰郷土
	7中　(且)乍所	所	且	且
	7下　死イ（「瀘」上に挿入せよ）	昔	ナシ	ナシ

	8下	死乍没　飛乍孤	没　孤	死　飛	死　孤
	9下	イ君字无	君	君	君一作何
一一オ		太行路			
	5下	坦乍夷	夷	坦	坦
	7下	生乍成	生	生	生
一一ウ	2下	盛乍事	事	盛	盛
	4下	間乍家	家	間	家
	5下	納乍内	内	納	納
	6下	只乍祇	只	只	只
一二オ		司天台			
	1下	上乍下	下	上	下
	2中	（謫）讁イ	謫	謫	謫
	2下	下乍上	上	下	上
	3下	半イ无	半	半	半
	6下	イ不得知无	不得知	不得知	不得知
	7下	司天イ（「台」上に挿入せよ）	司天	ナシ	ナシ
		捕蝗			
	9下	者（「誰」上に挿入せよ）	者	ナシ	ナシ
		（子）无イ　兀乍元	子　元	子　元	子　元
一三オ		昆明春水満			

	2下　春池作昆明	春池（「昆明」傍書）	春池	春池
	4下　(塗) 泥	泥	塗	塗
	5中　(渌) 緑イ	「渌」さんずいの上から糸へんを重書し「緑」に作る	渌	渌
	5下　浄渌水照乍照青天	浄渌水照青天	浄渌水照天	浄渌水照天
	6中　長（「沙」上に挿入せよ）	長	ナシ	ナシ
一三ウ	4下　封乍報	対	封	税
	城塩州			
	8下　鳥乍烏	烏	鳥	鳥
	9下　君乍群	群	君	君
一四オ	4下　盧乍霊	霊	霊	霊
	5下　肆乍価	価	肆	肆
一四ウ	道州民			
	8中　哭乍泣	泣	哭	哭
	9中　城乍域　城成イ	城　城	城　城	城　城
一五オ	3中　(貢) 乍進	進	貢	貢
	4下　父兄子弟一本乍父子兄弟	父子兄弟	父兄子弟	父兄子弟
	5中　(民) イ无	民	民	民
	馴犀			

	9中　（謁）乍達	達	謁	謁
一五ウ	6下　月乍天	天	月	月
	7下　苦乍死	死	苦	苦
	8下　三乍拝	拝	三	拝
一六ウ	五絃弾			
	6下　若乍奈	若	若	若
	8下　曳乍洩	洩	曳	曳
	9下　琴乍瑟	瑟	琴	琴
一七オ	蠻子朝			
	5下　連乍接	接	連	接
	7下　倔乍屈	屈	倔	倔
	8下　全乍合	合	全	全
一七ウ	3下　挲乍些	些	挲	挲
	7中　亦イ（「移時対」を「不」上に挿入せよ）	移時対	ナシ	ナシ
	8中　（怜）憐イ　（朝）乍隔	怜　隔	怜　朝	怜　朝
一八オ	驃国楽			
	3下　仗乍杖	仗	仗	仗
	5下　炫乍眩イ	眩	炫	炫
	7下　尊乍称	称	尊	尊

一八ウ	1中　吾（「聞」上に挿入せよ）	吾	ナシ	ナシ
	吾（「君」上に挿入せよ）	吾	ナシ	ナシ
	（政化）二字イ无	政化	政化	政化
	縛戎人			
	8中　縛異乍伝	伝	縛	縛
	9下　破乍縛	破	破	破
一九オ	2下　遞乍伝	伝	逓	遞
	3下　イ臥乍宿	宿	臥	臥
	5下　尓乍海	尓	尓	爾
	7下　原乍源　中乍初　蕃乍潘	原（「源」傍書）初　潘	原　中　蕃	原　中　蕃
一九ウ	3上　奔逃乍逃奔	逃奔	奔逃	奔逃
	7下　略乍定	定	定	定
	8下　辛乍将	将	辛	辛
	9下　帰乍還	帰	帰	帰
	巻三　計一一〇箇所			

第四巻

巻四	驪宮高			
一オ	3下　宮乍山	ナシ：元本破損欠落	宮	宮
	5上　暖野跡汪本作煖	ナシ：元本破損欠落	暖	煖

	7上	平汪本作於	平	平	於一作平
	8上	門全唐分註作城	門	門	門
		遊全唐分註作来	遊	遊	遊
		有深馬本易地	有深	有深	有深
一ウ	1上	飫馬本作飲	飫	飫	飫
	4下	傷乍奪野跡同	ナシ：元本破損欠落	傷	傷一作奪
	百錬鏡				
	7中	処所汪本置処	処所	処所	置処
	7下	祇乍奇野跡奥田汪本同	奇	祇	奇
	9中	磨瑩野跡作瑩磨	磨瑩	磨瑩	磨瑩
二オ	1上	鈿匣珠凾鏁幾重　奥同（「人」上に挿入せよ）	鈿匣珠凾鏁幾重	ナシ	鈿凾金匣鏁幾重（割注）
		汪一楊州下七字作鈿凾金匣鏁幾重	鈿匣珠凾鏁幾重	ナシ	鈿凾金匣鏁幾重（割注）
	1中	全唐汪本奥田并史作吏	吏（史傍書）	史	吏
		照全唐汪分註一作用	照	照	照一作用
	1下	合乍敢野跡金沢奥同	敢	合	合
		野照字乍下	ナシ	ナシ	ナシ
	4下	居乍照　朗詠奥同	照	居	居
		治乍理　朗詠同	理	治	治
	青石				

	7下	運乍連　奥同	連（運傍書）	運	運
二ウ	1下	辞乍詞	詞（辞傍書）	辞	辞
	2上	此全唐分註作用非	此	此	此
	2下	顔氏叚氏乍叚氏顔氏　汪同唐詩	叚氏顔氏	顔氏叚氏	叚氏顔氏
	醇同				
	4上	名流全唐汪本作如石　唐詩醇同	若石	名流	如石
	4下	名流乍若石　野跡奥同	若石	名流	如石
	5上	謚全唐分註一作字	氏	謚	謚
	5下	謚乍氏　野跡奥同	氏	謚	謚
	6上	碑独全唐詩分註作碣猶	碑独	碑独	碑独
三オ	両朱閣				
	1上	両朱—イ朱〃閣〃　両以下三字畳之	両朱閣〃〃〃	両朱閣	両朱閣
	1下	対乍並	並（対傍書）	対	対
	2上	飄飖汪作飄々	飄飖	飄飖	飄飄
	2下	飛乍迎　野跡同	迎（飛傍書）	飛	飛
	3下	閤乍閣	閣	閤	閣
	4下	妓乍媛	妓	妓	妓
	5上	歌全唐分註作鼓	歌	歌	歌
	6下	院乍阮	院	院	院
	7上	汪疲作斉	斉	疲	斉

		疲人・―乍斉人何処　野跡同	斉人何処	疲人無処	斉人無処
	8下	間作家　金沢奥汪	家	間	家
三ウ		西涼伎			
	1中	異西〃涼〃伎〃奥同	西涼伎〃〃〃	西涼伎	西涼伎
	2中	身各二字共　異本	ナシ	ナシ	ナシ
	3上	如作始	始	如	如
	3下	鏤乍鏤	鏤（鏤傍書）	鏤	鏤
	4上	両全唐分註作老	両	両	両
	5上	奥全唐一応似作道是	道是	応似	応似
	5下	応似作遵是	道是	応	応似
	8下	向乍呼	呼	向	向
	9下	享乍娯　全唐奥同	娯	享	享一作娯
		三乍監　全唐汪本同	監	三	監
四オ	1上	一征夫年乍一老人征年	一老人年（老夫征傍書）	一征夫年	一征夫年
	1中	（一征夫）イ中老人	一老人年	一征夫	一征夫
		（一）イ無	一	一	一
	4上	七全唐分註作九	七	七	七
	6中	（萬）方イ	万	万	万
	6下	温全唐分註作厚	温	温	温
	7中	（卒）金沢軍イ	軍	卒	卒
	7下	毎全唐分註作長	毎	毎	毎

	常全唐作長	常	常	常
	8上　西涼全唐分註作涼州	西涼	西涼	西涼
四ウ	八駿図			
	3下　奥田本駿乍匹	駿	駿	駿
	4上　脂馬本作肌	脂	脂	脂
	4下　象乍鳥　全汪一本同	鳥	象	鳥
	壮乍少　全汪一本同	少	壮	壮一作少
	5上　速全唐汪本乍疾	速	速	疾
	7上　赴奥田本作追	追	赴	卦
五オ	2上　四汪本作五	四	四	五
	2下　土乍塵	塵	土	土
	3上　則汪本作即	則	則	即
	5上　世全唐作尚	世	世	世
	6上　恠馬本作害	恠	怪	怪
	澗底松			
	8上　有全唐乍青	有	有	有
五ウ	1上　木全唐一作棟	木	木	木
	（此求彼有）全唐一作彼求此有	此求彼棄	此求彼有	此求彼有
	1下　有乍棄　野跡奥田同	棄	有	有
	2中　（貧）賢　之野跡同	賢	貧	賢

	2下	原乍黄　野跡同	黄	原	黄
	3上	貂蟬与　異　野跡全唐汪奥田皆同（「牛」上に挿入せよ）	貂蟬与	貂蟬貴貂蟬与（貂蟬与割注）	貂蟬
	3中	(衣) 医乍	医 (醫)	衣	衣
	3下	衣乍豎　野跡同	豎	衣	衣
	牡丹芳				
	8上	艶作点　全唐馬本	焔	点	焔
	8下	艶乍焔　野跡同汪同	焔	点	焔
	9上	嚢馬本全唐一作裳	嚢	嚢	嚢
六オ	1上	宿馬本全唐一作暁	宿	宿	宿
	1下	小乍紅　野跡同	紅	小	小
		汎乍泛　全唐同奥田同	泛	汎	汎
	2下	万作両	両	万	万
	4上	疑　凝	疑 凝	凝 疑	疑 凝
	4中	(凝) イ疑　(疑) 凝イ	疑 凝	凝 疑	疑 凝
	7上	軟汪本作軽	軟	軟	軽
		主汪本作子　全唐一同	主	主	子
	7中	(庫) 乍庫　奥田同	庫	庫	庫
	9上	人全唐一作花	人	人	人
六ウ	1上	春汪全皆一作嬌	春	春	春一作嬌
		住野跡全汪作駐	駐	駐	駐

	7下	君異无奥田同	君	君	君
	8下	郷士乍士女　野跡同	士女	郷士	郷士
	9上	似野跡作悲	助	似	似
	9下	似乍助奥田同	助	似	似
七オ		紅線毯			
	1中	イ紅〃〃（「紅線毯」畳字）	紅線毯〃〃〃	紅線毯	紅線毯
	2上	揀汪本作練	揀	揀	練
	3上	藍汪本作花	藍	藍	花
		上野跡作裏	上	上	ト
	4下	線織乍毯合	線織（毯合傍書）	線織	線織
	5上	払払野跡作茀茀	払払（茀茀傍書）	払払	払払
	8上	宣城汪本作宣州下同	宣城	宣城	宣州
	9下	百乍十野跡同	十	百	百
七ウ	1上	毯下汪本有用字	之	ナシ	用一本無用寺
	1中	之　異（「毯」上に挿入せよ）	之	ナシ	ナシ
		杜陵叟			
	4上	歳上有毎字	ナシ	ナシ	歳
	7下	租乍祖	租	租	租
八オ	1下	紙上乍上紙	紙上	紙上	紙上
	2下	年乍秋　野跡同	秋	年	年

丁	位置	校異			
	3上	勅汪全唐作尺	勅	勅	尺
	3下	八九乍九家　全唐汪野跡同	九家	九家	九家
	繚綾				
	5中	繚野跡乍撩下并同	繚	繚	繚
	6中	(似) 野跡乍在	似	似	似
	6下	羅野跡乍軽	羅	羅	羅
	7中	(月明) 乍明月汪本同イ野跡同	明月	月明	名月一作月明
	9下	野跡宣乍宜誤	宣	宣	宣
八ウ	1上	雲外乍塞北　野跡同	塞北	雲外	雲外
	1下	取乍送　野跡同	送	取	取
	2下	草乍水　諸本并同	水	水	水
	3下	波野跡作成	波	波	波
		紋乍雲　野跡同	雲	紋	紋
		文野跡作紋	文	紋	紋
	6下	成乍時　野跡同	時	成	成
		尋乍平　野跡同	平	尋	尋
	7上	昭陽以下十四字乍昭陽人〃〃〃	昭陽人〃〃〃不見織時	昭陽殿裏歌舞人若	昭陽殿裏歌舞人若見織時
		不見織時応不惜十三字　野跡同	応不惜	見織時応也惜	応也一作合惜
	売炭翁				
	9中	異売〃炭〃翁〃	売炭翁	売炭翁	売炭翁
九オ	1上	売炭翁売又炭又翁又　奥田同	売炭翁〃〃〃	売炭翁	売炭翁

3上	憂野跡乍思	憂	憂	憂
4上	外全唐乍上	外	外	外
6上	翩〃両騎汪本作両騎翩〃	翩〃両騎	翩翩両騎	両騎翩翩
7上	牽乍駈　野跡同	牽	牽	牽
7下	重野跡奥田馬汪全唐分註同	重	ナシ	重
	（「千」上に挿入せよ）			
8上	駆将乍将駆	駈将	駈将	駆将
8中	（宮）イ官　野跡馬全唐同	官	宮	宮
8下	綃乍紗　野跡汪全唐同	紗	紗	紗
9中	炭野跡乍価	炭	炭	炭
9下	向乍着　野跡同	着（在傍書）	向	向
九ウ				
母別子				
2中	（西）野跡乍中	西	西	西
3下	二乍四	二	二	二
5下	迎乍寵　野跡奥田同	寵	迎	迎
6中	（初）イ始	始	初	初
	（行）牀	床	行	行
6下	両乍我	我二	両	両
	（両）二ノ野跡同	我二	両	両
	行乍床　野跡同	床	行	行
8上	○鳥　野跡（「母」上に挿入せよ）	鳥	ナシ	ナシ

	8中	（中）乍下　野跡同	下（中傍書）	中	中
		（与）イ无野跡	ナシ	与	与
	8下	又乍応　野跡同全唐同汪本同	応	応	応
	9上	在汪本乍住	在	在	住一作在
一〇オ	1中	（重）乍別　野跡同	更	重	重
	陰山道				
	3上	陰〃山〃道〃イ	陰山道	陰山道	陰山道
	4中	（戌）乍戎	戎	戎	戎
	6中	馬イ（「一」上に挿入せよ）	ナシ	ナシ	ナシ
	7下	土乍去	土	去	去
	8下	十乍什	十	十	十
一〇ウ	3下	羅乍闕	闕	羅	羅
	4上	咸受金―（「捧授金」を置換え）	捧受金	捧授金	捧授金
	5下	多　イ来下在（「多来」を「来多」とせよ）	来多	多来	多来
	時世粧				
	7中	世乍勢	勢（以下三箇所同様）	世（以下三箇所同様）	世（以下三箇所同様）
	9下	注乍膏	注（膏傍書）	注	注
一一オ	1下	似乍如	如	似	似
		作乍為	為	作	作

	2下　堆推イ	推	堆	椎
	4下　髻堆乍推髻	推髻	堆髻	髻椎
	李夫人			
	7下　哭乍喪	喪	喪	哭
一一ウ	1下　人乍君	君	人	人
	2下　中乍深	深	深	深
	降乍反	反	降	降
	4中　（楊）揚	揚	揚	揚
	4下　去乍又	去	去	去
	6下　分イ（「君」上に挿入せよ）	分	ナシ	ナシ
	7下　（還）遥	還（遥傍書）	還	還
	8下　違乍為	為	違	違
	皆乍多	多	皆	皆
	漢武異乍武皇	武皇（漢武傍書）	漢武	漢武
一二オ	1中　（泰）秦イ	秦	泰	太
	2下　質乍骨	骨	質	質
	3下　惑感イ	感	惑	惑
	陵園妾			
	6中　（陵園妾）〻〻〻	陵園妾〃〃〃	陵園妾	陵園妾
	8中　蕠乍抜	抜	蕠	叢
	9下　昔乍在	在	昔	昔

		宮中乍中宮	中宮	宮中	宮中
一二ウ	1下	閉乍鑠	鑠	閉	閉
	2下	令乍合	合	令	令
	4中	(眠) 眼イ	眼	眼	眼
	5中	手イ(「把」上に挿入せよ)	手	ナシ	ナシ
		梨(「花」上に挿入せよ)	梨	ナシ	ナシ
		(掩涙) イ二字无	ナシ	掩涙	掩涙
	9下	同乍尔	尔	尔	尔
一三オ		塩商婦			
	4下	失家乍定居	定家	失家	失家
	7下	縣乍郷	郷	縣	縣
	8下	利乍課	課	利	利
	9下	厚乍富	富	厚	厚
一三ウ	2下	朶乍頰	朶(頰傍書)	朶	朶
		有乍何	何	有	有
	3下	好衣乍衣裳	好衣	好衣	好衣
	4中	(有) イ无	有	有	ナシ
		(桑弘羊の二回目) イ此字无	桑弘羊	桑弘羊	桑弘羊
		来曰イ(已上に挿入せよ)	来曰	ナシ	ナシ
	4下	亦乍汝	尔	亦	亦

	5中　（時）乍朝	朝	時	世
	杏為梁			
	9下　第乍苐	苐	第	第
一四オ	1下　告未乍未造（「告」はママ）	未造	造未	造未
	3下　夫乍翁	翁	夫	夫
	6下　尚乍小、又乍子（「尚」を「小」に作るもの、「子」に作るものがある）	子	尚	尚
	7中　（賜）无	賜	賜	賜
一四ウ	井底引銀瓶			
	1下　欲乍半	半	欲	欲
	2下　知乍其	其	知	知
	3下　今朝乍如今	如今	今朝	今朝
	7下　知之上有正字	ナシ	ナシ	ナシ
	断腸或乍腸断（二度目の方）	腸断（二度目の方）	断腸	断腸
	9下　合乍令	合	合	合
一五オ	1下　奔乍奢	奔	奔	奔
	3下　情親乍親情	親情	親情	親情
	5下　小乍少	少	小	小
	官牛			
	7上　（官牛）或作官〻牛〻	官牛	官牛	官牛

丁	行	校異			
	8中	(般)駈イ	駆	般	駈
	8下	之イ（「石」下に挿入せよ）	之	ナシ	ナシ
	9上	沙之下有重字	ナシ	ナシ	ナシ
	9中	(斤)石イ	石	斤	斤
一五ウ	2下	怕乍畏	畏	怕	怕
	3下	領乍頸	頸	領	領
		車乍沙	沙	車	車
	紫毫筆				
	7中	(之)筆イ	筆	之	工
	7下	毫乍毛	毛	毫	毫
一六オ	4下	紫乍兎	兎	紫	紫
		毫乍毛	毛	毫	毫
	隋堤柳				
	8中	(飄飄)乍颯颯	颯〃	飄飄	飄飄
	8下	年乍秋	秋	年	年
一六ウ	2下	至乍到	到	至	至
	4下	(柳)乍樹	樹	柳	樹
	5下	史乍女	女	史	史
		迷乍紅	紅	迷	迷
	7上	観楽殊未極豈知明年正朔帰武徳	観楽殊未極豈知明年正	ナシ	一本綴流下多煬天子自言

		煬天子自言（「福」上に挿入せよ）	朔帰武徳煬天子自言		殊無極豈知明年正朔帰
	7下	長乍垂	長垂	長	長一作垂
	8中	後季（「皇」上に挿入せよ）	後年	ナシ	ナシ
一七オ	2下	和乍水	水	和	和
		草茫茫			
	9下	椁乍槨	槨	椁	椁
一七ウ		古塚狐			
	5中	有（「狐」上に挿入せよ）	有	ナシ	ナシ
	7中	暮乍没	没	暮	暮
	7下	舞乍歎	舞	舞	舞
一八オ		黒潭龍			
	8下	能乍自	自	能	能
一八ウ		天可度			
	8下	有乍无	ナシ	有	有
		丹乍真	真	丹	丹
一九オ	1下	勧乍請	請	勧	勧
		裙乍蜂	蜂	蜂	蜂
	2下	使乍変	変	使	使
	3下	唯乍独	独	唯	唯
一九ウ		秦吉了			

	1中　(朝) 日イ	日	朝	朝
	2下　攫乍獲	獲	攫	攫
	4下　颸乍養	養	颸	颸
	5下　尓イ有（「豈」上に挿入せよ）	尓	ナシ	ナシ
	6下　(噪噪) 喋喋	喋喋	噪噪	噪噪一作嗏嗏
二〇オ	鴟九剣			
	4中　容乍客	客	客	客
	5上　鴟乍鷗	鴟	鴟	鴟
二〇ウ	采詩官			
	1中　(誡) 乍条	誡	誡	誡
	1下　流乍情	情	流	流
	泰乍安	安	泰	泰
	4下　不是乍始於	始不是	不是	不是
	6下　両乍多	多	両	両
二一オ	1下　煬帝異（「之」上に挿入せよ）	煬帝	ナシ	一作煬帝
	末乍季	季	末	末
	2上　(欲開壅蔽) 欲聞雍蔽	欲開壅弊	欲開壅蔽	欲開壅蔽
	巻四　計二六八箇所			
	総計　三七八箇所			

三　対校結果

まず、調査対象として巻三・四を選定した理由を述べる。この巻は旧鈔本が伝存しており、(1)これを用いれば、書き入れにどの程度旧鈔本系の本文が現れるのかという調査目的を達成できる。加えてこの巻は、「長恨歌」・「琵琶行」と並んで他の文学作品への影響が大きい「新楽府」に当たる。ここを調査することは、日本文学との関係の考察を深め、今後、研究を日中比較文学の分野へと広げていくための材料として重要だと考える。

巻三・四、つまり新楽府は、『白氏文集』の中でも古来から特に好まれ、広く読まれた部分である。よって、大集、選集本とも多くのテキストが現存する。それらは書き入れをもつものも多く、中には貴重な例もある。例えば金沢文庫本に附された書き入れは、旧鈔本のものと「摺本」「摺」で表される刊本のものがあるが、刊本の中にはすでに滅びた北宋版のテキストを伝えている可能性も指摘されている。(2)

宮内庁本に対する書き入れでも、多くの『白氏文集』伝本を参照しており、略称によってそれを示していた。以下、略称とそれに対応する本についてまとめておく。

イ：不明。旧鈔本系との一致多し

汪本・汪：清・汪立名『白香山詩長慶集』

野跡・野：小野道風書跡（小松茂美『平安朝伝来の白氏文集と三蹟の研究』参照。黒水書房、一九六五年一〇月）

馬本・馬・明・馬元調『白氏長慶集』（馬元調本）
奥田・奥：奥田松菴『新楽府』（慶安三年刊、和刻本）
全唐：『全唐詩』
金沢：金沢文庫本『白氏文集』
唐詩醇・詩醇：『唐宋詩醇』巻二十　太原白居易詩二
朗詠：『和漢朗詠集』

他、校異に関わるものとしては以下の略称が見られる。

分註・一作・一：前掲の略書名と合わせて用いられ、該本の割注に掲げられていることを示す。例えば「照全唐汪分註一作用」は、那波本では「照」に作る字が全唐詩では「用」に作られ、汪本では「照」に作るものの、直下に施された割注では「一作用」となっていることを示す。

乍：「作」の略字

宮内庁那波本に附された本文異同に関する書き入れは、巻三で一一〇箇所、巻四で二六八箇所、合計三七八箇所である。(3) この書き入れが指摘する文字のうち、神田本との一致は二四九箇所、一致率は六五・八七%、紹興本との一致は二〇箇所で一致率五・二九%、汪本との一致は七〇箇所で一八・五一%である。

この結果から、書き入れの指摘する文字は比較的神田本、つまり旧鈔本系テキストに近いと云えよう。ただし以下の点に留意する必要がある。

・神田本は、対校書を示した書き入れには登場しない
・巻三・四の間で、対校に用いられている本の数に違いがあると思われる（巻三の書き入れは、対校書をほとんど示していない）。
・現在全ての校異底本の調査を行えていない

一致にはカウントしなかったが、汪本では「一作●●」のように割注を施して別本の字を指摘している。これは宮内庁本書き入れ及び神田本とほぼ一致する。汪本が参照していたのはいかなるテキストだったのか、興味深い結果である。

校異の中で注目すべきものもいくつかある。以下、述べる。

巻三　四ウ　7下（天子）子夜

この字は旧鈔本系本文に特徴的に現れる文字である。詩の内容から云ってもこの文字でないと対句が成立しない。

この他、八ウ・九オの上陽白髪人の

八ウ
1下　敢便乍必
4下　寐乍睡
7下　長乍情イ
8下　西乍南イ
9下　点乍画
九オ
1下　末乍年　年乍中
2下　世乍勢

の例や、一〇オの新豊折臂翁の3上「異本作唯聴驪宮歌吹声」など、巻三の書き入れは、旧鈔本系に特徴的な文字を示す場合が多い。

巻四になると校異底本も増え、それに比して異同の指摘も増加する。

二オ　1上　鈿匣珠函鏁幾重　奥同（「人」上に挿入せよ）

この書き入れは、那波本や紹興本で欠落した句を補うものであり、貴重である。

四　結　語

今回の調査で、宮内庁本の書き入れは、現存するさまざまな『白氏文集』テキストとの校合を示すものであることが判明した。

現存する『白氏文集』諸テキストには、他書との校合の書き入れをもつものが非常に多い。那波本では、例えば明治大学蔵本にも書き入れが存在しているし、旧鈔本系の代表的テキストである金沢文庫本においてさえも見られる。だが、現在の『白氏文集』本文研究において書き入れに対して検討が加えられ十分活用されているかというと、なかなかその例を見ない。

本章では旧鈔本の存在が確認されている箇所を調査したわけであるが、未だ存在が確認されない部分にも検討を加えることにより、佚文を復元できる可能性があろう。

現在、旧鈔本の完本は未だ発見されておらず、今後発見される可能性も低いと思われる。であるならば、従来行われてきた他書が引用する『白氏文集』本文に加え、書き入れも検討材料に含めることは、より原『白氏文集』の姿に近づくための有力な手段となるであろう。

今後は、いまだ検討にいたっていない校異底本との校合を進めるべきと考える。

発表者は、いくつかの特徴から、宮内庁本への書き入れは一度に全てがなされたわけではないと考えている。

第一に筆跡の違いである。

第二に、「作」と「乍」字の使い分けである。両者は一見してわかるほど、明らかに筆跡が異なっており、同じ筆跡の中では「作」と「乍」は混用されていない。

第三に、他の書き入れから線を引いてその先に新たな対校書を示す例が多数あり、それは小野道風書跡、『全唐詩』、『唐宋詩醇』、『白香山詩長慶集』など、比較的近年目にすることができるようになった資料や成立の新しいテキストに偏っていることである。同様の例で、中には元の書き入れが対校書を示していない箇所に、後に挿入していると思われるところも見受けられる。多くこれに付随して「作」と「乍」の書き分けも現れる。

注

（1）神田本が代表である。太田次男・小林芳規『神田本白氏文集の研究』（勉誠社、一九八二年二月）に影印がある。

（2）太田次男『旧鈔本を中心とする白氏文集本文の研究』（勉誠社、一九九七年二月）

（3）神田本には本文中の割注や詩題の下に附される注が存在する。これはあるいは白氏自注かとも云われ、本文研究上欠かすことの出来ない資料である。那波本はこれを全て削去しているが、宮内庁本では書き入れによって補っている。内容は神田本とほぼ一致するようである。本章ではこの註に対する校勘及び考察は割愛したため、書き入れの数にも参入していない。以上、補足するものである。

第三章　『白氏文集』本文の日本における受容

第二部では、〈媒介者〉であり〈受容者〉でもある注釈書の例、〈受容者〉である句題和歌の題詩、〈発動者〉である白氏文集本文を直接読んで対校した宮内庁蔵那波本の例の三点について、引用する『白氏文集』本文の検討を行った。

注釈書『奥入』は鎌倉時代に成立したものであるが、その引く白詩本文はことごとく旧鈔本系諸本と一致した。更に「夜聞歌者」という、旧鈔本が現存しない作品が、引用文によって復元できることを示した。今は滅びてしまった原『白氏文集』の姿に迫っていくためには、現存諸本の検討に加え、佚文資料の収集が欠かせない。他の引用例から考えると、定家は漢詩文に関しては厳密な本文引用をしていると考えられ、この詩についても、誤写の可能性は必ずしも否定できないが、他テキストとの校合時に傍証として用いるには信頼が置ける資料たり得るのではないかと考えている。

宮内庁本那波本の書き入れの検討では、書き入れの指摘する文字は比較的神田本、つまり旧鈔本系テキストに近いといえるとの結論に達した。また、書き入れは一筆でなされているわけではなく、複数の筆跡が認められることから、ある程度の期間にわたって増補され書き継がれてきたものが現在の姿であるということも判明した。

宮内庁本は、完本が複数確認されている那波本の一本であり、本文としては朝鮮版から派生したものである。那波本の現存数は、完本で約二十本であり、ありふれた本ではないが、決して唯一の存在ではない。宮内庁本を特徴付け、他書と差別化するものこそ書き入れである。これによって、宮内庁本の存在そのものが、日本人が白氏文集理解のために営々と積み重ねてきた学習の地層をうかがえる無二の存在たりえているのである。書き入れは那波本だけの現象ではなく、旧鈔本系刊本系問わず、現存諸本でしばしば見かけるものである。そこには孜々として良質な本文を追い求める過去の人々の姿がうかがえるのである。

わずか二書の検討ではあるが、その中には当時の受容状況が、あたかもタイムカプセルのように封入されていることが見られる。これらを一層解明していくためには、『白氏文集』本文を研究する中国文学、受容側にある日本の作品を研究する日本文学、日中二者のつながりと影響を考察する日中比較文学、三者のいずれも欠かせない研究領域である。

おわりに　日本における『白氏文集』の受容について ── 旧鈔本系・刊本系本文の並存

本論の第一部は、『太平記』所引の白氏文集本文の悉皆調査をもとに、その本文系統を探った。その結果、

① 『太平記』が引く『白氏文集』の本文は、物語を語る上で適当な形に詩句が変形されている。
② 『太平記』に引用される『白氏文集』の本文は、旧鈔本系・刊本系の本文が並存しているが、旧鈔本寄りの傾向を示す。
③ 単行本系の中でも限られたテキストにしか存在しない特有の文字が現れる。
④ ②・③の理由により、『太平記』が摂取した『白氏文集』の本文は、成立当時、あるいは伝播の中で、別集としての『白氏文集』以外の、当時流行のテキストからの摂取があったと考えられる。

という結果を得た。室町時代は、『白氏文集』受容において、旧鈔本系テキストと、新たに将来された刊本系テキストとが本格的に並存をはじめていく時期にあたる。「長恨歌序」を有する白氏文集テキストの出現もこの時代である。旧鈔本系・刊本系の本文が並存しているという『太平記』所引の『白氏文集』本文の特徴は、当時の受容状況を反映しているといえるだろう。

第二部では、漢詩文の〈媒介者〉であり〈受容者〉でもある注釈書の例、〈発動者〉である白氏文集本文を直接読んで対校した宮内庁蔵那波本の例について、引用する『白氏文集』本文の検討を行った。『奥入』において用いられているのは旧鈔本系テキストである。また、宮内庁本那波本の書き入れも旧鈔本系テキストに近い。

日本文学作品は、時代によって変化はするが、一貫して中国文学作品から強い影響を受けてきた。『白氏文集』と日本文学作品のかかわりは、承和年間（八三四 - 八四八年）の渡来から現在に至るまで一二〇〇年弱に及ぶ。はじめに渡来したのは唐鈔本であり、それは日本で重写されて旧鈔本系諸本となった。平安末には刊本が渡来するが、すぐに広まることはなく、鎌倉時代までは受容の中心は旧鈔本系テキストにあった。それが刊本系テキストを中心とした受容に移り変わってゆくのは『太平記』の頃、すなわち室町時代を通じてのできごとであった。しかし受容の中心となるテキストが替わっても、旧鈔本系は消滅しない。この旧鈔本系・刊本系の本文並存こそ、日本の『白氏文集』受容を特徴づける現象である。中国では宋代に刊本が成立すると旧来のものは敦煌本という例外を除き消滅してしまった。

比較文学の問題として、かつて吉田精一氏は以下のように述べている。

中国との影響関係を調査する場合に甚だ困難を感じることは、これは発動者がほぼ分明し、又受容者がわかっていても、その媒介者がはっきりきわめられないことである。即ち白氏文集が王朝文学に多大の影響を落したということは否定の余地がない。しかしその白氏文集を、誰が何時日本に将来し、それがどのようなものであったか、ということになると、今日まだ確証をつかめないばかりでなく、今後とも絶対に分明しないことだろうと思う。少くとも清少納言が手にした白氏文集はどのような形のものであったか、などということはわかるはずがない。(1)

吉田氏はこのように断言したのであるが、戦後の、とりわけ金沢文庫本白氏文集の公開とそれを契機にした精密な本文校勘は、『白氏文集』テキストに対する研究を大きく推進させた。また太田晶二郎「白氏詩文の渡来について」(2)は白詩詩文の将来時期を承和年間（八三四 - 八四八）に比定しており、現在定説となっている。その結果、今日では「清少納言が手にした白氏文集」すなわち平安時代の『白氏文集』は、唐代の原『白氏文集』に近い旧鈔本系テキストであって、それは後に主流となる刊本系テキストとは編成・本文が大きく異なっている巻子本である、ということを、我々は知ることができた。その時代にどんなテキストが用いられていたのか把握しなければ、正確な出典研究は期しがたい。正確な出典を探るためには、それぞれの作品を詳細に分析し引用文を拾い上げていく必要がある。最後は作品の本文に帰らねばならないのである。だが、「媒介者がはっきりきわめられないことである。」との指摘は今日においてもなお解決すべき課題として残っている。失われたテキストも多いという点を念頭に置き、考究を続けていかねばならないであろう。

現在、室町時代における『白氏文集』テキスト、およびテキスト系統に主たる視点を置いた研究は少ない。受容の研究のためには、中国文学、日本文学、日中比較文学の三方向からのアプローチが必要である。この点において、本書は、日中比較文学研究として『白氏文集』の本文系統の分析に重きを置いたものである。結果として、『白氏文集』

と各作品との間に立ったであろう様々な〈媒介者〉については、その存在を指摘したのみで考察が行えなかったことは、今後に積み残した大きな課題である。『太平記』以外の軍記における『白氏文集』引用調査を行うことで、中世の白氏詩文受容のあり方が、より明確になるだろう。『白氏文集』諸本の大きな本文系統分類の枠組みができている現在、本文交代の問題に限らず、『白氏文集』の受容を考えるためには〈媒介者〉の問題は避けて通ることができない。ここを解決できて、はじめて日本人がいかに『白氏文集』を読んだか、総合的に理解することになるだろう。

本書は、日本文学における『白氏文集』引用作品の多さ、また『白氏文集』そのものの伝本の多さに比すれば、もとよりその表面をなぞったにすぎない。『白氏文集』受容の範囲の広さ、時代の長さ、読みの豊かさを思うのみである。

注

（1）吉田精一「比較文学の方法――日本文学を中心として」『比較文学　日本文学を中心として』（矢島書房、一九五三年一〇月）

（2）二一七ページ注（2）参照。

太平記諸本校異一覧表

凡　例

・基本的に常用漢字を用いた。ㇾ・〆などの合略仮名は、コト・シテなどに開いた。
・用例採集にあたっては句の長短にかかわらず、白氏文集が典拠と考えられるものを網羅する方針とした。ただし巻25「地蔵替命之事」（玄玖本の場合）の「異香」もしくは「馨香」など、白氏文集にも、仏典はじめ他の資料にも用例がある場合は、典拠が確定できないので採らなかった。

太平記諸本略称

玄……玄玖本（底本）甲　一五五四年写？
宮……神宮徴古館本　甲　一五六〇年写
田……神田孝平旧蔵本　甲　室町中期写
西……西源院本 甲　一五二一‐一五五四年頃写？
南……南都本　甲　書写年代不明
梵……梵舜本　乙　一五八六年写
今……今川家本　乙　一五〇五年写
米……米沢本　乙　書写年代不明

毛……毛利家本　乙　一六〇三年以前写
天……天正本　丙　一五九二年写
教……教運本（義輝本）　丙　書写年代不明
寛……寛文四年整版本（後印本）
竹……竹中本　乙　書写年代不明

用例番号	1
太平記（玄玖本）巻数	巻1
出　典	捕蝗
白氏（那波本）巻数/作品番号	3/0136

諸　本	玄		西
校　異	関所停止事付施行事	田服ノ外百里ノ間 空ク赤土ノミ有テ 青苗ナシ 餓莩岐ニ満テ 飢人地ニ倒ル 此年銭三百ヲ以テ 粟一斗ヲ買フ	後醍醐天皇

諸　本	宮		南
校　異	先代草創事	田服の外百里の間 空く赤土のみ有て 青苗なし 餓莩岐にみち 飢人地にたふる 此年銭三百をもちて 粟一斗をかふ	欠

諸　本	田		梵
校　異	関所停止事并施行事	田服ノ外百里ノ間 空ク赤土ノミアツテ 青苗ナシ 餓莩岐ニ満テ 飢人地ニ倒ル 此年銭三百ヲモツテ 粟一斗ヲカウ	関所停止事

	今	天
可亡武臣御企事	関所停止事	飢人窮民施行事
田服之外百里之間 空ク赤土而已有テ 青苗ナシ 餓莩岐ニ満テ 飢人地ニ倒ル 此年銭三百ヲ以テ 粟一斗ヲ買フ	田服ノ外百里ノ間 空ク赤土ノミ有テ 青苗ナシ 餓莩岐ニミチテ 飢人地ニ倒ル 此年銭三百ヲ以テ 粟一斗ヲ買	田服ノ外百里ノ間 空ク赤土ノミ有テ 青苗ナシ

	米	教
	後醍醐天皇御事 并王子達御事	飢人窮民施行事
	田服ノ外百里ノ間 空ク赤茁ノミ有テ 青苗ヲ見ス 餓莩岐ニミチテ 飢人地ニタヲル 此年銭三百文ヲ以テ 粟一斗ヲ買	田服ノ外百里ノ間 空ク赤土ノミ有テ 青苗ナシ

	毛	寛
	飢人窮民施行事 付新関停止等御仁政事	関所停止事
田服ノ外百里ノ間 空シク赤土ノミ有テ 青苗ナシ 餓莩野ニ満テ 飢人地ニ倒ル 此年銭三百ヲ以テ 粟一斗ヲ買	田服ノ外百里ノ間 空ク赤土ノミ有テ 青苗ナシ 餓莩満チ㆑巷テ 飢人倒ル㆑地ニ 此年以㆓銭三百ヲ㆒ 買フ㆓粟一斗ヲ㆒	甸服ノ外百里ノ間 空ク赤土ノミ有テ 青苗ナシ

	2				3
	巻1				巻1
	胡旋女				上陽白髪人
	3/0132				3/0131
	玄	西	今	天	玄
餓莩満テレ巻ニ 飢人倒ルレ地ニ 今年以二銭三百一 買フ二粟一斗ヲ一	立后事 金鶏障ノ下ニ冊レテ	中宮御入内事 金鶏障之下ニ冊レテ	立后事并寵妾事 同宮々御事 金鶏障ノ下ニ冊テ	兼后女備后妃事 金鶏障ノ下ニ冊レテ	立后事 一生空ク玉顔ニ近カセ給ハス深宮ノ内ニ問テ 春ノ日ノ難レ暮レコトヲ歎キ 秋夜ノ長恨ミニ沈マセ給フ 金屋ニ人無シテ耿々タル残ノ灯ノ壁ニ背ケル影
	宮	南	米	教	宮
餓莩満レ巻ニ 飢人倒ルレ地ニ 今年以二銭三百ヲ一 買二粟一斗ヲ一	立后御事付三位殿御局事 （二字欠）障の下に冊れ	欠	後醍醐天皇御事 并王子達御事 金鶏障ノ下ニ冊テ	実兼公ノ女備二后妃一事 金鶏障ノ下ニ被レ冊	立后御事付三位殿御局事 玉顔に近かせ給はす深宮の中にむかひて 春日の難暮をは歎き 秋夜の長恨に沈ませ給ふ 金屋に人なふして皓々たる残灯の壁にそむける影
	田	梵	毛	寛	田
餓莩野ニ蒲テ 飢人地ニ倒ル 此年銭三百ヲ以テ 粟一斗ヲ買	王后事 金鶏障ノ下ニ冊ツカレ	王后事 金鶏障ノ下ニ冊カレテ	実兼公女備后妃事 金鶏障ノ下ニ冊レテ	立后事付三位殿御局事 金鶏障ノ下ニ冊カレテ	立后事 一生空ク玉顔ニ近付セ給ハス深宮ノ中ニ向テ 春ノ日ノ暮カタキ事ヲ歎キ 秋ノ夜ノ長キ恨ニ沈セ給フ 金屋ニ人無シテ皓々タル残ノ灯ノ壁ニ背タル影

		薫籠ニ香消テ蕭々タル暗雨ノ窓ヲ 打ツ声
西	中宮御入内事	一生空ク玉顔ニ近付セ不レ給ハ深 宮ノ内ニ向ヒテ 春ノ日ノ暮レカタキ事ヲ歎キ 秋ノ夜ノ長キ恨ニ沈マセ給フ 金屋ニ人無シテ皎々タル残ノ灯ノ 壁ニ背キタル影 薫籠ニ香消テ蕭々タル暗キ雨ノ窓 ヲ打声
今	立后事并寵妾事 同宮々御事	一生空シク玉顔ニ近カセ給ハス深 宮ノ中ニ向ヒテ 春ノ日ノ暮シカタキ事ヲ歎キ 秋ノ夜ノ長キ恨ニシツマセ給フ金 屋ニ人ナクシテ皎々タル残ノ灯ノ 壁ニ背ケル影 薫籠ニ香キエテ蕭々タル暗キ雨ノ 窓ヲ打声
		薫籠に香きへて蕭々たる暗雨 の空をうつ声
南	欠	
米	後醍醐天皇御事 并王子達御事	一生空ク玉顔ニ近付給ハス唯 深宮ノ中ニ向テ 春ノ日ノ晩シカタキ事ヲ歎キ 秋ノ夜ノ長キ恨ニソシツマセ 給ケル 金屋ニ無シテ人耿々タル残灯 ノ背壁ニ影 薫籠ニ香尽蕭々タル暗雨扣 クレ窓ヲ声
		薫籠ニ香消テ蕭々タル暁キ雨ノ 窓ヲ打ツ声
梵	王后事	一生空ク玉顔ニ近ツカセ給ハス 深宮ノ中ニ向テ 春ノ日ノ暮カタキ事ヲ歎キ 秋ノ夜ノ長キ恨ニ沈マセ給フ 金屋ニ人無シテ皎々タル残ノ灯 ノ壁ニ背ケル影 薫籠ニ香消テ蕭々タル暗キ雨ノ 窓ヲ打声
毛	実兼公女備后妃事	一生空ク玉顔ニ近付セ賜ハス深 宮ノ内ニ向テ 春ノ日ノ暮カタキ事ヲ歎キ 秋夜ノ長キ恨沈マセ賜フ 金屋ニ人ナク薫籠ニ香消テ皓々 タル残灯ノ壁ニ背ケル影 蕭々タル暗キ雨ノ窓ヲ打声

4	
巻1	
大行路	
3/0134	

本	章段名	本文
天	実兼后女備后妃事	一生空ク玉顔ニ近セ玉ハス深宮中ニ向テ 秋ノ日ノ難キレ暮事ヲ歎キ 春夜ノ永キ恨ニ沈セ玉フ 金屋ニ無レ人シテ皓々タル残ノ灯ノ背ルレ壁ニ影 薫籠ニ香消ヘテ蕭々タル暗キ雨ノ窓ヲ打声
玄	三位殿御局事	人生レテ莫レ作二婦人ノ身ト一 百年ノ苦楽ハ由二他人ニ一
西	中宮御入内事	人生レテ勿レ作ル二婦人ノ身ト一 百年ノ苦楽ハ因レ二他人ニ一
今	立后事并寵妾事同宮々御事	人生テ勿レ作コト二婦人身ト一 百年ノ苦楽因ルト二他人ニ一
教	実兼公ノ女備二后妃一事	一生空シク玉顔ニ近セ玉ハス深宮ノ中ニ向テ 春ノ日ノ難キレ暮レ事ヲ歎キ 秋ノ夜ノ永キ恨ニ沈マセ玉フ 金屋無レ人皎々タル残灯ノ背ケルレ壁ニ影 薫籠ニ香消テ蕭々タル暗キ雨ノ窓ヲ打声
宮	立后御事付三位殿御局事	人生レテ勿レ作ルコト二婦人身ト一 百年ノ苦楽因レリ二他人ニ一
南	欠	
米	後醍醐天皇御事 并王子達御事	人生勿作婦人ノ身ト一 百年ノ苦楽ハ因ルト二他人ニ一
寛	立后事付三位殿御局事	一生空ク玉顔ニ近カセ給ハス深宮ノ中ニ向テ 春ノ日ノ暮難キ事ヲ難キ 秋ノ夜ノ長恨ニ沈マセ給フ 金屋ニ人無シテ皎々タル残灯ノ壁ニ背ケル影 薫籠ニ香消テ蕭々タル暗雨ノ窓ヲ打声
田	立后事	人生テ勿レ作二婦人ノ身ト一 百年ノ苦楽ハ因レリト二他人ニ一
梵	三位殿御局事	人生レテ勿レ作二婦人ノ身ト一 百年ノ苦楽ハ因レリ二他人ニ一
毛	実兼公女備后妃事	人生テ勿レ作ルコト二婦人ノ身ト一

	5
	巻1
	長恨歌
	12/0596

本	本文
天	兼后女備后妃事 人生勿レ㆑作ルコト㆓婦人ノ身ト㆒ 百年ノ苦楽因㆓他人㆒
教	実兼公ノ女備㆓后妃㆒事 人生勿レ㆑作ルコト㆓婦人ノ身 ト㆒ 百年苦楽ハ因ルト㆓他人ニ㆒
寛	立后事付㆓三位殿御局事 人生勿㆑作コト㆓婦人身㆒ 百年苦楽因㆓他人㆒ト
	百年ノ苦楽因ルト㆓他人ニ㆒

本	5 巻1 長恨歌 12/0596
玄	三位殿御局事 三千ノ寵愛一身ニ在リシカハ 六宮ノ粉黛モ顔色無カ如シナリ
西	中宮御入内事 三千之寵愛一身ニアリシカハ 六宮之粉黛ハ顔色無カ如クナリ
今	立后事并寵妾事同宮々御事 三千ノ寵愛一身ニ在シカハ 六宮ノ粉黛ハ顔色ナキカ如也
天	公廉女御寵愛事 三千寵愛在リ㆓一身ニ㆒シカハ 六宮ノ粉岱モ如㆑無カ㆑顔色㆑ナリ
宮	立后御事付三位殿御局事 三千の寵愛一身に在しかは 六宮の粉黛顔色なきか如なり
南	欠
米	後醍醐天皇御事 并王子達御事 三千ノ寵愛一身ニ有シカハ 六宮ノ粉黛モ顔色無カ如ク
教	公廉ノ女御寵愛ノ事 三千寵愛在リ㆓一身ニ㆒シカハ 六宮ノ粉黛モ無キカ㆓顔色㆒如 クナリキ
田	三位殿ノ局事 三千ノ寵愛一身ニ有しかは 六宮ノ粉黛顔色ナキカ如クナリ
梵	三位殿御局事 三千ノ寵愛ハ一身ニ有シカハ 六宮ノ粉黛ハ顔色無カ如クナリ
毛	公廉女御寵愛事 三千ノ寵愛一身ニアリ 六宮ノ粉黛顔色無カ如ナリ
寛	立后事付三位殿御局事 三千ノ寵愛一身ニ在シカハ 六宮ノ粉黛ハ顔色無カ如ク也

6				7
巻1				巻1
長恨歌伝				長恨歌
12				12/0596
玄	西	今	天	玄
三位殿御局事 都テ三夫人九嬪廿七ノ世婦八十一ノ御妾及ヒ後宮ノ美人楽府ノ妓女	中宮御入内事 惣テ三夫人九嬪廿七之世婦八十一之女御及ヒ後宮之美人	立后事并寵妾事同宮々御事 三夫人九嬪廿七世婦八十一御妻曁後宮ノ美人	公廉女御寵愛事 都三夫人九嬪二十七世婦八十一ノ女御及後宮ノ美人	三位殿御局事 花ノ下ノ春ノ遊ヒ月ノ前ノ秋ノ宴
宮	南	米	教	宮
立后御事付三位殿御局事 捴て三夫人九嬪二十七の世婦八十一の女御およひ後宮の美人楽府の妓女	欠	後醍醐天皇御事 并王子達御事 惣シテ三夫人九嬪二十七ノ世婦八十一ノ女御及後宮ノ美人	公廉ノ女御寵愛ノ事 三夫人九嬪二十七世婦八十一女御及後宮ノ美人	立后御事付三位殿御局事 花下の春の遊月前の秋の宴
田	梵	毛	寛	田
三位殿ノ局事 都テ三夫人九嬪廿七ノ世婦八十一ノ女御及ヒ後宮ノ美人楽府ノ妓女	三位殿御局事 スヘテ三夫人九嬪廿七ノ世婦八十一ノ女御及ヒ後宮ノ美人楽府ノ妓女	実兼公女備后妃事 都テ三夫人九嬪廿七ノ世婦八十一ノ御妾及後宮ノ美人楽府ノ妓女	立后事付三位殿御局事 都テ三夫人九嬪二十七ノ世婦八十一ノ女御曁後宮ノ美人楽府ノ妓女	三位殿ノ局事 花ノ下ノ春ノ遊ヒ月ノ前ノ秋ノ宴

西	駕スレハ輦ヲ共ニシ 幸スル寸ハ席ヲ専ニシ給フ是ヨリ 君主朝政為シ給ハス (忽ニ准后ノ宣旨ヲ被レ下シカハ 人皆皇后元妃ノ思ヲ生リ) 乍見ル光彩ノ始テ 門戸ニ成ルコトヲ 此時天下ノ人 男ヲ生ムコトヲ軽ンシテ 女ヲ生コトヲ重フセリ	中宮御入内事	花ノ下ノ春ノ遊ヒ 月ノ前ノ秋ノ宴 駕スレハ輦ヲ共ニシ 幸スレハ席ヲ専ニシ給フ 自レ是君王朝ヲシタマハス (遂ニ准后之宣旨ヲ被レ下シカハ人 皆皇后元妃之思ヲナセリ) 忽ニアル光彩之始テ 門戸ニナレル事ヲ 此時ニ天下之人皆 男ヲ生メル事ヲ軽シテ
南	駕すれは輦を倶にし 幸すれは席を専にし給ふ 是より君王朝政をし給はす (忽に准后宣旨を被下しかは人 皆皇（欠）元妃の思をなせり) 驚見光彩の始て 門戸になれる事を 是時天下の人 男をうむ事を軽し 女をうむ事を重せり	欠	
梵	駕スレハ輦ヲ共ニシ 幸スレハ席ヲ専ニシ給フ 是より君王朝政シ給ハス (遂ニ准后ノ宣旨ヲ被レ下シカハ 人皆皇后元妃ノ思ヲナセリ) 忽ニ見ル光彩ノ始テ 門戸ニナレル事ヲ 此時ニ天下ノ人 男ヲ生ム事ヲ軽シテ 女ヲウム事ヲ重クせり	三位殿御局事	花ノ下ノ春ノ遊ヒ 月ノ前ノ秋ノ宴 駕スレハ輦ヲ共ニシ 幸スレハ席ヲ専ニシ給フ 是ヨリ君王朝政シ給ハス (忽ニ准后ノ宣旨ヲ下サレシカハ 人ミナ皇后元妃ノ思ヲナセリ) 驚キ見ル光彩ノ始テ 門戸ニ成レル事ヲ 此時天下ノ人 男ヲ生ム事ヲ軽シテ

	今 / 米 / 毛	天 / 教 / 寛
女ヲ生ム事ヲ重クセリ	**今** 立后事并寵妾事同宮々御事 花ノ下ノ春ノ遊ヒ 月ノ前ノ秋ノ宴ニ 駕スレハ輦ヲ共ニシ給フ 是ヨリ君王朝マツリコトシ玉ハス （遂ニ准后ノ宣旨ヲ下サレシカハ人 皆皇后元妃ノ思ヲナセリ） 忽ニ見ル光彩ノ 門戸ニナレルコトヲ 此時天下ノ人 男ヲウム事ヲカロクシテ 女ヲウム事ヲ重クセリ	**天** 公廉女御寵愛事 花ノ下ノ春ノ遊 月ノ前ノ秋ノ宴 駕スレハ輦ヲトモニシ 幸スレハ専ニシレ席ヲ玉フ 自是君王朝政ヲシ玉ハス （遂ニ被レ下二准后宣旨ヲ一シカハ人
	米 後醍醐天皇御事 并王子達御事 花ノ下ノ春ノ宴 月ノ前ノ秋ノ興 駕スレハ輦ヲ共ニシ 幸スレハ席ヲ専ニシ玉ヒケリ 是ヨリ君王 （遂ニ准后ノ宣示ヲ被レ下シカ ハ人皆皇后元妃ノ思ヲ成セリ） 忽見ル光彩ノ初テ 門戸ニ生ル事ヲ 此時天下ノ人皆 男ヲ生コトヲ軽クシテ 女ヲ生ム事ヲ重セリ	**教** 公廉ノ女御寵愛ノ事 花ノ下ノ春ノ遊ヒ 月ノ前ノ秋ノ宴 駕スレハ輦ヲトモニシ 幸スレハ席ヲ専ニシ玉フ 自レ是君王朝政ヲシ玉ハス （遂ニ被レ下二准后ノ宣旨一シカ
女ヲ生事ヲ重クセリ	**毛** 実兼公女備后妃事 花ノ下ノ春ノ遊ヒ 月ノ前ノ秋ノ宴 駕スレハ輦ヲ共ニシ 幸スレハ席ヲ専ニシ給フ 是ヨリ君王朝政ヲシ賜ハス （忽ニ准后ノ宣旨ヲ下サレシカハ 人皆皇后元妃ノ思ヲナセリ） 驚見ル光彩ノ始テ 門戸ニ成事ヲ 此時天下ノ人 男ヲ生事ヲ軽シテ 女ヲ生事ヲ重ス	**寛** 立后事付三位殿御局事 花ノ下ノ春ノ遊 月ノ前ノ秋ノ宴 駕スレハ輦ヲ共ニシ 幸スレハ席ヲ専ニシ給フ 是ヨリ君王朝政ヲシ給ハス （忽ニ准后ノ宣旨ヲ下サレシカハ

	8			
	巻1			
	長恨歌			
	12/0596			
	玄	西	今	天
	無礼講事	土岐十郎与 多治見四郎謀叛事	謀叛御祈事同俊基資朝事	俊基款状読誤ノ事
皆皇后元妃ノ思ヲナセリ） 忽ニ見ル光彩ノ始テ 門戸ニ生ルコトヲ 此時天下ノ人 男ヲ生ム事ヲ軽シテ 女ヲ生ム事ヲ重ゼリ	雪ノ膚透キ徹ツテ 宛カモ大掖ノ芙蓉ノ 新ニ水ヲ出シタルニ異ナラス	雪ノ膚スキ通リ 太掖之芙蓉新ニ 水ヲ出タルニ不レ異	雪ノ膚ヘスキトヲリテ 太液ノ芙蓉アラタニ 水ヲ出タルニ異ナラス	雪ノ肌透通テ
	宮	南	米	教
	無礼講事	欠	無礼講之事	俊基歎状読誤事
ハ人皆皇后元后ノ思ヲナセリ） 忽ニ見ル光彩ノ始テ 門戸ニナレルコトヲ 此時天下ノ人 生ムコトヲレ男ヲ軽シテ 生ムコトヲレ女ヲ重セリ	雪膚透徹て 宛大液の芙蓉の新に 水を出したるに異ならす		雪ノ肌透通リテ 大椒池ノ荷ノ新 水ヲ出テ	雪ノ膚ヘ透通リ
	田	梵	毛	寛
	無礼講事	土岐謀叛事	土岐十郎等謀叛事	無礼講事付玄慧文談事
人皆皇后元妃ノ思ヲナセリ） 驚キ見ル光彩ノ始テ 門戸ニ生ルコトヲ 此時天下ノ人 男ヲ生ム事ヲ軽シテ 女ヲ生ム事ヲ重ゼリ	雪ノハダヘスキとをって 大掖ノ芙蓉新タニ 水ヲ出たるに異ならス	雪ノ膚スキ通リテ 太掖ノ芙蓉新ニ 水ヲ出シタルニ異ナラス	雪ノ膚透通テ 太液ノ芙蓉新ニ 水ヲ出タルニ異ナラス	雪ノ膚スキ通テ

		9								10	
		巻2								巻2	
		驪宮高								長恨歌	
		4/0145								12/0596	
		玄		西		今		天		玄	
大液芙蓉新ニ	水ヲ出シタルニ不異	南都北嶺行幸事 付講堂供養事	一人出サセ給フ事 容易カラ子ハ	南都北嶺行幸事	一人ノ御幸 容易ナラサルニ依テ	南都北嶺行幸事	一人出玉フ事 容易カラサレハ	石清水并南都北嶺行幸事	一人出サセタマウ事 不㆓容易㆒サレハ	俊基朝臣死罪之事 付北方之事	況ヤ連理ノ契リ不浅シテ
		宮		南		米		教		宮	
太掖ノ芙蓉新ニ	水ヲ出タルニ不㆑異ナラ	南都北嶺行幸事 付講堂供養事	一人出させ給ふ事 容易かられは	欠		南都北嶺行幸事	一人出玉フ事 不㆓容易ナラ㆒サレハ	石清水并 南都北嶺行幸事	一人出サセタマウ事 不㆓容易㆒サレハ	俊基朝臣死罪事付北方事	況や連理の契不浅して
		田		梵		毛		寛		田	
大掖ノ芙蓉新ニ	水ヲ出タルニ異ナラス	南都北嶺行幸事	一人出給フ事 タヤスからザレハ	南都北嶺行幸事	一人出給フ事 不㆓容易㆒カラ子ハ	南都北嶺行幸事	一人出給フ事 容易カラスサレハ	南都北嶺行幸事	一人出給事 容易カラザレハ	俊基朝臣被切事 并青侍助光事	況ヤ連理ノ契浅からスして

西	今	天
俊基朝臣奉斬事 況ヤ連理之契不浅シテ	俊基朝臣被誅事 況ヤ連理ノ契浅カラスシテ	俊基朝臣誅戮事 況ヤ是ハ連理ノ契リ不レ浅シテ 比翼ノ語イ異ニレ他

南	米	教
欠	俊基被誅事付北方御文事 助光関東下事 況ヤ連理ノ契浅カラスシテ	俊基朝臣誅戮事 況ヤ是ハ連理ノ契リ不レ浅シテ 比翼ノ語イ異ニレ他

梵	毛	寛
俊基朝臣被誅事 況ヤ連理ノ契浅カラスシテ	俊基朝臣誅罰事 況哉連理ノ契浅カラスシテ	俊基朝臣被誅事 并助光事 況ヤ連理ノ契リ不レ浅シテ

11
巻3
売炭翁
4/0156

玄	西	今	天
笠置城没落事 三日マテ食ヲ断ケレハ	陶山小見山夜打笠置没落事 三日マテ口中之食ヲ断ケレハ	陶山小宮山夜打事 三日マテ口中ノ食絶ケレハ	笠置城没落事

宮	南	米	教
宮方敗北事 三日まて口中の食を 断れけれは	欠	依陶山義高夜打笠置城落事 ナシ	笠置ノ城没落ノ事

田	梵	毛	寛
欠	主上御沈落笠置事 三日ヾテ口中ノ飡ヲ絶シケレハ	陶山落笠置事 三日マテ口中ノ食ヲ絶シケレハ	主上御没落笠置事

12 巻4 立部伎 3/0129				
	玄	西	今	天
三日迄食ヲ絶ラケレハ	笠置囚人死罪流刑事 堂下ノ立部袖ヲ飜シ 梨園ノ弟子曲ヲ奏セシム 繁絃急管何レモ金玉ノ声玲瓏タリ	奉流宮々事 堂下ノ立部袖ヲ翻シ 梨園ノ弟子曲ヲ奏ゼシム 繁絃急管何レモ金玉之色玲瓏タリ	召人流罪死罪事 堂上ノ上達部袖ヲ飜シ 梨園ノ弟子曲ヲ奏セシニ 繁絃急管イツレモ金玉ノ声玲瓏タ リ	笠置城囚人罪責評定事 堂下立部袖ヲ飜シ 梨園弟子曲ヲ奏
	宮	南	米	教
三日マテ食絶ケレハ	囚人配流事 堂下の立部袖をひるかへし 梨園の弟子曲を奏せしむ 繁絃急管何も金玉の声玲瓏た り	欠	笠置召人被行死罪流罪事 堂下立部袖ヲ飜シ 梨園ノ弟子曲ヲ奏セシム 繁絃急管イツレモ金玉ノ声玲 瓏タリ	囚人罪責評定事 堂下ノ立部袖ヲ飜シ 梨園ノ弟子曲ヲ奏ス
	田	梵	毛	寛
三日マテ口中ノ食ヲ断ケレハ	欠	藤房卿事 堂下ノ立部袖ヲ飜シ 梨園ノ弟子曲ヲ奏セシム 絃絃急管何レモ金玉ノ声玲瓏タ リ	笠置囚人死罪流刑事 堂下立部袖ヲ飜シ 梨園ノ弟子曲ヲ奏ス 繁絃急管何モ金玉ノ声玲瓏タリ	笠置囚人死罪流刑事 付藤房卿事 堂下ノ立部袖ヲ翻シ 梨園ノ弟子曲ヲ奏セシム

13
巻4
琵琶行
12/0603

	本	章段名	本文
繁絃急管何モ金玉ノ音玲瓏タリ	玄	笠置囚人死罪流刑事	間関タル鶯ノ語ハ 花ノ下ニ滑ニ 幽咽セル泉ノ流ハ 氷リノ底ニ難 敵怨清和節ニ随ツテ移ル 四絃一声帛ヲ裂クカ如クニシテ 抹テハ又挑返ヘス
	西	奉流宮々事	絃関タル鶯ノ語ハ 花下ニ滑ニ 幽咽セル泉ノ流ハ 氷ノ底ニ難 適怨清和節ニ随テ移ル 四絃一声帛ヲ裂カ如シテ掻テハ復 掻カヘス
	今	召人流罪死罪事	間関タル鶯ノ語ハ 花ノ下ニ滑ニ
繁絃急管何金玉ノ音玲瓏タリ	宮	囚人配流事	間関たる鶯の語は 花の底になめらかに 幽咽せる泉の流は 氷の下にいためり 敵怨清和節にしたかひて移り 四絃一声帛をさくか如し 撥テハ又挑かへす
	南	欠	
	米	笠置召人被行死罪流罪事	間関タル鶯ノ語ハ 花ノ下ニ滑カナリ
繁絃急管何レモ金玉ノ声玲瓏タ リ	田	欠	
	梵	藤房卿事	間関タル鶯ノ語ハ 花ノ下ニ滑ニ 幽咽ヤル泉ノ流ハ 氷ノ底ニ難メリ 適怨清和節ニ随テ移ル 四絃　声帛ヲ如レ裂カ 抹復挑
	毛	笠置囚人死罪流刑事	間関タル鶯ノ語ヒハ 華ノ下ニ滑ニ

		14	
		巻4	
		井底引銀瓶	
		4/0164	
	天	玄	西
幽咽セル泉ノ流ハ 水ノ底ニ難メリ 適怨清和節ニ随テ移ル 四絃一声帛ヲ裂カ如シ 撥テハ復撥フ（「挑」併記）	笠置城囚人罪責評定事 睍睆鶯語 花底滑 幽咽泉流 水下難メリ 敵怨清和随節移 四絃一声如裂帛 撥返々々タル 撥音手使一絃裂テ手ニ移ル	笠置囚人死罪流刑事 為二君カ一日ノ恩ノ 誤ルトハ二妾ガ百年ノ身ヲ一	奉流宮々事 為メニ二君カ一日之恩一 誤ツ二妾カ百年之身ヲ一トモ
	教	宮	南
幽咽セル泉ノ流ハ 氷ノ底ニ難メリ 適怨清和節ニ随テウツル 四絃一声帛ヲ裂カ如クシテ カキ返ス撥ノ其一曲	囚人罪責評定事 睍睆タル鶯語 花ノ底滑 幽咽泉ノ流レ 氷ノ下ニ泥メリ 適怨清和随テレ節ニ移ル 四絃一声如クレ裂カレ帛ヲ 掻イテハ復タ撹返シ	囚人配流事 為二君一日恩一 誤二妾百年身一とも	欠
	寛	田	梵
幽咽セル泉ノ流ハ 氷ノ底ニ泥メリ 適怨清和節ニ随テ移ル 四絃一声帛ヲ裂カ如ニシテ 撥復ス撥結テ扣ク手使ヒ	笠置囚人死罪流刑事 付藤房卿事 間関タル鶯ノ語ハ 花ノ下ニ滑ナリ 幽咽セル泉ノ流ハ 水ノ底ニ難メリ 敵怨清和節ニ随テ移ル 四絃一声如シ裂レ帛 撥テハ復挑	欠	藤房卿事 為君一日ノ恩 誤ツ二妾百年ノ身ヲ一トモ

16		15					
巻4		巻4					
林下避暑詩		題故元少尹集後2					
69/3583		51/2217					
西	玄	天	今	西	玄	天	今
奉流宮々事	笠置囚人死罪流刑事 瘴海ノ気冷ク	一宮并妙法院奉流事 龍門原上ノ苔ニ埋トモ	召人流罪死罪事 龍門原上ノ苔ト埋トモ	ナシ	笠置囚人死罪流刑事 龍門原上ノ苔ニ埋モルトモ	笠置城囚人罪責評定事 為㆓君ノ一日ノ恩ノ㆒ 誤㆓妾カ百年ノ身ヲ㆒トハ	召人流罪死罪事 為ニ㆓君カ一日ノ恩ノ㆒ 誤ルト㆓妾カ百年ノ身ヲ㆒云モ
南	宮	教	米	南	宮	教	米
欠	囚人配流事 ナシ	一宮妙法院配流事 龍門原上ノ苔ニ埋モル共	笠置召人被行死罪流罪事 龍門原上ノ苔ニ埋ル共	欠	囚人配流事 原上の苔に	囚人罪責評定事 為ニ㆓君一日ノ恩ノ㆒ 誤ル㆓妾カ百年ノ身ヲ㆒	笠置召人被行死罪流罪事 為㆓君カ一日ノ恩㆒ 誤㆓妾百年ノ身ヲ㆒トモ
梵	田	寛	毛	梵	田	寛	毛
一宮并妙法院三品親王御事	欠	一宮并妙法院二品親王御事 龍門原上ノ苔ニ埋ル共	笠置囚人死罪流刑事 龍門原上ノ苔ニ埋ルゝトモ	一宮并妙法院三品親王御事 龍門原上ノ苔ニ埋モル共	欠	笠置囚人死罪流刑事 付藤房卿事 為㆓君一日恩㆒ 誤㆓妾百年身㆒トモ	笠置囚人死罪流刑事 為ニ㆓君カ一日ノ恩ノ㆒ 誤ツ㆓妾カ百年身㆒ヲトハ

番号	巻	作品	番号	本	章段	該当箇所
		夏日与閑禅師				瘴海ノ気冷シク
		夏日与閑禅師		今	召人流罪死罪事	瘴海ノ気冷シク
		夏日与閑禅師		天	一宮并妙法院奉流事	瘴海気冷
		夏日与閑禅師				
		夏日与閑禅師		米	笠置召人被行死罪流罪事	瘴海ノ気スサマシク
		夏日与閑禅師		教	一宮妙法院配流事	瘴海ノ気冷シク
		夏日与閑禅師				瘴海ノ気冷シク
		夏日与閑禅師		毛	八歳宮御哥事	瘴海ノ気冷ク
		夏日与閑禅師		寛	一宮并妙法院二品親王御事	瘴海ノ気冷シク
17	巻4	上陽白髪人	3/0131	玄	俊明極参内事	ナシ
17	巻4	上陽白髪人	3/0131	西	前帝潜幸事并俊明極参内事	ナシ
17	巻4	上陽白髪人	3/0131	今	俊明極参内事	ナシ
17	巻4	上陽白髪人	3/0131	天	元朝俊明極渡朝事	彼上陽人ノ宮モカクヤト 思召出ラレテ 永日殊ニ暮シ難シ
17	巻4	上陽白髪人	3/0131	宮	囚人配流事	ナシ
17	巻4	上陽白髪人	3/0131	南	欠	
17	巻4	上陽白髪人	3/0131	米	俊明極参内事 并先帝隠岐国遷幸事	ナシ
17	巻4	上陽白髪人	3/0131	教	俊明極来朝参内事	彼上陽人ノ宮モカクヤト 思召出ラレテ 永日殊ニ暮シ難シ
17	巻4	上陽白髪人	3/0131	田	欠	
17	巻4	上陽白髪人	3/0131	梵	中宮御歎事	ナシ
17	巻4	上陽白髪人	3/0131	毛	俊明極参内事	ナシ
17	巻4	上陽白髪人	3/0131	寛	中宮御歎事	ナシ
18	巻4	琵琶行	12/0603	玄	俊明極参内事	ナシ
18	巻4	琵琶行	12/0603	宮	囚人配流事	ナシ
18	巻4	琵琶行	12/0603	田	欠	

西	今	天	
前帝潜幸事并俊明極参内事 ナシ	俊明極参内事 ナシ	先帝隠岐国遷幸事 外都ノ卑湿ニ遷居有シ事	
南	米	教	
欠	俊明極参内事 并先帝隠岐国遷幸事 此卑湿ノ地ニ移リタリシカ	先帝隠岐国遷幸事 外都ノ卑湿ニ遷居有シ事	
梵	毛	寛	
先帝遷幸事 此卑湿ノ地ニ 遷シタリシカハ	前帝遷幸隠岐事 平安城ヲ此卑湿ノ地ニ	先帝潜幸事 ナシ	

19			
巻4			
凶宅詩			
1/0004			
玄	西	今	天
呉越師之事 梟松桂ノ枝ニ鳴キ 狐蘭菊ノ叢ニ蔵ル	呉越闘之事 梟鳴キ㆓松桂ノ枝ニ㆒ 狐蔵ル㆓蘭菊ノ叢ニ㆒	呉越軍事 梟鳴㆓松桂枝㆒ 狐蔵㆓蘭菊ノ叢㆒	呉越軍事
宮	南	米	教
備後三郎高徳事付呉越事 梟松桂の枝になき 狐蘭菊の叢にかくる	欠	呉越師事 梟松桂ノ枝ニ鳴 狐蘭菊ノ叢ニ蔵レテ	呉越戦ノ事
田	梵	毛	寛
欠	呉越軍事 梟鳴㆓松桂之枝ニ㆒ 狐蔵㆓蘭菊之蘂ニ㆒	呉越軍事 梟鳴松桂ノ枝ニ 狐蔵蘭菊ノ叢	備後三郎高徳事 付呉越軍事

No.	巻	作品	番号	本	章段名	本文
						ナシ
						ナシ
						梟鳴キ二松桂之枝ニ一 狐蔵ル二蘭菊之藂ニ。
20	巻4	長恨歌	12/0596	玄	呉越帥之事	払フ人ナキ閑庭ニ 落葉満テ蕭々タリ
				西	呉越闘之事	人ノ無二閑庭ヲ払フ一 落葉満テ粛々タリ
				今	呉越軍事	払フ人無キ閑庭ニ 落葉ミチテ蕭々タリ
				天	呉越軍事	ナシ
				宮	備後三郎高徳事付呉越事	掃人なき閑庭なれハ 落葉みちて蕭々たり
				南	欠	
				米	呉越師事	掃人無キ閑庭ニ 落葉満テ蕭々タリ
				教	呉越戦ノ事	ナシ
				田	欠	
				梵	呉越軍事	无キ二払フ人一閑庭 落葉満テ蕭々タリ
				毛	呉越軍事	払フ人ナキ閑庭ニ (以下落丁により未調査)
				寛	備後三郎高徳事付呉越軍事	無シテ二払フ人一閑庭ニ 落葉蒲テ蕭々タリ
21	巻4	陵園妾	4/0161	玄	呉越帥之事	鬢ヲロソカニシテ 膚ヘ消ヘタル御形
				西	呉越闘之事	ナシ
				宮	備後三郎高徳事付呉越事	鬢疎に膚消たる御形
				南	欠	
				田	欠	
				梵	呉越軍事	鬢疎カニ膚消タル御皃

番号	巻	章段	位置	本	章題	本文
（前頁より）				今	呉越軍事	髪疎ニ膚消タル容
				天	呉越軍事	髪疎ニ肌消タル御皃
				米	呉越師事	鬓疎ニ膚消タル御皃
				教	呉越戦ノ事	髪疎カニ肌消タル御皃
				毛	呉越軍事	（落丁により未調査）
				寛	備後三郎高徳事付呉越軍事	鬢疎カニ膚消タル御形
22	巻4	長恨歌	12/0596	玄	呉越師之事	梨花一枝春ノ雨
				西	呉越闘之事	梨花一枝之春之雨
				今	呉越軍事	梨花一枝ノ帯レ雨粧
				天	呉越軍事	梨花一枝ノ春ノ雨
				宮	備後三郎高徳事付呉越事	梨花一枝の春雨
				南	欠	
				米	呉越師事	梨花一枝ノ春ノ雨
				教	呉越戦ノ事	梨花一枝ノ春
				田	欠	
				梵	呉越軍事	梨花一枝ノ春ノ雨
				毛	呉越軍事	（落丁により未調査）
				寛	備後三郎高徳事付呉越軍事	梨花一枝春ノ雨
23	巻4	長恨歌	12/0596	玄	呉越師之事	粧成テ一ヒ笑ハ百ノ媚 君カ眼ヲ迷テ
				西	呉越闘之事	粧イ成シテ一度咲者 百ノ媚迷シテ君二ノ眼ヲ一
				宮	備後三郎高徳事付呉越事	粧成て一ひ笑ハ百の媚 君の眼をはよはして
				南	欠	
				田	欠	
				梵	呉越軍事	粧ヒ成テ一度笑ハ百ノ媚 君カ眼ヲ迷ハシ

24	
巻4	
長恨歌	
12/0596	

本	章段名	本文
天	呉越軍事	一度入宮中 侍君王傍ヨリ
今	呉越軍事	宮中ニ入テ 君王ノ側ニ侍シヨリ
西	呉越闘之事	ナシ
玄	呉越帥之事	一ヒ宮中ニ入ツテ 君王ノ傍ニ侍シヨリ
教	呉越戦ノ事	ナシ
米	呉越師事	一度宮中へ入テ 君王ノ傍ニ侍シヨリ
南	欠	
宮	備後三郎高徳事付呉越事	一たひ宮中に入て 君王の傍に侍しより
寛	備後三郎高徳事付呉越軍事	一度入テ二宮中ニ一 君王ノ傍ニ侍シヨリ
毛	呉越軍事	宮中ニ入テ 君王ノ側ニ侍セシヨリ
梵	呉越軍事	一度入テ二宮中ニ一 君王ノ傍ニ侍シヨリ
田	欠	

本	章段名	本文
天	呉越軍事	粧成テ一ヒ笑ハ百ノ媚 迷君ノ眼
今	呉越軍事	粧成テ一度笑ハ百ノ媚 君カ眼ヲ迷シテ
教	呉越戦ノ事	粧成テ一ヒ笑ハ百ノ媚 迷ハシ二君カ眼ヲ一
米	呉越師事	粧ナリテ一度笑ハ百ノ媚 君カ眼ヲ迷シテ
寛	備後三郎高徳事 付呉越軍事	妝成テ一度笑ハ百ノ媚 君カ眼ヲ迷シテ
毛	呉越軍事	粧成テ一度ヒ笑メハ 百ノ媚君カ眼ヲ迷ハス

番号	巻	章段	所在	本	章題	本文
25	巻6	長恨歌	12/0596	玄	三位殿御夢相事	三千ノ宮女御涙ヲ滴デゝ面々ニ臥沈ミ給フ
				西	民部卿三位殿御夢事	三千ノ宮女涙ヲ滴テ面々ニ臥沈ミ給フ
				今	民部卿三位局夢想事	三千ノ官（宮イ）女涙ヲ滴テ面々ニ臥沈ミ玉フ
				天	民部卿三位殿神詞事	三千ノ宮女同ク滴レ涙ヲ面々ニ臥シ沈ム消息
				宮	三位殿御夢想事	三千の宮女涙をしたてて面々に伏沈みたまふ
				南	民部卿三位殿夢想事	三千ノ宮女涙ヲ滴テ面々ニ臥沈ミ玉フ
				米	民部卿三位御局北野参籠事	三千ノ宮女モ涙ヲ滴テ面々ニ臥沈ミ玉フ
				教	民部卿三位殿神歌事	三千ノ宮女同滴テテレ泪ヲ面々ニ臥シレ沈ム有様
				田	欠	
				梵	大塔宮御母堂御参籠北野社事	三千ノ宮女涙ヲ流シテ面々ニ臥沈給フ
				毛	大塔宮御母堂御参籠北野社事	三千ノ宮女涙ヲ流シテ面々ニ臥沈ミ給フ
				寛	民部卿三位殿御夢相事	三千ノ宮女涙ヲ流シテ面々ニ臥沈ミ給フ有様
26	巻6	陵園妾	4/0161	玄	三位殿御夢相事	青絲ノ鬢面ヲロソカニシテ何ツノ間ニカハ老ハ来リヌラント恠レ紅玉ノ膚消テ今日ヲ限ノ命共ガナト歎シ疎ニ思沈マセ給ケル
				西	民部卿三位殿御夢事	青絲髪疎ニシテイツノマニ老ハ来
				宮	三位殿御夢想事	青絲髪疎にして何間にかは老は来ぬらむと恠れ紅玉膚消て今日を限の命共かなと思召れ
				南	民部卿三位殿夢想事	青総髪疎ソカニシテイツノ間
				田	欠	
				梵	大塔宮御母堂御参籠北野社事	青絲髪疎ニシテイツノ間ニカ老

27
巻6
百錬鏡
4/0146

	今	天	玄	西	今	天
ラント恠マレ 紅玉ノ膚消テ今日ヲ限ノ命トモ哉 ト思食サル	民部卿三位殿神詞事 青絲髪疎ニシテ何ノ間ニ老ハ来ヌ ラント被レ怪 紅玉之膚消テ今日ヲ限ノ命トモ哉 ト思食ケル余ニ	民部卿三位殿神詞事 青絲髪疎ニシテ何ノ間ニ老ハ来ヌ ラント被レ恠 紅玉之膚消テ今日ヲ限ノ命トモ哉 ト思食ケル余ニ	楠望見未来記之事 百王治天ノ安危ヲ勘テ	太子未来記事 日本一州ノ安危ヲ鑑テ	太子未来記事 百王治天ノ安危ヲ勘テ	楠太子未来記拝見事

	米	教	宮	南	米	教
ニ老ハ来ヌラント恠マレ 紅玉膚ヘ消テ今日ヲ限ノ命ト モカナト思召シ	民部卿三位御局北野参籠事 青絲ノ髪疎ニシテ何ノマニ老 ハ来ヌラント恠シマレ 紅玉ノ膚消テ今日ヲ限ノ命ト モナレル物カト	民部卿三位殿神歌事 青絲髪疎ニシテ何間ニ老ハ来 リヌラント被レ怪シマ 紅玉ノ膚消テ今日ヲ限ノ命ト モ哉ト思召ケル	楠望見未来記事 百王治天の安危をかむかへて	楠望見未来記事 百王治天ノ安危ヲ勘テ	太子未来記事 百王治天ノ安危ヲ勘テ	楠太子ノ未来記拝見ノ事

	毛	寛	田	梵	毛	寛
ハ来ヌラント被レレ恠 紅玉膚消テ今日ヲ限ノ命共カナ ト思召ケル	大塔宮御母堂御参籠北野社事 青絲髪疎シテイツノマニ老ハキ ヌラントアヤシマレ 紅玉膚消テ今日ヲ限ノ命共哉ト 思召ケル	民部卿三位殿御夢相事 青絲ノ髪疎ニシテイツノ間ニ老 ハ来ヌラント被レ怪マ 紅玉ノ膚消テ今日ヲ限ノ命共カ ナト思召ケル	欠	正成天王寺未来記披見事 百王治天ノ安危ヲ勘テ	正成天王寺未来記披見事 百王治天ノ安危ヲ勘	正成天王寺未来記披見事

	28				29
	巻6				巻9
	後題故元少尹集1				大行路
	51/2216				3/0134
	玄	西	今	天	玄
百王治天之安危ヲ勘テ	赤坂城合戦之事 付人見本間抜懸之事 骨ハ化シテ黄壌一堆ノ 下ニ朽ヌレト	赤坂合戦事 并人見本間打死事 骨ハ黄壌一堆ノ 下ニ朽ヌ共	赤坂合戦事 骨ハ化シテ黄壌一堆ノ 下ニ朽ヌレハ	人見本間討死事 縦ヒ骨ハ化シテ朽二黄壌一堆ノ 下ニ一	久我縄手合戦事 付足利殿丹州下向事 大行ノ路能ク車ヲ摧ク 若人ノ心ニ比ブレバ
	宮	南	米	教	宮
百王治天之安危ヲ勘テ	赤坂城合戦事 付人見本間抜懸事 骨は化して黄壌一堆の 下に朽ぬれと	赤坂合戦事 付人見本間抜懸事 骨ハ化シテ黄壌一堆ノ 下ニ朽ヌレハ	赤坂合戦事 骨ハ化シテ黄壌一堆ノ 下ニ朽ヌレトモ	人見本間討死ノ事 縦ヒ骨ハ化シテ朽レトモ二 黄壌一堆ノ下ニ一	久我縄手合戦事 付足利殿丹州下向事 太行の路能く車をくたく 若人の心に比すれは
	田	梵	毛	寛	田
百王治天ノ安危ヲ勘テ	欠	赤坂合戦事 骨ハ化シテ黄壌一堆ノ 下ニ朽ヌレト	赤坂合戦事 骨ハ化シテ黄壌一堆ノ 下ニ朽ヌレト	赤坂城合戦之事 付人見本間抜懸之事 骨ハ化シテ黄壌一堆ノ 下ニ朽ヌレト	久我縄手合戦事 大行ノ路能ク摧クレ車ヲ 若比フレハ二人ノ心ニ一

	西	今
是夷ナル途ナリ 巫峡ノ水能舟ヲ覆ス 若人ノ心ニ比ブレバ 是安キ流ナリ 人ノ心ノ好悪太タ不レ常 トハ云ナカラ	久我縄手合戦事 并名越殿打死事 大行ノ路能摧レ車ヲ 若比ハ二人心ニ一 是平路也 巫峡ノ水能覆スレ舩ヲ 若比二人心一 是安キ流也 人ノ心ノ好悪太タ不レ常 ト乍云イ	京責事 大行之路能摧クレ車ヲ 若シ比ハ二人心ニ一 是夷途 巫峡之水能覆スレ舟ヲ

	南	米
是夷なる途なり 巫峡の水能く舩をくつかへす 若人心に比すれは 是安き流なり 人心の好悪はなはた不レ常 とは云なから	久我縄手合戦事 付足利殿丹州下向事 大行之路能ク摧クレ車 若比セハ二人心ニ一 是夷途ナリ 巫峡之水能覆レ舟 若比二人心一 是安キ流ナリ 人心ノ好悪太タ不レ常 トハ云ナカラ	久我縄手合戦事 大行路能摧レ車 若比ハ二人ノ心ニ一 是レ夷ナル路也 巫峡ノ水能覆レ舩

	梵	毛
是夷ナル路也 巫峡ノ水能覆スレ船ヲ 若比二人ノ心ニ一 是安流也 人ノ心ノ好悪太不常 トハ云なから	四月二十七日山崎攻事 大行之路能摧車 若比二人ノ心一 是ハ夷ラカナル路也 巫峡之水能覆舟 若比二人心一 是安流也 人ノ心好悪太不常 トハ云ナカラ	足利殿於関東隠謀 并上洛事 大行之路ハ能ク摧レ車 若比セハ二人心ニ一 是夷路也 巫峡ノ水ハ能ク覆スレ舟

	30
	巻9
	新豊折臂翁
	3/0133

	天	玄	西
若シ比ハ二人心ニ一 是安流 人心好悪太タ不レ常 トハ云ナカラ	関東武士上洛事 大行ノ路能ク摧クレ車 若シ比ハ二人ノ意ニ一 是レ夷路也 巫峡ノ水能ク覆レ舟ヲ 若シ比ハ二人ノ意ニ一 是レ安流也 人心ノ好悪ヲ太不レ常 トハ謂ナカラ	六波羅要害事 彼ノ雲南万里ノ軍戸ニ 三丁アレハ一丁ヲ抽ト云ヘリ	五月七日合戦事同六波羅落事 彼ノ雲南万里ノ軍戸ニ 三丁アレハ一丁ヲ抽ト云リ

	教	宮	南
若比二人心一 是安流也 人ノ心ノ好悪太タ不レ常 トハ	関東武士上洛事 大行ノ路能ク摧クレ車ヲ 若比セハ二人ノ心ニ一 是レ夷路也 巫峡ノ水能ク覆スレ舟ヲ 若シ比セハ二人ノ意ニ一 是レ安流也 人心好悪太タ不スレ常 トハ謂ナカラ	六波羅要害事 彼雲南万里の軍戸に 三丁有れは一丁は抽といへり	六波羅要害事 彼雲南万里ノ軍戸ニ 三丁有レバ一丁ヲ抽ト云ヘリ

	寛	田	梵
若比ハ二人之心ニ一 是安流也 人心ノ与二好悪ハ一太不レ常 トハ云ナカラ	山崎攻事 付久我畷合戦之事 大行之路能摧レ車 若比二人心一 夷途也 巫峡之水能覆レ舟 若比二人心一 是安流也 人心好悪苦不レ常 トハ云ナカラ	五月七日京合戦事 彼雲南万里ノ軍戸ニ 三丁アレハ一丁ヲ抽ンツトいへり	足利殿着御篠村則国人馳参事 雲南万里ノ軍戸ニ 三丁アレハ一丁ヲ抽ツト云ヘリ

今	天
五月七日合戦事 彼雲南万里ノ軍戸 有ルヲハ三丁㆒抽ニ一丁ヲト云ヘリ	六波羅要害事 唯彼温南万里ノ軍戸ニ 三丁有レハ一丁ヲ抽ト謂シニ
米	教
五月七日合戦事 彼ノ雲南万里ノ軍戸ニ 三丁アレハ一丁ヲ抽ト云リ	高氏篠村八幡ニ御願書ノ事 唯彼温南万里之軍戸ニ 三丁有レハ一丁ヲ抽スト謂シ ニ
毛	寛
足利殿有野心被越大江山事 彼雲南万里ノ軍戸ニ 三丁アレハ一丁ヲ抽ト云ヘリ	足利殿着御篠村則国人馳参事 彼雲南万里ノ軍戸ニ 有レバ三丁㆒抽ンヅ㆓一丁ヲ㆒ト イヘリ

31			
巻9			
昆明春水満			
3/0137			
玄	西	今	天
六波羅要害事 昆明池ノ春ノ水ニ日ヲ沈メテ 渕淪タルニ異ナラス	五月七日合戦事同六波羅落事 昆明池ノ春水夕日ヲ沈テ 渕綸タルニ不㆑異	五月七日合戦事 昆明池ノ春ノ水西日ヲ沈メテ 淪々タルニ異ナラス	高氏篠村八幡御願書事 昆明池ノ春ノ水西日ヲ浸テ 淪々タルニ不㆑異
宮	南	米	教
六波羅要害事 昆明池の春水に日をしつめて 渕淪たるに異ならす	六波羅要害事 昆明池ノ春水西日ヲ沈メテ 奫淪タルニ異ナラス	五月七日合戦事 昆明池ノ春水西日ヲ沈メテ 漂淪タルニ不㆑異	高氏篠村八幡ニ御願書ノ事 昆明池ノ春ノ水西日ヲ浸テ 淪々タルニ不㆑異ナラ
田	梵	毛	寛
五月七日京合戦事 昆明池ノ春ノ水西日ヲ沈メテ 渕淪タルニ異ナラス	足利殿着御篠村則国人馳参事 昆明池ノ春ノ水西日ヲ沈テ 奫淪タルニ不異	足利殿有野心被越大江山事 昆明池ノ春之水西日ヲ沈メテ 渕淪タルニ異ナラス	足利殿着御篠村則国人馳参事 昆明池ノ春ノ水西日ヲ沈テ 奫淪タルニ不㆑異ナラ

32		
巻9		
城塩州		
3/0138		
玄	六波羅要害事	城塩州ノ受降城モ／角ヤト覚テ
西	五月七日合戦事同六波羅落事	塩州城受降城モ／角ヤト覚ヘテ
今	五月七日合戦事	塩州ニ構ヘタル受降城モ／カクヤト覚テ
天	高氏篠村八幡御願書事	塩州ニ城ク受降城モ／カクヤト覚テ
宮	六波羅要害事	城塩州の受降城も／角やと覚へて
南	六波羅要害事	塩州ニ構ヘタル受降城モ／カクヤト覚テ
米	五月七日合戦事	塩州ニ城シ受降城ヲシモ／角哉ト覚テ
教	高氏篠村八幡ニ御願書ノ事	塩州ニ城クニ受降城ヲ一モ／カクヤト覚テ
田	五月七日京合戦事	塩州ノ受降城も／かくやと覚て
梵	足利殿着御篠村則国人馳参事	城塩州受降城モ／角ヤト覚ヘテ
毛	足利殿有野心被越大江山事	城搛州之受降城モ／カクヤト覚テ
寛	足利殿着御篠村則国人馳参事	塩州受降城モ／角ヤト覚ヘテ

33		
巻10		
七徳舞		
3/0125		
玄	三浦大多和源氏合体之事	自ラ疵ヲ吸ヒ血ヲ含テ
西	大和田属源氏事	自ラ血ヲ吸ヒ疵ヲ含テ
今	新田殿謀叛事（久米川合戦事）	自ラ疵ヲスヒ血ヲ含テ
宮	欠	
南	三浦大多和源氏合体事	自ラ疵ヲスヒ血ヲ含テ
米	（久米川合戦事）	自疵ヲ吸血ヲ飡テ
田	鎌倉中合戦之事	自ラ疵ヲ吸ヒ血ヲフクミ
梵	三浦大多和合戦意見事	自疵ヲ吸血ヲ含テ
毛	三浦大多和属源氏戦意見事	自疵ヲスヒ血ヲ含テ

	34				35	
	巻10				巻10	
	長恨歌				井底引銀瓶	
	12/0596				4/0164	
天	玄	西	今	天	玄	西
三浦大多和合戦意見事 自疵ヲスヒ血ヲ含テ	鎌倉合戦事 霓裳一曲ノ調ヘノ中ニ 鼙鼓地ヲ動テ来リ	鎌倉中合戦事同相模入道自害事 霓裳一曲之声ノ中ニ 漁陽弊皷地ヲ動テ来リ	新田殿謀叛事（鎌倉中合戦事） 霓裳一曲ノ声ノ中ニ 漁陽鼙鼓ヲ動シテ来リ	関東氏族并家僕等打死事 霓裳一曲之声ノ中ニ 漁陽ノ鼙鼓動レ地来リ	金澤貞将討死之事 棄テ㆓我カ百稔ノ命ヲ㆒ 報ス㆓公カ一日ノ恩ニ㆒	鎌倉中合戦事同相模入道自害事 我百年ノ命ヲ棄テ
教	宮	南	米	教	宮	南
三浦大多和合戦意見事 自疵ヲスヒ血ヲ含テ	欠	鎌倉合戦事 霓裳一曲ノ声ノ中ニ 漁陽ノ鼙鼓地ヲ動シテ来リ	（鎌倉中合戦事） 霓裳一曲ノ声ノ中ニ 漁陽鼙鼓ヲ動シテ来リ	関東氏族并家僕等討死 霓裳一曲ノ声ノ中ニ 漁陽鼙鼓動シテレ地ヲ来リ	欠	金澤貞将討死事 我カ百年ノ命ヲ弃テ
寛	田	梵	毛	寛	田	梵
三浦大多和合戦意見事 自疵ヲ吸血ヲ含デ	鎌倉中合戦之事 霓裳一曲ノ声ノ中ニ 漁陽鼙鼓地ヲ動シテ来リ	関東氏族并家僕等討死事 霓裳一曲ノ声ノ中ニ 漁陽鼙鼓動レ地来リ	鎌倉中合戦事 霓裳一曲ノ声ノ中ニ 漁陽鼙鼓ヲ動シテ来リ	鎌倉合戦事 霓裳一曲ノ声ノ中ニ 漁陽鼙鼓動カシテレ地ヲ来リ	相模入道自害之事并面々腹切事 我カ百年ノ命ヲ（棄テ脱） 君ガ一日ノ恩ヲ報ズト	関東氏族并家僕等討死事 弃㆓我百年ノ命ヲ㆒

			36 巻11 七徳舞 3/0125			
	今	天	玄	西	今	天
公カ一日之恩ヲ報	貞将事 我カ百年ノ命ヲ弃テ 公カ一日ノ恩ニ報スト	関東氏族并家僕等打死事 弃テ二我百年ノ命ヲ一 報ス二公ノ一日ノ恩ヲ一ト	先帝御入洛事付筑紫合戦之事 是只君ノ聖文 神祇ノ徳ニ依スハ	正成参兵庫事并還幸御事 是レ君ノ聖文 神武ノ徳ニ依スハ	正成参兵庫事并還幸事 是君ノ聖主 神武ノ徳ニヨラスハ	楠正成向兵庫供奉事 是不ハレ依二君ノ聖文
	米	教	宮	南	米	教
公カ一日ノ恩ヲ報スト	(鎌倉中合戦事) 我百年ノ命ヲ捨テ 公カ一日ノ恩ヲ報スト	関東氏族并家僕等討死 弃二我カ百年ノ命ヲ一 報二公ノ一日ノ恩ヲ一	先帝御入洛事付筑紫合戦事 是君の聖文 神の威徳によらすは	先帝御入洛事付筑紫合戦事 是君ノ聖文 神武ノ徳ニヨラスハ	先皇御入洛事并正成参兵庫事 是君之聖元 神武ノ徳ニ不ハレ依	楠正成向兵庫供奉事 是不ンハレ依二君聖文
	毛	寛	田	梵	毛	寛
報二公一日ノ恩ヲ一	長崎入道思元子息為元致折角合戦事 我百年之命ヲ捨テ 公カ一日之恩ヲ報スト	大仏貞直并金澤貞将討死事 棄二我百年ノ命ヲ一 報二公一日ノ恩一	欠	楠木兵衛正成参向事 是君ノ聖元 神武ノ徳ニ不レ依ハ	先皇御入洛事并正成参兵庫事 是君ノ聖文 神武ノ徳ニ非ンハ	正成参兵庫事付還幸事 君ノ聖文

番号	巻	語句	所在	本	章段	本文
(前頁より)				玄		神武之徳ニ一
				宮		神武之徳ニ一
				田		神武ノ徳ニ不ンレ依バ
37	巻11	大行路	3/0134	玄	先帝御入洛事付筑紫合戦之事	行路ノ難キ詩ニ 不レ在山兮不レ在水 唯人ノ情ノ反覆ノ間ニ在リ
				西	筑紫合戦九州探題事	行路ノ難ナルコト 不レ在レ山ニシモ兮不レ在レ水 唯在人ノ情反覆ノ間ニ
				今	筑紫合戦事	行路ノ難キコト 不スレ在ラレ山ニ兮不レ在水ニ 唯在リ二人ノ情ノ返覆之間ニ一
				天	菊地入道寂阿討死事	行路難 不レ在レ山ニ兮不レ在レ水 唯在リ二人情ノ反覆ノ間ニ一ト
				宮	先帝御入洛事付筑紫合戦事	行路難の詩に 不在山兮不在水 唯在人情反覆間
				南	先帝御入洛事付筑紫合戦事	行路難 不レ在レ山ニモ兮不レ在レ水ニモ 唯在人情反覆之間ト
				米	筑紫合戦事	行路ノ難ハ 不レ在レ山ニモ兮不レ在水ニモ 唯在ト二人ノ情反覆ノ間ニ一
				教	菊池入道寂阿討死事	行路之難コト 不レ在レ山ニ兮不レ在レ水ニ 唯在リ二人ノ情ノ反覆ノ間ニ一
				田	欠	
				梵	筑紫合戦事	行路ノ難ナル事 山ニシモ不レ在水ニシモ不レ在 唯在リ人ノ情反覆ノ間ニ
				毛	筑紫合戦事	行路難 不レ在レ山ニモ兮不レ在レ水ニモ 唯在ト二人ノ情反覆ノ間ニ一
				寛	筑紫合戦事	行路難 不レ在レ山ニシモ兮不レ在レ水ニシモ 唯在二人情反覆之間ニ一

番号	巻	語句	所在	本	章段	本文
38	巻11	杏為梁	4/0163	玄	金剛山寄手被誅事 付佐介右京亮之事	驕レル者ハ失シ
				宮	金剛山寄手被誅事 付佐介右京亮事	驕れる者は失し
				田	欠	

番号	本	章段	本文
（前頁より）			倹ナル者ハ存ズ
			倹なる者は存す
	西	金剛山寄手共被誅事	驕者ハ失シ 倹者ハ存ス
	南	金剛山寄手被誅事 付佐介右京亮事	驕レル者ハ失シ 倹ナル者ハ存ス
	梵	金剛山寄手被誅事	驕レル者ハ失シ 倹ナル者ハ存ス
	今	金剛山寄手共被誅事	驕レル者ハ失シ 倹ナル者ハ存ス
	米	章段ナシ	
	毛	章段ナシ	
	天	佐介宣俊送形見事	驕者亡 倹ナル者存スト云事
	教	佐介ノ宣俊 送ルニ形見ヲ一事	驕レル者ハ亡ヒ 倹ナル者ハ存ス
	寛	金剛山寄手等被誅事 付佐介貞俊事	驕レル者ハ失シ 倹ナル者ハ存ス
39 巻12 長恨歌 12/0596	玄	大内裏造営之事付北野天神之事	三十六ノ後宮ニハ 三千ノ枡女粧ヲ餝リ
	宮	大々裏造営事付北野天神事	三十六の後宮には 三千の淑女粧をかさり
	田	欠	
	西	公家一統政道付菅丞相事	卅六ノ後宮ニハ 三千ノ淑女粧ヲカサリ
	南	大内裏造営事付北野天神事	三十六ノ後宮ニハ 三千ノ淑女粧ヲ餝リ
	梵	大内裏造営事	三十六ノ後宮ニハ 三千ノ淑女餝リレ粧ヲ
	今	公家一統政道事	
	米	公家一統事付大塔宮御入洛事	
	毛	大内裏造営事	

		40				41
		巻12				巻12
		長恨歌				天可度
		12/0596				4/0171
	天	玄	西	今	天	玄
三十六ノ後宮ニハ 三千ノ美女ヲカサリ	大内裏造営并聖廟御事 卅六ノ後宮ニハ 三千ノ淑女餝リ㆑粧ヲ	大内裏造営之事付北野天神之事 鴛鴦ノ衾ノ下ニ	公家一統政道付菅丞相事 鴛鴦ノ衾ノ上ニ	北野天神御事 鴛鴦ノ衾ノ下ニ	大内裏造営事付聖廟御事 鴛鴦ノ衾ノ下ニ	大内裏造営之事付北野天神之事 誰カ知偽ノ言ハ巧ニシテ 簧ニ似タルコトヲ 君ニ勧テ鼻ヲ掩ハシムトモ 君掩コト莫レ
	教	宮	南	米	教	宮
政道廃乱事大裏事 三十六ノ後宮ハ 三千ノ淑女粧ヲカサリ	大内造営并ニ聖廟ノ御事 卅六ノ後宮ニハ 三千ノ淑女餝リ㆑粧ヲ	大々裏造営事付北野天神事 鴛鴦の衾下に	大内裏造営事付北野天神事 鴛鴦ノ衾ノ下ニ	北野天神事 鴛鴦ノ衾ノ下ニ	大内造営并ニ聖廟ノ御事 鴛鴦ノ衾ノ下ニ	大々裏造営事付北野天神事 誰カ知偽言巧にして 簧に似たる事を 君にすすめて鼻を掩しむとも 君おほふ事なかれ
	寛	田	梵	毛	寛	田
三十六ノ後宮ニハ 三千淑女餝㆑粧	大内裏造営事付聖廟御事 三十六ノ後宮ニハ 三千ノ淑女餝㆑粧	欠	大内裏造営事付北野天神事 鴛鴦ノ今衣ノ下ニ	大内裏造営事 鴛鴦ノ衾ノ下ニ	大内裏造営事付聖廟御事 鴛鴦ノ衾ノ下ニ	欠

君カ夫婦ヲシテ参商ト為シム
君請テ蜂ヲ掇シムトモ
君掇コト莫レ
君カ母子ヲシテ豺狼ヲ成ラシメリ

西

公家一統政道付菅丞相事
誰カ知ム偽キ言巧ミニシテ
似タルコトレ簧ニ
勧レ君ヲ掩ハシムレ鼻ヲ
莫レレ掩ウコト
使レ夫婦ヲ而為ラシム二参商ト一
請フ君ト掇ムレ蜂ヲ
君莫レレ掇ルコト
使シテ二母子ヲ一而成ラ二豺狼一

今

北野天神御事
誰カ知ル偽言ノ巧ニシテ
似タルコトヲレ簧ニ
勧テレ君カ掩ハシムレ鼻ヲ
君莫レレ掩コト
使ムニレ君ヲ夫婦為二参商ト一
請テレ君ニ掇ラシムトモレ蜂ヲ
君莫レレ掇ルコト

君か夫婦をして参商たらしむ
君にこふて蜂を掇しむとも
君とる事なかれ
君か母子をして豺狼をなさし
めり

南

大内裏造営事付北野天神事
誰知ラン偽言ノ巧ナルコト似
リレ簧ニ
勧テレ君ヲ掩レ鼻
君莫レ掩
使下君夫婦一為中参商ト上
請テレ君掇シムトモレ蜂ヲ
君莫レ掇コト
使下君カ母子一為中豺狼ト上

米

北野天神事
誰カ知ラン偽ノ言ノ巧ニシテ
似タルヲレ簧ニ
勧テレ君ヲ掩ヘト云トモレ鼻ヲ
君莫レ四掩テ三
使シテ三夫-婦ヲ為ラ二参商一
請フトモ二君掇レトレ蜂ヲ
君莫レ四掇テ使シテ三母子ヲ一

梵

大内裏造営事付北野天神事
誰知ル偽ノ言ノ巧ニ
似ルコトヲレ簧ニ
勧ムトモレ君ニ掩ヘトレ鼻ヲ
君莫レレ掩コト
使メ下君カ夫婦ヲ一為中参商上
請トモ二君ニ掇レ蜂ヲ一
君莫レ掇
使下君カ母子ヲ一成中豺狼上

毛

大内裏造営事
誰カ知ル偽言ヲ巧ニシテ
似コトヲレ黄ニ
勧ムレトモレ君ニ掩ヘトレ鼻ヲ
君莫レ掩
使シテ下夫婦ヲ一只為ラ中参商上
請ウ二君ニ掇レトレ蜂ヲ一
君莫レ掇コト

42	
巻12	
売炭翁	
4/0156	

	天		玄		西	
変シテ㆓君母子ヲ㆒欲ス㆑為サント㆓ 豺狼ト㆒	大内裏造営事付聖廟御事	ナシ	天下安鎮法之事 付忠顕朝臣文観僧正事	落葉ヲ列テ身上ノ衣トシ 菓実ヲ拾テ口中ノ食トシテ	文観僧正事付解脱上人事	落葉ヲ焼テ身ノ上ノ衣トシ 菓ヲ拾テ口ノ中ノ食トシテ

	教		宮		南	
成㆓豺‐狼ト㆒	大内造営并ニ聖廟ノ御事	ナシ	天下安鎮法事 付忠顕朝臣文観僧正事	落葉をつらねて身上の衣とし 木実をひろひて口中の食とし て	天下安鎮法事 付忠顕朝臣文観僧正事	落葉ヲ連テ身上ノ衣トシ 落ル菓ヲ拾テ口中ノ食トシテ

	寛		田		梵	
欲使シテ㆘母子㆒成㆗豺狼ト㆖	大内裏造営事付聖廟御事	誰カ知ラン偽言ヲ巧ニシテ 似タルコトヲ㆑簧ニ 勧メテ㆑君ニ掩ハシムトモ㆑鼻ヲ 君莫㆑掩フ 使㆘君カ夫婦ヲ㆒為ラ㆗参商㆖ 君莫レ㆑掇コト 請フ君掇シムトモ㆑蜂ヲ 使シテ㆘君カ母子ヲ㆒成㆗豺狼ト㆖	欠		千種頭中将并文観僧正事	攢イデ㆓落葉ヲ㆒ 為㆓身ノ上ノ衣ト㆒ 拾テ㆑菓ヲ為シテ㆓

43		
巻12		
南賓郡齋即時寄楊万州		
11/0533		
天	兵部卿御消息ノ事	夜灯照ス㆑窓ヲ 愁ヒ霾㆓楼外㆒
今	兵部卿親王流刑事	ナシ
西	兵部卿親王流刑事	ナシ
玄	兵部卿親王因之事付驪姫之事	ナシ
教	兵部卿御消息ノ事	夜灯照シ㆑窓ヲ 愁霾ル㆓楼外㆒
米	兵部卿親王流刑事	ナシ
南	兵部卿親王御消息事付驪姫事	ナシ
宮	兵部卿親王囚事付驪姫事	ナシ
寛	兵部卿親王流刑事	ナシ
毛	兵部卿親王流刑事	ナシ
梵	兵部卿親王流刑御事	ナシ
田	欠	

天	文観僧正行儀事	炒㆓落葉㆒為㆓身ノ上ノ衣ト㆒ 拾イテ㆓山菓ヲ㆒資ケ㆓口中ノ食ヲ㆒
今	千種頭中将事	結テ㆓落葉ヲ㆒衣トシ 落ル菓ヲ拾テ食トシテ
教	文観僧正行儀事	炒イテ㆓落葉ヲ㆒ 為シ㆓身上ノ衣ト㆒ 拾フテ㆓山菓ヲ㆒ 資ク㆓口中ノ食ヲ㆒
米	文観上人事付解脱上人事	落葉ヲ焼テ身上ノ衣トシ 菓ヲ拾テ口中ノ湌トシテ
寛	千種殿并文観僧正奢侈事 付解脱上人ノ事	攢メテ㆓落葉ヲ㆒ 為シ㆓身上ノ衣ト㆒ 拾フテ㆑菓ヲ為シテ㆓ 口食ト㆒
毛	千種頭中将并文観僧正事	ナシ
		口ノ中ノ食㆒

44		
巻12		
長恨歌		
12/0596		
玄	兵部卿親王因之事付驪姫之事	ナシ
西		ナシ
今	兵部卿親王流刑事	ナシ
天	驪姫申生ヲ讒死スル事	比翼連理之語ヲモ 為サハヤト
宮	兵部卿親王囚事付驪姫事	ナシ
南	兵部卿親王御消息事付驪姫事	ナシ
米	驪姫事	ナシ
教	驪姫申生ヲ讒死スル事	比翼連理之語ラヒヲモ 成サハヤ
田	欠	
梵	兵部卿親王流刑御事	ナシ
毛	兵部卿親王流刑事	ナシ
寛	兵部卿親王流刑事	ナシ

45		
巻13		
八駿図		
4/0150		
玄	竜馬進奏之事付藤房遁世之事	骨昂リ筋太シテ脂肉短シ 頸ハ鶏ノ如ニシテ
西	天馬事	骨アカリ筋太シテ脂肉短シ 頸ハ鶏ノ如ニシテ
今	天馬事	骨マカリ筋太脂肉短シ 頸ハ鳥ノ如ニシテ
宮	竜馬進奏事付藤房卿遁世事	骨昂り筋太して脂肉は短し 頸は鶏の如にして
南	竜馬進奏事付藤房卿遁世事	骨アカリ筋太ク脂肉短ク 頸ハ鶏ノ如ニシテ
米	龍馬事	骨アカリ筋太シ脂肉短シ 頸ハ鶏ノ如ニシテ
田	竜馬之事	ほねあがり筋ふとくして脂肉短 シ 頸ハ鶏ノ如シ
梵	竜馬事	骨挙リ筋太クシテ脂肉短シ 頸ハ鶏ノ如クシテ
毛	龍馬事	骨アカリ筋フトクシテ 脂肉短シ頸ハ雉如ニシテ

本	章段名	本文
天	佐々木塩冶判官竜馬進奏事	骨騰リ筋太シテ脂肉短ク 頸如㆑鶏ノ
教	佐々木塩冶判官進スル㆓竜馬ヲ㆒事	骨騰リ筋太ク脂肉短シ 頸ハ如㆑鶏ノ
寛	竜馬進奏事	骨挙リ筋太クシテ脂肉短シ 頸ハ鶏ノ如ニシテ

46 巻13 八駿図 4/0150		
玄	竜馬進奏之事付藤房遁世之事	穆王是ニ乗テ四荒八極 不㆑至ト云事ナシ
西	天馬事	穆王是ニ乗テ四荒八極ニ 至ラスト云事無リシニ
今	天馬事	穆王是ニ乗テ四荒八極 至ラスト云事ナカリシニ
天	法華二句之偈事	穆王乗テ㆑是ニ四荒八極 不㆑至ト謂処ナシ
宮	竜馬進奏事付藤房卿遁世事	穆王是に乗して四荒八極 不至といふ所なし
南	竜馬進奏事付藤房卿遁世事	穆王是ニ乗テ四荒八極ニ 至ラスト云トコロナシ
米	龍馬事	穆王是ニ乗テ四荒八極ニ 至ラスト云事ナシ
教	法華二句之偈ノ事	穆王乗テ㆑是ニ四荒八極 不㆑至ト謂処ナシ
田	竜馬之事	王是ニ乗ッて四荒八極ニ いたらすと云フことなし
梵	竜馬事	穆王是ニ乗テ四荒八極 不ト㆑至ト云所无リケリ
毛	龍馬事	穆王是ニ乗テ四荒八極 至ラスト云事無リシニ
寛	竜馬准奏事	穆王是ニ乗テ四荒八極 不ト㆑全云所無リケリ

47 巻13 八駿図 4/0150		
玄	竜馬進奏之事付藤房遁世之事	方星ト云フ星降テ八疋ノ 馬ト成ケリ穆王是ヲ愛シテ
宮	竜馬進奏事付藤房卿遁世事	方星といふ星降て八疋の 馬と成にけり穆王是を愛して
田	竜馬之事	方星ト云フ星降ッて八疋ノ 馬ト成ケリ穆王是ヲ愛シテ

	西		今	
造父御タラシメ 四荒八極ノ外瑶池ニ遊ヒ 碧台ニ宴シ給シカハ 七廟ノ祭ルコト年ヲ逐テ衰エ 明台ノ礼日ニ随フテ廃レテ 周ノ世是ヨリ傾キケリ	藤房卿遁世事	房星ト云星降テ八疋ノ 駒トナレリ穆王是ヲ愛シテ 造父ヲ御タラシメ 四荒八極ノ外瑶池ニ遊ヒ 碧台ニ宴シ給シカハ 七廟ノ祭逐レ年ヲ衰エ 明堂ノ礼日ニ随テ廃 周室是ヨリ傾ニケリ	天馬事	房星ト云星降テ八疋ノ 馬トナレリ穆王是ヲ愛シテ 造父ヲシテ御タラシメ 四荒八極ノ外瑶池ニ遊ヒ 碧台ニ宴シ給シカハ 七廟ノ祭年ヲ逐テ衰ヘ

	南		米	
造父を御たらしめて 四荒八極の外瑶池に遊ひ 碧台に宴たまひしかは 七庿の祭年をおひて衰え 明堂の礼日にしたかひて廃り 彼をとろへ候たり	竜馬進奏事付藤房卿遁世事	房星ト云星降テ八匹ノ 馬トナレリ穆王是ヲ愛シテ 造父ヲ御タラシム 四荒八極ノ外瑶池ニ遊ヒ 碧台ニ宴シカハ 七廟ノ祭年ヲ逐テ衰ヘ 明堂ノ礼日ニ随テ廃ル 彼ヲ以テ此ヲ思フニ	龍馬事	方星ト云星降テ八疋ノ 馬ト成ケリ穆王是ヲ愛シテ 造文ヲ御タラシメ 四荒八極ノ外瑶池ニ遊ヒテ 碧台ニ宴シ給ヒシカハ 七廟ノ祭逐テレ年ヲ衰ヘ

	梵		毛	
造父ヲシテ御 四荒八極ノ外瑶池ニ遊ヒ 碧台ニ宴シ給しかは 七廟ノ祭リ逐ッテレ年ヲ衰ヘ 明堂ノ礼随ッテレ日ニ廃レリ 周室是より傾キケリ	竜馬事	房星ト云星降テ八疋ノ 馬ト成レリ穆王是ヲ愛シテ 造父ヲシテ御タラシメテ 四荒八極ノ外瑶池ニ遊ヒ 碧台ニ宴シ給ヒシカハ 七庿ノ祭リ年ヲ逐テ衰ヘ 明堂ノ礼日ニ随テ廃レシカハ 周室是ヨリ傾フケリ	龍馬事	房星ト云星降テ八匹ノ 馬トナレリ穆王是ヲ愛シテ 造父ヲ御タラシメテ 四荒八極ノ外瑶池ニ遊ヒ 碧台ニ宴シ給シカハ 七廟ノ祭リ逐レ年テ衰ヘ

伝本	本文
天	明堂ノ礼日ニ随テ廃シ周宝祚是ヨリ傾ケリ
教	明堂ノ礼随テレ日ニ廃レリ周室是ヨリ傾ケリ
寛	明堂ノ礼日ニ随テ廃レテ周室是ヨリ傾ケリ

48		
巻13		
草茫茫		
4/0168		
伝本	章段名	本文
天	法華二句之偈事	方星之精降テ成二八疋ノ馬一ケルヲ穆王無クレ類愛シテ是ヲ造父令メレ御シ二四荒八極ノ外ヲ一瑶池ノ碧台ニ遊宴シ給シカハ七廟之祭リ逐テレ年衰へ明堂之礼随テレ日廃シカハ周室自リレ是傾ケリ
教	法華二句之偈ノ事	方星ノ精降リテ成二八疋馬一ケルヲ穆王無クレ類愛シテ是ヲ造父ニ令テレ御四荒八極ノ外瑶池碧台ニ遊宴シ給シカハ七廟之祭リ逐テレ年ヲ衰へ明堂之礼随レ日廃シカハ周室自リレ是傾ケリ
寛	竜馬進奏事	房星降テ八匹ノ馬ト成レリ穆王是ヲ愛シテ造父ヲシテ御タラシメテ四荒八極ノ外瑶池ニ游ヒ碧台ニ宴シ給ヒシカハ七廟ノ祭年を追テ衰へ明堂ノ礼日ニ随テ廃レシカハ周室是ヨリ傾ケリ
玄	竜馬進奏之事付藤房遁世之事	一凶一吉的然トシテ耳ニアリ
西	藤房卿遁世事	一凶一吉的然トシテ耳ニアリ
今	天馬事	一凶一吉的然トシテ耳ニアリ
天	法華二句之偈事	一ハ凶一ハ吉的然トシテ在リレ耳ニ
宮	竜馬進奏事付藤房卿遁世事	一凶一吉的然として耳にあり
南	竜馬進奏事付藤房卿遁世事	一凶一吉的然トシテ耳ニアリ
米	龍馬事	一凶一吉的然トシテ耳ニ有リ
教	法華二句之偈ノ事	一ハ凶一ハ吉的然トシテ在リレ耳ニ
田	竜馬之事	一凶一吉的然として耳ニアリ
梵	竜馬事	一凶一吉的然トシテ在リレ耳ニ
毛	龍馬事	一凶一吉的然トシテ耳ニアリ
寛	竜馬進奏事	一凶一吉的然トシテ在リレ耳ニ

49			
巻13			
八駿図			
4/0150			
玄	西	今	天
竜馬進奏之事付藤房遁世之事 由来尤物ノ是レ非レ吉キニ 君ノ心ヲ蕩テ即害ヲ為者也	藤房卿遁世事 由来尤物是レ非レ大ニシモ 只蕩カセハ二君心ヲ一 則為スレ害ヲト云リ	天馬事 由来尤凶ナリ是ニ非ス 只君ノ心ヲ蕩カシ 則害ヲ為ント也	法華二句之偈事 由来尤物ハ是非大ニシテ 只蕩二君心ヲ一 為レ害ヲト云ヘリ
宮	南	米	教
竜馬進奏事付藤房卿遁世事 由来尤物是非す 君の心をとらかして 終に害をなさしむと云なり	竜馬進奏事付藤房卿遁世事 由来尤ニ凶ナリ是レ必ス 只君カ心ヲ蕩カシ 将ニ害ヲ為ントスル者ナリ	龍馬事 由来尤物ハ是非スレ大ニモ 只蕩セハ二君心ヲ一 則為ストレ害ヲ云ヘリ	法華二句之偈ノ事 由来尤物是非大也 只蕩二君ノ心ヲ一 則為スレ害ヲト云ヘリ
田	梵	毛	寛
竜馬之事 由来尤物是レ非ス二大ナルニシ モ一只蕩シテ二君ノ心ヲ一 則為ストレ害ヲ	竜馬事 由来尤物ハ是レ非レ大ニシテ 只蕩シテ二君ノ心ヲ一 則チ為スレ害ヲ	龍馬事 由来尤物是非太ニシテ 只蕩シテ二君ノ心ヲ一 則為ストレ害ヲ云ヘリ	竜馬進奏事 由来尤キ物是レ非ズレ天ニ 只蕩二君ノ心ヲ一 則チ為スレ害ヲトイヘリ

50	
巻13	
八駿図	
4/0150	
玄	西
竜馬進奏之事付藤房遁世之事 方星ノ精化シテ此ノ馬ト成テ 人ノ心ヲ蕩サント為ル者也	藤房卿遁世事
宮	南
竜馬進奏事付藤房卿遁世事 方星の化して此馬となりて 人心を蕩かさんとする者也	竜馬進奏事付藤房卿遁世事
田	梵
竜馬之事 房星ノ精化シテ此馬と成ッて 人ノ心ヲ蕩さんとスル者也	竜馬事

番号	巻	章段	位置	諸本	本文
					房星ノ精化シテ此馬ト成テ 人ノ心ヲ蕩サムスル者也
				今	天馬事 房星ノ精化シテ此馬ト成テ 人ノ心ヲ蕩サントスル者也
				天	法華二句之偈事 方星ノ精化シテ成ヌ㆓馬ト㆒ 欲㆑蕩サント㆓人心ヲ㆒者也
					房星ノ精化シテ此馬ト成テ 人ノ心ヲ蕩サントスル者也
				米	龍馬事 方星ノ精化トシテ此馬ト成テ 人ノ心ヲ蕩サントスル者也
				教	法華二句之偈ノ事 方星ノ精化シテ成テ㆓此馬ト㆒ 欲㆑蕩ト㆓人心ヲ㆒者ナリ
					房星ノ精化シテ此馬ト成テ 人ノ心ヲ蕩カサントスル者也
				毛	龍馬事 房星ノ精化シテ此馬ト成テ 人ノ心ヲ湯サントスル者也
				寛	竜馬進奏事 房星ノ精化シテ此馬ト成テ 人ノ心ヲ蕩カサントスル者也
51	巻13	八駿図	4/0150	玄	竜馬進奏之事付藤房遁世之事 只奇物ノ翫ヲ止テ
				西	藤房卿遁世事 只奇物ノ翫ヲ止メテ
				今	天馬事 只奇物ノ翫ヲ止テ
				天	法華二句之偈事 只懸棄物之翫ヲ止ム
				宮	竜馬進奏事付藤房卿遁世事 只奇物の翫をとめて
				南	竜馬進奏事付藤房卿遁世事 只奇物ノ翫ヲ止テ
				米	龍馬事 タヽ奇物ノ翫ヒヲ止テ
				教	藤房発心ノ事 只懸棄物ノ翫止ラレテ
				田	藤房卿遁世事 只奇物ノ翫ヒヲ止メテ
				梵	藤房卿遁世事 只奇物ノ翫ヲ止テ
				毛	龍馬事 タヽ奇物ノ翫ヲ止テ
				寛	藤房卿遁世事 只奇物ノ翫ヲ止テ
52	巻13	長恨歌	12/0596	玄	竜馬進奏之事付藤房遁世之事 ナシ
				宮	竜馬進奏事付藤房卿遁世事 ナシ
				田	藤房卿遁世事 ナシ

53	
巻13	
五絃弾	
3/0141	

伝本	章段名	本文
西	藤房卿遁世事	ナシ
今	(藤房卿御遁世事)	ナシ
天	藤房発心事	落涙モ闌干タリ
玄	西園寺公宗隠謀露顕之事	第一第二ノ絃ハ索々タリ 秋ノ風松ヲ払テ疎韻落ツ 第三第四ノ絃ハ冷々タリ 夜ノ鶴子ヲ憶テ籠中ニ鳴ク絃々掩 抑シテ只拍子ニ移ル
西	北山殿御隠謀事	第一第二ノ絃ハ索々タリ 秋風払㆑松疎韻落 第三第四ノ絃ハ冷々タリ 夜鶴憶㆑子籠中鳴 絃々掩抑シテ只拍子ニ移ル
南	竜馬進奏事付藤房卿遁世事	ナシ
米	龍馬事	ナシ
教	藤房発心ノ事	落涙モ闌干タリ
宮	西園寺公宗隠謀露顕之事 付玉樹三女序事	第一第二の絃は索々たり 秋風松をはらつて疎韻おつ 第三第四の絃は冷々たり 夜鶴子をおもつて籠中になく 絃々掩抑して只拍子にうつる
南	西園寺公宗隠謀露顕事 付玉樹三女序事	第一第二ノ絃ハ索々タリ 秋ノ風払テ㆑松ヲ疎韻落チ 第三第四ノ絃ハ冷々タリ 夜ノ鶴憶㆑子籠ノ中鳴
梵	藤房卿遁世事	ナシ
毛	藤房卿遁世事	ナシ
寛	藤房卿遁世事	ナシ
田	北山殿之事	第一第二絃索々タリ 秋風払松疎韻落 第三第四絃冷々タリ 夜鶴憶子籠中鳴
梵	北山殿謀叛事	第一第二ノ絃ハ索々タリ 秋ノ風払㆑松疎韻落 第三第四ノ絃ハ冷々タリ 夜ノ鶴憶子籠中鳴 絃々掩抑ス只拍子ニ移ル

54	
巻14	
長恨歌	
12/0596	

今	天	玄	西
北山殿事	公宗卿弾琵琶秘曲事	都落之事	都落事
第一第二ノ絃ハ索々タリ 秋ノ風払テレ松ヲ疎韵落ツ 第三第四ノ絃ハ冷々タリ 夜ノ鶴憶テレ子ヲ篭ノ中鳴 絃々掩抑シテハ只拍子ニ移	第一第二ノ絃ハ索々タリ 秋風払韻落ツ 冷々タリ 夜ノ鶴憶レ子ヲ鳴籠中 絃々掩抑シテ只拍子ニ移ル	タヽ安禄山カ潼関ノ軍ニ 官軍忽ニ打負テ玄宗皇帝 自ラ蜀ノ国エ落サセ給シニ六軍翠 花ニ随テ 剣閣ヲ経シニ異ナラス	安禄山カ潼関ノ軍ニ打負テ
米	**教**	**宮**	**南**
北山殿事付三女序事	公宗卿弾スル二 琵琶ノ秘曲ヲ一事	聖主都落事付勅使河原自害事	聖主都落事付勅使河原自害事
第一第二ノ弦ハ索々トシテ秋 ノ風払テレ松ヲ疎韻ニ落ツ 第三第四ノ弦ハ冷々トシテ夜 鶴思レ子ヲ籠中ニ鳴ク 絃々掩抑シテ只拍子ニ移ル	第一第二ノ絃ハ索々タリ 秋風払テレ松ヲ疎韻落ツ 第三第四ノ絃ハ冷々タリ 夜ノ鶴憶テレ子ヲ鳴ク二籠ノ中 ニ一	只安禄山カ潼関ノ軍ニ 官軍忽打負テ 玄宗蜀へ落サセ給シニ 六軍随翠華迷ヒシモ二 剣閣ノ雲一	安禄山カ潼関ノ軍ニ
毛	**寛**	**田**	**梵**
	北山殿謀叛ノ事	都落事	主上山門臨幸事
第一第二ノ絃ハ索々タリ 秋ノ風払テレ松ヲ疎韻落ツ 第三第四ノ絃ハ冷々タリ 夜ノ鶴憶レ子篭中ニ鳴 絃々掩抑シテタヽ拍子ニ移ル	第一第二ノ絃ハ索々タリ 秋ノ風払テレ松ヲ疎韵落 第三第四ノ絃ハ冷々タリ 夜ノ鶴憶テレ子籠ノ中ニ鳴ク絃々 掩抑只拍子ニ移ル	只安禄山か潼関ノ軍 官軍忽ニ打負て玄宗皇帝 自蜀州へ落させ給ひしに 六軍翠花ニ随ッて 剣閣ヲ経しに異ならズ	只安禄山カ潼関ノ軍ニ

55
巻14
琵琶行
12/0603

	今	天	玄	西
玄宗皇帝蜀ノ国へ 落サセ給シモ 今コソ思ヒシラレタレ	大渡破事 只安禄山カ潼関ノ軍ニ 官軍忽ニ打負テ玄宗皇帝 自蜀ノ国へ落サセ給シニ 六軍翠華ニ随テ 剣閣ヲ経シニ異ナラス	主上山門臨幸事 只安禄山カ潼関ノ軍ニ 官軍忽打負テ玄宗蜀へ 落サセ玉ヒシニ六軍随ヒ㆓ 翠華ニ㆒迷ヒ㆓剣閣ノ雲ニ㆒シモ角 ヤトヲホヘテ哀レ也	長年京帰之事付内裏炎上之事 ナシ	長年京帰事并内裏炎上事
	米	教	宮	南
官軍忽ニ打負テ玄宗皇帝 自蜀ノ国へ落サセ給シニ 六軍翠花ニ随テ 剣閣ヲ経シ有様ニ異ナラス	都落事 只安禄山カ潼関ノ軍ニ 官軍忽ニ打負テ玄宗皇帝 自蜀国へ落サセ給ヒシニ 六軍翠花ニ随テ 剣閣ヲ経シニ異ナラス	主上山門臨幸ノ事 只安禄山カ潼関之軍ニ 官軍忽打負テ玄宗蜀エ 落サセ給シニ六軍随㆓ 翠華㆒迷ヒ㆓剣閣之雲ニ㆒ シモ角ヤト覚テ哀也	長年帰京事付大裏炎上事 ナシ	長年皈京事付内裏炎上事
	毛	寛	田	梵
官軍忽打負テ 玄宗蜀へ落サセ給シニ 六軍随翠華迷ヒシモ㆓ 剣閣ノ雲㆒	山門臨幸并勅使河原討死等事 只安禄山カ潼関ノ軍ニ 官軍忽ニ打負テ玄宗皇帝 自蜀ノ国へ落サセ給シニ 六軍翠華ニ随テ 剣閣ヲ経シニ異ナラス	主上都落ノ事付勅使河原自害ノ事 タゞ安禄山ガ潼関ノ軍ニ 官軍忽ニ打負テ玄宗皇帝 自ラ蜀ノ国へ落サセ給シニ六軍 翠花ニ随テ 剣閣ノ雲ニ迷シニ異ナラズ	長年皈京事 ナシ	伯耆守自㆓勢多㆒帰都事

56 巻15 驪宮高 4/0145		
玄	三井寺合戦之事付当寺推鐘之事	玉ノ甃暖ニシテ 落花自ラ繽紛タリ
西	竜宮城鐘事	玉ノ甃暖ニシテ 落花自ラ繽紛タリ
今	竜宮城鐘事	玉甃暖テ 落花自繽紛タリ
天	竜宮城鐘事	玉ノイシタタミ暖ニシテ 落花自繽紛タリ
宮	欠	
南	三井寺合戦事付当寺推鐘事	玉ノ甃暖ニシテ 落花自繽紛タリ
米	竜宮城鐘事	玉ノ甃暖ニシテ 落花自繽紛タリ
教	竜宮城鐘之事	玉ノ甃暖ニシテ 落花自ラ繽紛タリ
田	竜宮城鐘事	玉ノ甃暖ニシテ 落花自ラ繽紛タリ
梵	俵藤太郎秀郷并竜宮城鐘事	玉ノ甃暖ニシテ 落花自ラ繽紛タリ
毛	三井寺合戦事	玉ノ甃ミ暖ニシテ 落花白ラ繽紛タリ
寛	三井寺合戦并当寺推鐘ノ事 付俵藤太ガ事	玉ノ甃暖ニシテ 落花自繽紛タリ

今	長年皈京事并内裏炎上事	ナシ
天	伯耆守自勢多皈都事	卑湿ノ行宮
米	長年京帰事　内裏炎上事	ナシ
教	伯耆守自二勢多一帰ルレ都ニ事	卑湿之行宮
毛	長年帰京　并内裏炎上事	ナシ
寛	長年帰洛事付内裏炎上事	ナシ
	ナシ	
	ナシ	
	卑湿ノ行宮	

57		
巻15		
長恨歌		
12/0596		
玄	主上還幸事付賀茂神主改補事	養ハレテ深窓ニ有シ時ヨリ
西	賀茂神主改補事	養レテ深キ窓ニ有シ時ヨリ
今	賀茂神主改事	養レテ深窓ニ有シ時ヨリ
天	賀茂神主改補事	養ハレテ深キ窓ニ有シ時ヨリ
宮	欠	
南	主上自山門還幸事 付賀茂神職改補事	養レテ深窓ニ有シ時ヨリ
米	賀茂神主改補事	養レテ深窓ニ有シ時ヨリ
宮	賀茂神主改補事	深窓ニ養レテ有シ時ヨリ
田	賀茂神主改補事	養レて深窓ニ有し時より
梵	主上還幸事付賀茂神主改補事	被㆑養テ深窓ニ在シ時ヨリ
毛	賀茂神主改補事	養レテ深窓ニ在シ時ヨリ
田	賀茂神主改補ノ事	被㆑養テ深窓ニ在シ時ヨリ

58		
巻15		
長恨歌		
12/0596		
玄	主上還幸事付賀茂神主改補事	玉妃ノ太真ヲ出シ 春ノ媚ヲ残セリ
西	賀茂神主改補事	玉妃ノ太真浴ヲ出シ 春ノ媚ヲ残セリ
今	賀茂神主改事	玉妃ノ太真浴ヲ出シ
宮	欠	
南	主上自山門還幸事 付賀茂神職改補事	玉妃ノ太真ノ浴ヲ出シ 春ノ媚ヲ残セリ
米	賀茂神主改補事	玉妃ノ太真院ヲ出シ
田	賀茂神主改補事	玉妃ノ太真院ヲ出し 春ノ媚ヲ残セリ
梵	主上還幸事付賀茂神主改補事	玉妃ノ太真院ヲ出シ 春ノ媚ヲ残セリ
毛	賀茂神主改補事	玉妃ノ太真路ヲ出テシ

番号	巻	章段	所在	本	本文
					春ノ媚ヲノコセリ
					春ノ媚ヲ残セリ
					春ノ媚ヲ残セリ
				天	賀茂神主改補事 / 玉妃ノ太真浴ヲ出シ / 春ノ媚ヲ残セリ
				教	賀茂神主改補事 / 玉妃ノ太真浴ヲ出シ / 春ノ媚ヲ残セリ
				寛	賀茂神主改補ノ事 / 玉妃ノ太真院ヲ出シ / 春ノ媚ヲ残セリ
59	巻16	縛戎人	3/0144	玄	棟堅奉入将軍事 / 朝ノ飡食飢渇シテ / 夜ノ寝覚蒼々タリ
				宮	欠
				田	宗像大宮司奉入将軍事 / 朝ノ飡飢渇して / 夜ノ寝醒蒼たり
				西	宗像大宮司奉入将軍事 / 朝ノ飡飢渇ニシテ / 夜ノ寝醒蒼タリ
				南	棟堅奉入将軍事 / 朝ノ飡食ニ飢渇シテ / 夜ノ寝醒蒼々タリ
				梵	棟堅奉入将軍事 / 朝ノ飡食ニ飢渇シテ / 夜ノ寝醒蒼々タリ
				今	将軍筑紫御下向事 / 旦食飢渇シテ / 夜ノ寝醒蒼々タリ
				米	棟像大宮司奉入将軍事 / 朝ノ飡飢渇シテ / 夜ノ寝寤蒼々タリ
				毛	将軍筑紫御下向事 / 旦ノ食飢渇シテ / 夜ノ寝醒蒼々タリ
				天	新田義貞西国進発事 / 朝ノ飡飢渇シテ / 夜ノ寝寤蒼々タリ
				教	新田義貞西国進発ノ事 / 朝ノ飡飢渇シテ / 夜ノ寝寤蒼々タリ
				寛	将軍筑紫へ御開ノ事 / 朝ノ食飢渇シテ / 夜ノ寝醒蒼々タリ
60	巻16	新豊折臂翁	3/0133	玄	棟堅奉入将軍事 / 魂浮レ骨空ク（ヲ不定）シテ / 天涯望郷ノ鬼ト成スラント
				宮	欠
				田	宗像人宮司奉入将軍事 / 魂うかれ骨定まらスシテ / 天涯望郷ノ鬼とならんずらむ

61	
巻16	
天可度	
4/0177	

西	今	天	玄	西	今
宗像大宮司奉入将軍事 魂ウカレ骨定スシテ 天涯望郷ノ鬼ト成ラムスラント	将軍筑紫御下向事 魂ウカレ骨空シテ 天涯望郷ノ鬼トナランスラント	新田義貞西国進発事 魂浮レ骨空シテ 天涯望郷ノ鬼トナランスラント	多々良浜合戦之事 付高駿河守異見之事 言ノ下ニ骨ヲ消シ 笑ノ中ニ刀ヲ研トハ	高駿河守引例事 言ノ下ニ骨ヲケシ 笑ノ中ニ刀ヲ利スルハ	将軍筑紫御下向事

南	米	教	宮	南	米
棟堅奉入将軍事 魂ウカレ骨空シテ 天涯望郷ノ鬼トナランスラン ト	棟像大宮司奉入将軍事 魂ウカレ骨空シテ 天涯望郷ノ鬼トナランスラン	新田義貞西国進発ノ事 魂浮レ骨空シテ 天涯望郷ノ鬼ト成ムスラント	欠	多々良浜合戦事 付高駿河守異見事 言ノ下ニ骨ヲ消シ 咲ノ中ニ刀ヲ鋭トハ	棟像大宮司奉入将軍事

梵	毛	寛	田	梵	毛
棟堅奉入将軍事 魂ウカレ骨空シテ 天涯望郷ノ鬼トナランスラン	将軍筑紫御下向事 魂ウカレ骨空シテ 天涯望郷ノ鬼ト成ムスラント	将軍筑紫へ御開ノ事 魂浮レ骨空シテ 天涯望郷ノ鬼ト成ンズラント	高駿河守引古例事 言ノ下ニ骨ヲケシ 笑ノ中ニ刀ヲトグハ	多々良浜合戦事 付高駿河守異見事 言ノ下ニ骨ヲ消シ 咲ノ中ニ刀ヲ鋭トハ	将軍筑紫御下向事

			62					
			巻16					
			天可度					
			4/0177					
	天		玄		西		今	
言下ニ骨ヲ消シ 笑中ニ刀ヲ鋭トハ	新田義貞西国進発事	言下鎖シ㆑骨ヲ 笑ノ中ニ砥ハ㆑刀ヲ	多々良浜合戦之事 付高駿河守異見之事	誠ニ人ノ心ノ測リ難キ事 天ヨリモ高ク地ヨリモ厚シ ト申習ハシタル事ニテハ候ヘトモ	高駿河守引例事	誠ニ人ノ心ノ量リ難キ事ハ 天ヨリモ高ク地ヨリモ厚シトハ 申習シタル事ニテハ候ヘ共	将軍筑紫御下向事	誠ニ人ノ心ノ計カタキ事
	教		宮		南		米	
言ノ下ニ骨ヲケシ 笑ノ中ニ刀ヲトクハ	新田義貞西国進発ノ事	言下ニ鎖シ㆑骨ヲ 笑中ニ研ク㆑刀ヲ	欠		多々良浜合戦事 付高駿河守異見事	誠ニ人ノ心ノ計カタキ事 天ヨリモ高ク地ヨリモ厚シト 申習ハシタルコト	棟像大宮司奉入将軍事	誠ニ人ノ心ノハカリ難キ事
	寛		田		梵		毛	
言ノ下ニ骨ヲケシ 笑ノ中ニ刀ヲトクト申ハ	多々良浜合戦事 付高駿河守引例事	言ノ下ニ骨ヲ消シ 笑ノ中ニ刀ヲ蛎ハ	高駿河守引古例事	誠ニ人ノ心ノ計かたき事 天よりも高く地よりもあつしと 申ならはハしたる事ニてハ 候ラヘ共	多々良浜合戦事 付高駿河守異見事	誠ニ人ノ心ノ計カタキ事 天ヨリモ高ク地ヨリモ厚シト 申習ハシタルコトニテハ 候ヘトモ	将軍筑紫御下向事	誠ニ人ノ心難㆑計事

	63
	巻17
	売炭翁
	4/0156

	天	玄	西	今	天
	新田義貞西国進発事	山門牒南都之事付東寺合戦事	山門牒送南都事	山門牒南都方ニ軍相図事	山門牒状并南都返牒事
天下ヲモ極メ海水ヲモ尽シツヘシ	誠ニ人ノ心ヲ難レ量リ事ハ極メ二天地ヲモ一海水ヲモ可レ尽ソト申習ハシ	物具ヲ沽テ口中ノ食ヲ継ケルカ	物具ヲ沽テ口中ノ含ヲ継ケルカ	物具ヲ沽テ口中ノ食ヲ継タルカ	物具ヲ沽テ口中ノ食ヲ継ケルカ

	教	宮	南	米	教
	新田義貞西国進発ノ事	山門牒南都事付東寺合戦事	山門牒南都事付東寺合戦事	山門牒送南都事	（山門牒状南都返牒事）
天ヨリモ高ク地ヨリモ厚ト候ヘトモ	誠ニ人ノ心ノ叵レ量リ事極メ二天地ヲモ一海水ヲモ可シトレ尽ス	刀にかへて口中の食を継けるか	物具ヲ沽テ口中ノ食ヲ継ケルカ	物具ヲ売テ口中ノ食ヲ継タルカ	物具ヲ沽リテ口中ノ食ヲ継ケル

	寛	田	梵	毛	寛
	多々良浜合戦事 付高駿河守引例事	山門牒二南都一方々軍相関并賜二衮衣笠符一事	山門牒送南都事	山門牒南都方々軍相図事	山門牒送二南都一事
天地ヲ極メ海水ヲモ尽ツヘシト申習シテ	誠ニ人ノ心ノ測リ難キ事ハ天ヨリモ高ク地ヨリモ厚シト申セトモ	グヲ沽ツテ口中ノ食ヲツギけるが	物具ヲ沽口中ノ食ヲ継タルカ	物具ヲ沽テ口中ノ食ヲツギケルカ	物具ヲ沽口中ノ食ヲ継ケルカ

番号	巻	章段	位置	本	章段名	本文
64	巻17	長恨歌	12/0596	玄	聖主還幸事 付執立儲君被付義貞之事	剣閣ノ雲ニ踏迷ヒ
				西	義貞北国落事	剣閣ノ雲ニ踏迷ヒ
				今	義貞北国落事	剣閣ノ雲ニ踏迷ヒ
				天	儲君被付義貞 付獅子丸被進日吉事	剣閣之雲ニ踏迷ヒ
				宮	義貞没落事	剣閣の雲に踏迷ひ
				南	義貞没落事	剣閣ノ雲ニ踏迷ヒ
				米	還幸供奉被禁殺事	剣閣ノ雲ニ踏迷イ
				教	儲君被付義貞事	剣閣之雲ニ踏ミ迷ヒ
				田	春宮義貞已下北国下向事	剣閣ノ雲ニ踏ミ迷ヒ
				梵	義貞北国落事	剣閣ノ雲ニ踏迷ヒ
				毛	(自山門還幸堀口抑留行幸事)	剣閣ノ雲ニフミ迷ヒ
				寛	義貞北国落事	剣閣ノ雲ニ踏迷ヒ
65	巻17	長恨歌	12/0596	玄	還幸供奉禁殺之事	住来シ跡ニ還給タルトモ 庭ニハ秋草寂繁テ 通モ露深ク 閨ニハ夜月指入テ 塵掃フ人モ無シ
				西	還幸供奉人々被禁獄事	住越跡ニ帰リ給タレ共 庭ニハ秋ノ草
				宮	還幸供奉禁殺事	住来し跡に帰給たれとも 庭には秋草露繁て 通し道も露ふかく 閨には夜月指入て 塵払ふ人もなし
				南	還幸供奉人々被禁獄事	住越跡ニ皈リ給タレ共 庭ニハ秋草イト繁テ
				田	本間孫四郎資氏生害事	すミニし跡にかへり給ひ たれ共庭ニハ秋の草しげりて 通ヒシ道も露深ク閨ニハ夜ノ 月のミさし入て塵打チ払フ 人もなし
				梵	還幸供奉ノ人々被禁殺事	住ニシ迹ニ帰リ給ケレ共 庭ニハ秋ノ草茂リテ

66					
巻17					
五絃弾					
3/0141					
西	玄	天	今		
白魚入船事	金崎船遊之事付白魚入船事 繁絃急管ノ声一唱三嘆ノ曲 融々トシテ正始ノ音ニ 叶シカハ	還幸供奉被禁殺事 住ミ来シ跡ニ皈リ給ヒタレトモ庭 ニハ秋ノ草稠テ 通ヒシ道モ露深ク 閨ニハ夜ノ月ノミ差入テ 塵打掃フ人モナシ	還幸供奉人々被禁獄事 住ミ給シ跡ニ皈リ玉タレトモ庭ニ ハ秋草繁テ 通シ路モ露深ク 閨ニハ夜月ノミサシ入テ 塵打払人モナシ		
南	宮	教	米		
還幸供奉人々被禁獄事	金崎船遊事付白魚入船事 繁絃急管の声一唱三嘆の曲 融々として正始の音に 叶しかば	(還幸供奉被禁殺事) 住ニシ跡ニ帰リ給ケレ共 庭ニハ秋草茂テ 通ヒシ道露深ク 閨ニハ夜ノ月ノミサシ入テ 塵打払フ人モナシ	還幸供奉被禁殺事 住コシ跡ニ帰リ給タレ共 庭ニハ秋草シケリテ 通シ道モ露深ク 閨ニハ月ノミサシ入テ 塵打払フ人モナシ	通シ路モ露深ク 閨ニハ夜ノ月而已差入テ 塵打払人モナシ	
梵	田	寛	毛		
白魚入舟事	白魚入ル㆓御船㆒事 繁絃急管ノ声一唱三嘆ノ調ヘ 融々洩々トシテ正始ノ音ニ 叶ヒシかバ	還幸供奉ノ人々 被ル㆑㆓禁殺セ㆒事 住ニシ跡ニ帰リ給ヒタレトモ 庭ニハ秋草滋テ 通シ径モ露深ク 閨ニハ夜ノ月ノミ指入テ 塵打払人モ無シ	(還幸供奉人禁殺事) 住ニシ跡ニ返リ給タレ共モ 庭ニハ秋草稠リテ 通シ道モ露深シ 閨ニハ夜月ノミ差入テ 塵打払フ人モナシ	通ヒシ道露深ク 閨ニハ夜ノ月ノミサシ入テ 塵打払フ人モナシ	

			67		
			巻18		
			香炉峰下新卜山居〜4		
			16/0978		
	今	天	玄	西	今
繁絃兼管ノ声一唱三嘆調子 融々洩々トシテ正始ノ音ニ 叶シカハ	白魚入舩事 繁絃急管ノ声一唱三嘆ノ調 ヘ融々洩々トシテ正始音ニ 叶シカハ	白魚入船事 繁絃急管ノ声一唱三嘆ノ調 融々洩々トシテ正始ノ音ニ 叶シカハ	先帝吉野潜幸之事 霜ニ響ク遠寺ノ鐘ニ 御枕ヲ峙テハ	先帝吉野潜幸事 霜ニ響ク遠寺鐘ニ 御枕ヲ欹テ	先帝吉野潜幸事 霜ニヒヽク遠寺ノ鐘ニ 御枕ヲ欹テハ
	米	教	宮	南	米
繁絃急管ノ声一唱三歎ノ調ヘ 融々洩々トシテ正始ノ音ニ 叶シカハ	白魚舟入事 繁絃急管ノ声一唱三嘆ノ調 融々洩々トシテ正始ノ音ニ 叶シカハ	(白魚入船事) 繁絃急管之声一唱三嘆之調 融々洩々トシテ正始之音ニ 叶シカハ	先帝吉野潜幸事 霜にひゝく遠寺の鐘に 御枕をそはたてゝハ	先帝吉野潜幸事 霜ニ響ク遠寺ノ鐘ニ 御枕ヲ欹テハ	先帝吉野潜幸事 霜ニ響ク遠寺ノ鐘ニ 御枕ヲ岐テヽハ
	毛	寛	田	梵	毛
繁絃急管ノ声一唱三嘆ノ調ヘ 融々洩々トシテ正始ノ音ニ 叶ヒシカハ	白魚入舩事 繁絃急管ノ声一唱三嘆ノ調 融々洩々トシテ正始ノ音ニ 叶シカハ	金崎船遊ノ事付白魚入レ舩ニ事 繁絃急管ノ声一唱三嘆ノ調 融々洩々トシテ正始ノ音ニ 叶ヒシカハ	先帝吉野潜幸之事 霜ニ響ク遠寺ノ鐘ニ 御枕ヲ欹	先帝吉野潜幸事 霜ニ響ク遠寺ノ鐘ニ 御枕ヲ峙テ	先帝潜幸吉野事 霜ニ響ク遠寺ノ鐘ニ 御枕ヲソハタテヽハ

	68				69	
	巻18				巻18	
	長恨歌				長恨歌	
	12/0596				12/0596	
天	玄	西	今	天	玄	西
先帝吉野潜幸事 霜ニ響ク遠寺ノ鐘ニ 御枕ヲ峙テ	先帝吉野潜幸之事 紅顔花ノ如ナリシ 三千ノ宮女モ	先帝吉野潜幸事 紅顔花ノ如也シ 三千ノ宮女モ	先帝吉野潜幸事 紅顔花ノ如クナリシ 三千ノ宮女モ	先帝吉野潜幸事 紅顔花ノ如クナリシ 三千ノ宮女モ	一宮御息所之事 深宮ノ内ニ長セ給シ後	一宮御息所事
教	宮	南	米	教	宮	南
先帝吉野潜幸事 霜ニ響ク遠寺ノ鐘ニ 御枕ヲ欹テ	先帝吉野潜幸事 紅顔花の如なりし 三千の宮女も	先帝吉野潜幸事 紅顔花ノ如クナリシ 三千ノ宮女モ	先帝吉野潜幸事 紅顔花ノ如ク成シ 三千宮女モ	先帝吉野潜幸事 紅顔花ノ如ナリシ 三千ノ宮女モ	一宮御息所御事 深宮のうちに生長らせ給ひし 後	春宮還御ノ事
寛	田	梵	毛	寛	田	梵
先帝吉野潜幸事 霜ニ響ク遠寺ノ鐘ニ 御枕ヲ欹テ	先帝吉野潜幸之事 紅顔花ノ如ク成し 三千ノ宮女も	先帝吉野潜幸事 紅顔花ノ如クナリシ 三千ノ宮女モ	先帝潜幸吉野事 紅顔花ノ如ク也シ 三千ノ宮女モ	先帝吉野潜幸事 紅顔花ノ如ナリシ 三千ノ宮女モ	一宮御息所事 深宮ノ内ニ長トならせ給ヒし後	一宮ノ御息所事

70			
巻18			
李夫人			
4/0171			
天	今	西	玄
一宮御息所事 不レ言不レ笑令ム二愁殺ス一人ヲ	春宮還幸并一宮御息所事 不レ言ハ不レ笑ワ愁一殺ス人ヲ一	一宮御息所事 不レ言不レ笑愁一殺セシム人ヲ一	一宮御息所之事 言ス咲ス人ヲ愁殺スト
教	米	南	宮
一宮御息所事 不レ言不レ笑令三愁‐殺二人ヲ一	一宮御息所事 不レ言不レ咲愁一殺スト人ヲ一	春宮還御ノ事 付一宮御息所ノ事 不レ言不レ笑愁一殺ス人ヲ一ト	一宮御息所御事 言ハす笑ハす人を愁殺す
寛	毛	梵	田
春宮還御ノ事 付一宮御息所ノ事 不レ言不レ笑令ムレ愁‐殺二人ヲ一	一宮御息所事 不レ言不レ咲愁一殺ス人ヲ一ト	一宮ノ御息所事 不言不笑令セシム三殺人ヲ一愁 ト二	一宮御息所事 不レ言ハ不レ笑ハ愁一殺人ヲ一ト

天	今	
一宮御息所事 深宮ノ内ニ長ト成セ給シ後	春宮還幸并一宮御息所事 深宮ノ内ニ人トナラセ玉シカハ	深宮ノ内ニ人トナラセ給シ後
教	米	
一宮御息所事 深宮ノ内ニ長ナラセ給シ後	一宮御息所事 深宮ノ内ニ長成給シ後	付一宮御息所ノ事 深宮ノ内ニ人トナラセ給シ後
寛	毛	
春宮還御ノ事 付一宮御息所ノ事 深宮ノ内ニ長セ給シ後	一宮御息所事 深宮ノ内ニ人トナラセ給シ後	深宮ノ内ニ長セ給シ後

71			
巻18			
驪宮高			
4/0145			
玄	西	今	天
一宮御息所之事 墻ニ苔生ヒ瓦ニ松古リテ	一宮御息所事 墻ニ苔生瓦ニ松老テ	春宮還幸并一宮御息所事 垣ニ苔ムシ瓦ニ松生テ	一宮御息所事 墻ニ苔ムシ瓦ニ松老テ
宮	南	米	教
一宮御息所御事 垣に苔をひ瓦に松ふりて	春宮還御ノ事 付一宮御息所ノ事 垣ニ苔ムシ瓦ニ松古リテ	一宮御息所事 垣ニ苔生シ瓦ニ松生テ	一宮御息所事 墻ニ苔ムシ瓦ニ松古リテ
田	梵	毛	寛
一宮御息所事 垣ニ苔生ヒ瓦ニ松老て	一宮ノ御息所事 墻ニ苔ムシ瓦ニ松老テ	一宮御息所事 墻ニ衣生瓦ニ松老テ	春宮還御ノ事 付一宮御息所ノ事 墻ニ苔ムシ瓦ニ松生テ

72		
巻18		
五絃弾		
3/0141		
玄	西	今
一宮御息所之事 繊珊瑚ヲ撃ク一両曲 氷玉盤ニ写ス千万声	一宮御息所事 節砕ク㆓珊瑚ヲ㆒一両曲 氷落ツ㆓玉盤ニ㆒千万声	春宮還幸并一宮御息所事 節々珊瑚一両曲
宮	南	米
一宮御息所御事 繊珊瑚をうつ一両曲 氷玉盤をうつ千万声	春宮還御ノ事 付一宮御息所ノ事 繊撃ツ珊瑚ヲ一両ノ曲 氷写ス㆓玉盤ニ㆒千万声	一宮御息所事 節珊瑚ヲ砕ク一両曲
田	梵	毛
一宮御息所事 節珊瑚ヲ砕ク一両曲 氷玉盤ニ落ツ千万声	一宮ノ御息所事 節砕ク㆓珊瑚ヲ㆒一両曲 氷落ツ㆓玉盤ニ㆒千万声	一宮御息所事 節珊瑚ヲ砕ク一両曲

		73				74	
		巻18				巻18	
		長恨歌				長恨歌	
		12/0596				12/0596	
	天	玄	西	今	天	玄	西
氷玉盤ニ落千万声	一宮御息所事 節砕キ二珊瑚ヲ一両曲 氷落二玉盤一千万声	一宮御息所之事 立チ徘徊ハセ給タレト	一宮御息所事 立ヤスラハセ給タレ共	春宮還幸幷一宮御息所事 立ヤスラハセ玉タレトモ	一宮御息所事 立徘徊ハセ玉タレハ	一宮御息所之事 方士ガ海入テ楊貴妃ヲ 見奉リシニ異ス	一宮御息所事
	教	宮	南	米	教	宮	南
氷玉盤ニ落ツ千万声	一宮御息所事 節砕ク二珊瑚ヲ一両曲 氷落ツ二玉盤ニ一千万声	一宮御息所御事 立徘徊はせ給たれと	春宮還御ノ事 付一宮御息所ノ事 立ヤスラハセ給タレトモ	一宮御息所事 立ヤスラハセ給ヒタレト	一宮御息所事 立徘徊ハセ給タレハ	一宮御息所御事 方士か海にいりて楊貴妃を 見たてまつりしに異ならす	春宮還御ノ事
	寛	田	梵	毛	寛	田	梵
氷玉盤ニ落ツ千万声	春宮還御ノ事 付一宮御息所ノ事 纖砕ク二珊瑚ヲ一両曲 氷落ツ二玉盤ニ一千万声	一宮御息所事 立ちやすらハせ給ヒたれ共	一宮ノ御息所事 立徘徊ハセ給タレハ	一宮御息所事 立ヤスフハセ給タレ共	春宮還御ノ事 付一宮御息所ノ事 立徘徊ハセ給タレハ	一宮御息所事 方士力山ニ入ッて楊貴妃ヲ 見奉りしニことならズ	東宮還幸事

75

巻18

長恨歌

12/0596

（空欄）	今	天	玄	西	今
方士カ海ニ入テ楊貴妃ヲ 見奉リシニ異ス	春宮還幸并一宮御息所事 方士カ海ニ入テ楊貴妃ヲ 見奉リシニ異ナラス	東宮還幸事 方士カ海ニ入テ不㆑異㆑奉リ シニ㆑見㆓楊貴妃ヲ㆒	一宮御息所之事 長生殿ノ裏ニハ梨花ノ雨 塊ヲ破ラス	一宮御息所事 長生殿ノ内ニ者梨花之雨 土ヲ不㆑破	春宮還幸并一宮御息所事 長生殿ノ裏ニハ梨花ノ雨 塊ヲ破ラス

（空欄）	米	教	宮	南	米
付一宮御息所ノ事 方士カ海ニ入テ楊貴妃ヲ 見奉リシニ異ナラス	一宮御息所事 方士カ海ニ入テ楊貴妃ヲ 見シニ異ナラス	東宮還幸事 方士カ海ニ入テ不㆑異㆑奉リ シニ㆑見㆓楊貴妃ヲ㆒	一宮御息所御事 長生殿の裏には梨花の雨 土を破らす	春宮還御ノ事 付一宮御息所ノ事 長生殿ノ裏ニハ梨花ノ雨 塊ヲ破ラス	一宮御息所事 長生殿ノ裏ニハ梨花ノ雨 土ヲ破ラス

（空欄）	毛	寛	田	梵	毛
方士カ海ニ入テ楊貴妃ヲ 見奉リシニ不㆑異ラ	一宮御息所事 方士カ海ニ入テ楊貴妃ヲ 見奉リシニ異ナラス	春宮還御ノ事 付一宮御息所ノ事 方士カ海ニ入テ楊貴妃ヲ 見奉リシニ不㆑異ナラ	一宮御息所事 長生殿ノ内ニハ梨花ノ雨 土ヲ破らス	東宮還幸事 長生殿ノ裏ニハ梨花ノ雨 不㆑破㆑壊ヲ	一宮御息所事 長生殿ノ内ニハ梨花ノ雨 土ヲ破ラス

番号	巻	章段	位置	本	本文
				天	東宮還幸事 長生殿ノ裏ニハ梨花ノ雨 不レ破レ愧ヲ
				教	東宮還幸事 長生殿ノ内ニハ梨花ノ雨 不レ破レ壊ヲ
				寛	春宮還御ノ事 付一宮御息所ノ事 長生殿ノ裏ニハ梨花ノ雨 不レ破レ壊ワ
76	巻18	長恨歌伝	12/0596	玄	一宮御息所之事 楽ミ尽キ悲ミ来ル
				西	一宮御息所事 楽尽テ悲来
				今	春宮還幸并一宮御息所事 楽ミ尽テ悲ミ来ル
				天	東宮還幸事 楽ミ尽テ悲ミ来ル
				宮	一宮御息所御事 楽尽て悲来ハ
				南	春宮還御ノ事 付一宮御息所ノ事 楽尽テ悲来ル
				米	一宮御息所事 楽ミ尽テ悲来ル
				教	東宮還幸事 楽ミ尽テ悲ミ来ル
				田	一宮御息所事 楽ミ尽キテ悲ミ来る
				梵	東宮還幸事 楽ミ尽テ悲ミ来ル
				毛	一宮御息所事 楽ミ尽デ悲来ル
				寛	春宮還御ノ事 付一宮御息所ノ事 楽尽テ悲ミ来ル
77	巻18	対酒	10／470	玄	一宮御息所之事 倶ニ東岱前後ノ烟ト立上リ 北芒新旧ノ露トモ消ナハヤト
				西	一宮御息所事
				宮	一宮御息所御事 倶に東岱前後の煙と立上り 北芒新旧の露とも消なはやと
				南	春宮還御ノ事 付一宮御息所ノ事
				田	一宮御息所事 共ニ東岱前後ノ煙トモ立チ昇リ 北芒新旧ノ露共消ナハヤト
				梵	東宮還幸事

78

巻18

長恨歌

12/0596

略号	標題	本文
		共ニ東岱前後ノ烟ト立登リ 北邙新旧ノ露共消ナハヤト
今	春宮還幸并一宮御息所事	共ニ東岱前後ノ烟ト立ノホリ北芒 新旧ノ露トモ消ナハヤト
天	東宮還幸事	共ニ東岱前後ノ煙ト立登リ 北邙新旧ノ露トモ消ナハヤト
玄	一宮御息所之事	竹苑故宮ノ月心ヲ傷シメ 皈テ寒閨ニ臥セハ 椒房寡居ノ風夢ヲ吹ク
西	一宮御息所事	竹苑故宮ノ月心ヲ傷シメ 帰テ寒閨ニ臥セハ 椒房寡居之風夢ヲフク
今	春宮還幸并一宮御息所事	竹苑故宮ノ月心ヲ傷シメ
		共ニ東岱前後ノ煙ト立登リ 北邙新旧ノ露トモ消ナハヤト
米	一宮御息所事	倶ニ東岱前後ノ煙ト立上リ 北邙新旧ノ露トモ消ハテテ
教	東宮還幸事	共ニ東岱前後ノ烟ト立登リ 北邙新旧ノ露共消ナハヤト
宮	一宮御息所御事	竹苑故宮の月心をいたましめ 還て寒閨にふせハ 椒房寡居の風夢をふく
南	春宮還御ノ事 付一宮御息所ノ事	竹苑故宮ノ月心ヲ傷シメ 皈テ寒閨ノ中ニ臥セハ 椒房寡居ノ風夢ヲ吹ク
米	一宮御息所事	竹苑故宮ノ月心ヲ傷シメ
		共ニ東岱前後ノ烟ト立登リ 北芒新旧ノ露共消ナハヤト
毛	一宮御息所事	共ニ東岱前後ノ烟ト立上ル 北邙新旧ノ露トモ消ナハヤト
寛	春宮還御ノ事 付一宮御息所ノ事	共ニ東岱前後ノ煙ト立登リ 北邙新丘ノ露共消ナバヤト
田	一宮御息所事	竹苑故宮ノ月心ヲ傷シメ 帰テ寒閨ニ臥セハ 椒房寡居ノ風夢ヲ吹ク
梵	東宮還幸事	竹苑故宮ノ月心ヲ傷シメ 帰テ臥セハ㆓寒閨ニ㆒ 椒房寡居ノ風吹ク㆑夢ヲ
毛	一宮御息所事	竹苑故宮ノ月心ヲ傷シメ

	天	
皈テ臥セハ二寒閨ニ一 椒房寡居ノ風吹クレ夢ヲ	東宮還幸事	竹苑故宮ノ月心ヲ傷シメ 皈テ臥セハ二寒閨ニ一 椒房寡居ノ風吹クレ夢ヲ
	教	
帰テ寒閨ニ臥ハ 椒房寡居ノ風夢ヲ吹	東宮還幸事	椒房寡居ノ風夢ヲ吹ク
	寛	
皈テ寒閨ニ臥セハ 椒房寡居ノ風夢ヲ吹	春宮還御ノ事 付一宮御息所ノ事	竹苑故宮ノ月心ヲ傷マシメ 帰テ臥セハ二寒閨ニ一 椒房寡居ノ風夢ヲ吹

79	
巻20	
長恨歌	
12/0596	
玄	義貞朝臣山門送（牒）状之事 烟塵暗ニ浸シ二九重之月ヲ一 翠花再ヒ払フ二四迷之雲ヲ一
西	義貞朝臣山門贈牒状事 煙塵暗ニ浸シ二九重之月ヲ一 翠花再ヒ払フ二四迷之雲ヲ一
今	義貞牒山門事 烟塵暗ニ侵二九重之月ヲ一 翠華再払フ二四明之雲一
天	義貞送牒状於山門事 烟塵暗ニ侵シ二九重之月ヲ一 翠華再ヒ払二四明之雲ヲ一
宮	義貞朝臣山門牒送事 煙塵暗浸九重月 翠華再払四明之雲
南	義貞牒山門事 煙塵暗ニ侵ス二九重之月ヲ一 翠花再ヒ掃二四迷之雲ヲ一
米	義貞朝臣山門贈牒状事 煙塵暗ニ侵シ二九重之月ヲ一 翠華再ヒ掃ウ二四迷之雲一
教	（義貞送牒状於山門事） 烟塵暗ニ侵シ二九重之月ヲ一 翠華再ヒ払フ二四迷之雲ヲ一
田	義貞朝臣山門贈牒状事 煙塵暗ニ侵二九重之月ヲ一 翠花再ヒ払フ二四迷之雲ヲ一
梵	義貞朝臣山門贈二牒状ヲ一事 煙塵暗ニ侵シ二九重之月ヲ一 翠華再払フ二四迷之雲ヲ一
毛	義貞牒山門事 煙塵暗ニ侵シ二九重之月ヲ一 翠花再ヒ払フ二四迷之雲ヲ一
寛	義貞牒ス二山門ニ一 同ク返牒ノ事 煙塵暗ニ侵ス二九重之月ヲ一 翠花再ヒ掃フ二四迷之雲ヲ一

80			
巻20			
胡旋女			
3/0132			
玄	西	今	天
義貞頸懸獄門之事 付勾当内侍之事 金屋ノ内ニ粧ヒヲ閉チ 鶏障ノ下ニ媚ヲ深クセシヲ	梟左中将首事 金屋之内ニ粧ヲ閉テ 鶏障之下ニ媚ヲ深クセシヲ	勾当内侍事 金屋ノ内ニ粧ヒヲ閉チ 鶏障ノ下ニ媚ヲ深クシテ	義貞寵妾勾当内侍事 金屋ノ内ニ粧ヲコメ 鶏障ノ下ニ媚ヲ深クセシヲ
宮	南	米	教
義貞首掛獄門事 付勾当内侍事 金屋の内に粧をとち 鶏障の下に媚を深せしを	義貞首掛獄門事 付勾当内侍事 金屋ノ内ニ粧ヒヲ閉チ 鶏障ノ下ニ媚ヲ深クセシヲ	梟左中将義貞頸事 并勾当内侍事 金屋ノ内ニ粧ヒヲ閉チ 鶏障ノ下ニ媚ヲ深クセシヲ	(義貞寵妾勾常内侍事) 金屋ノ内ニ粧ヲトチ 鶏障ノ下ニ媚ヲ深クセシヲ
田	梵	毛	寛
新田左中将頸被掛獄門事 金屋ノ内ニ粧ヒヲトシテ 鶏障ノ下ニ媚ヲ深クセシヲ	梟左中将頸事 金屋ノ内ニ粧ヒヲ篭メ 鶏障ノ下ニ媚ヲ深クセシヲ	勾当内侍事 金屋ノ内ニ粧ヒヲトチ金鶏障ノ 下ニ媚ヲ深クセシヲ	義貞ノ首懸ル二獄門ニ一 付勾当内侍ノ事 金屋ノ内ニ粧ヲ閉ヂ 鶏障ノ下ニ媚ヲ深フシテ

81	
巻20	
長恨歌伝	
12	
玄	西
義貞頸懸獄門之事付勾当内侍之事 羅綺ニタモ堪サル形ハ	梟左中将首事 羅綺ニタモ不レ堪カタチハ
宮	南
義貞首掛獄門事付勾当内侍事 羅綺にたも堪さる形は	義貞首掛獄門事付勾当内侍事 羅綺ニタモ堪ザル皃ハ
田	梵
新田左中将頸被掛獄門事 羅綺ニタモたへさるかたちハ	梟左中将頸事 羅綺ニタモ堪サル形ハ

今	勾当内侍事	羅綺ニタモ堪ヘサル皃ハ
天	義貞寵妾勾当内侍事	羅綺ニタモ堪サル形ハ
米	梟左中将義貞頸事并勾当内侍事	羅綺ニタモ不レ堪皃
教	(義貞寵妾勾常内侍事)	羅綺ニタモ堪サル皃ハ
毛	勾当内侍事	羅綺ニタモ堪サル皃ハ
寛	義貞ノ首懸ル二獄門ニ一 付勾当内侍ノ事	羅綺ニダモ堪ザル貌ハ

82		
巻20		
長恨歌		
12/0596		
玄	義貞頸懸獄門之事付勾当内侍之事	連理ノ枝ノ頭ニ 驪山ノ花自ラ濃ナリシカハ
西	梟左中将首事	連理ノ枝之頭ニ 驪山之花自濃也シカハ
今	勾当内侍事	連理ノ枝ノ頭リ 驪山ノ花自ラ濃也
天	義貞寵妾勾当内侍事	連理ノ枝ノ頭リ
宮	義貞首掛獄門事付勾当内侍事	連理の枝頭に 驪山の花おのつから濃なりしかは
南	義貞首掛獄門事付勾当内侍事	連理ノ枝ノ頭リニ 驪山ノ花自濃也
米	梟左中将義貞頸事并勾当内侍事	連理ノ朶ノ頭リ 驪山ノ花自ラ濃ナリ
教	(義貞寵妾勾常内侍事)	連理ノ枝ノ頭リニ
田	新田左中将頸被掛獄門事	連理ノ枝ノ頭リ 驪山ノ花自濃ヤカ也シカハ
梵	梟左中将頸事	連理ノ枝ノ頭リ 驪山ノ花自濃カナリシカハ
毛	勾当内侍事	連理ノ枝ノ頭リ 驪山ノ花自ラ濃也
寛	義貞ノ首懸ル二獄門ニ一 付勾当内侍ノ事	連理ノ枝ノ頭ニ

	驪山ノ花自ラ濃也シカハ
	驪山ノ花自濃ナリ
	驪山ノ花自濃也

83	巻20	長恨歌	12/0596
玄	義貞頸懸獄門之事付勾当内侍之事 一度笑テ幽王国ヲ傾ト	宮	義貞首掛獄門事付勾当内侍事 一たひ笑て能く国をかたふく と
西	梟左中将首事 一度笑テ能国ヲ傾クト	南	義貞首掛獄門事付勾当内侍事 一タヒ笑ハ能ク国ヲ傾クト
今	勾当内侍事 一タヒ笑テ国ヲ傾クト	米	梟左中将義貞頸事并勾当内侍 事 一度咲テ能国ヲ傾クト
天	義貞寵妾勾当内侍事 一度笑テ能ク国ヲ傾クト	教	(義貞寵妾勾常内侍事) 一ヒ咲テ国ヲ傾クト
田	新田左中将頸被掛獄門事 一たひ笑て能ク国ヲ傾クト	梵	梟左中将頸事 一度笑テ能国ヲ傾クト
毛	勾当内侍事 一ヒ咲テ国ヲ傾ト	寛	義貞ノ首懸ル㆓獄門ニ㆒ 付勾当内侍ノ事 一度笑デ能ク国ヲ傾クト

84	巻20	七徳舞	3/0125
玄	奥勢逢難風之事 唐ノ太宗ノ魏徴ニ 哭セシカ如ク	宮	奥勢逢難風事 唐太宗の魏徴に 哭せしか如く
西	奥勢逢難風事 唐太宗之魏徴ニ 哭セシカ如ク	南	奥州下向勢逢㆓難風㆒事 唐ノ太宗ノ魏徴ニ 哭セシカ如ク
今	奥州下向勢逢難風事	米	奥勢逢難風事
田	奥勢逢難風事 唐ノ太宗ノ魏徴ニ 哭せシか如ク	梵	奥勢逢難風事 唐ノ太宗ノ魏徴ニ 哭セシカ如クニテ
毛	奥州下向勢逢難風事		

			85		86	
			巻21		巻21	
			琵琶行		隋堤柳	
			12/0603		4/0167	
玄			先帝崩御之事	ナシ	先帝崩御之事	土墳数尺ノ草
西			先帝崩御事	ナシ	先帝崩御事	土墳数尺ノ草
今		唐ノ太宗ノ魏徴ニ哭セシカ如ク	先帝崩御事	ナシ	先帝崩御事	
天	奥州下向勢逢難風事	唐ノ太宗ノ魏徴ニ哭セシカ如ク	後醍醐天皇崩御事	此竦山柴棘ノ卑湿ニ		
宮			欠		欠	
南			先帝崩御事	ナシ	先帝崩御事	土墳数尺ノ草
米		唐太宗ノ魏徴ニ哭セシカ如ク	後醍醐院崩御事	ナシ	後醍醐院崩御事	
教	奥州下向勢逢フ二難風一事	唐ノ太宗ノ魏徴ニ哭セシカ如ク	後醍醐天皇崩御事	此竦山柴棘ノ卑湿ニ		
田			欠		欠	
梵			先帝崩御事	ナシ	先帝崩御事	土墳数尺
毛		唐ノ太宗魏徴ニ哭セシカ如ク	先帝崩御事	ナシ	先帝崩御事	
寛	奥州下向勢逢フ二難風ニ一事	唐ノ太宗ノ魏徴ニ哭セシガ如ク	先帝崩御事	ナシ		

	天	教	寛
土墳数尺ノ草	後醍醐天皇崩御事 土墳数尺ノ草	土墳数尺草 後醍醐天皇崩御事 土墳数尺ノ草	土墳数尺ノ草 先帝崩御事 土墳数尺ノ草

87	巻21	七徳舞	3/0125
玄	先帝崩御之事 先帝程ノ聖主又神武ノ君ハ 末タヲワシマサヽリシカハ	宮	欠
西	吉野新帝受禅事 同御即位事 先帝程ノ聖主神武之君者 末タヲハシマサヽリシカハ	南	先帝崩御事 先帝程ノ聖主 末タヲハシマサゝリシカハ
今	先帝崩御事 先帝程ノ聖文神武ノ君 末タヲハシマサゝリシカハ	米	吉野新帝受禅事 先帝程ノ聖文神武ノ君 ヲハシマサゝリシカハ
天	諸卿分散事 是程ノ聖文神武ノ君ハ 御サリシカハ	教	(諸卿分散事) 是程ノ聖文神武ノ君ハ 御座サリシカハ
玄		田	欠
西		梵	吉野新帝受禅事 先帝程ノ聖文神武ノ君ハ 末タ坐マサヽリシカハ
今		毛	先帝崩御事 先帝ホドノ聖主又神武ノ君 未オハシマサヾリシカハ
天		寛	先帝崩御ノ事 先帝程ノ聖主神武ノ君ハ 未タヲハシマサヾリシカハ

88	巻21	長恨歌	12/0596
玄	塩冶判官讒死之事 後宮三千ノ侍女ノ中ヨリ	西	塩冶判官讒死事
宮	欠	南	塩冶判官讒死事
田	欠	梵	塩冶判官讒死事

89 巻21 長恨歌 12/0596						
天	今	西	玄	天	今	
覚一真性連平家事 楊貴妃一笑ハ 六宮ノ粉黛無レ顔色トコソ申伝テ 侍レ	塩冶判官讒死事 楊貴妃一笑テ 六宮ニ顔色ナシトコソ申候ハ	塩冶判官讒死事 楊貴妃一度エメハ 六宮ニ顔色ナシト申事候ヘハ	塩冶判官讒死之事 楊貴妃一ヒ笑テ 六宮ニ無顔色ト申事候ヘハ	覚一真性連平家事 後宮三千侍女ノ其ノ中ニ	塩冶判官讒死事 後宮三千ノ侍女ノ中ヨリ	後宮三千ノ侍女ノ中ヨリ
教	米	南	宮	教	米	
覚一真性連平家ノ事 楊貴妃一タヒ笑ハ 六宮粉黛無シ二顔色一トコソ申 シ伝テ侍レ	塩冶判官為師直讒死事 楊貴妃一度エメハ 六宮ニ顔色ナシト申ス タトヘノ候ヘハ	塩冶判官讒死事 楊貴妃ハ一タヒ笑ハ 六宮ニ顔色ナシト申事トハ	欠	覚一真性連平家ノ事 后宮三千ノ侍女ノ其中ニ	塩冶判官為師直讒死事 後宮ノ三千ノ侍女ノ中ヨリ	后宮三千ノ侍女ノ中ヨリ
寛	毛	梵	田	寛	毛	
塩冶判官讒死事 楊貴妃一タビ笑メハ 六宮ニ顔色無シト申候	塩冶判官讒死事 楊貴妃一ヒ咲テ 六宮ニ無二顔色一ト申事候ヘハ	塩冶判官讒死事 楊貴妃一度エメハ 六宮ニ顔色ナシト申事	欠	塩冶判官讒死事 後宮三千ノ侍女ノ中ヨリ	塩冶判官讒死事 後宮三千ノ侍女ノ中ヨリ	後宮三千ノ侍女ノ中ヨリ

90	
巻21	
長恨歌	
12/0596	

玄	塩冶判官讒死之事	玉顔寂寞トシテ 涙闌干タリト譬ヘシ 雨中ノ梨壺
西	塩冶判官讒死事	ナシ
今	塩冶判官讒死事	玉顔寂寞トシテ 涙欄干タリト喩ヘシ 雨中ノ梨壺
天	覚一真性連平家事	玉顔寂寞トシテ 涙闌干タリト被レ比 雨中ノ梨壺
宮	欠	
南	塩冶判官讒死事	玉顔寂寞トシテ 涙欄干タリト譬ヘシ 雨中ノ梨壺
米	塩冶判官為師直讒死事	玉顔寂寞トシテ 涙蘭干タリ譬ヘシ 雨ノ中ノ梨壺
教	覚一真性連平家ノ事	玉顔寂寞トシテ 泪闌干タリ
田	欠	
梵	塩冶判官讒死事	ナシ
毛	塩冶判官讒死事	玉顔寂寞トシテ 涙欄干タリト喩ヘシ 雨ノ中ノ梨壺
寛	塩冶判官讒死事	玉顔寂寞トシテ 涙欄干タリト喩ヘシ 雨中ノ梨壺

91	
巻21	
長恨歌伝	
12	

玄	塩冶判官讒死之事	此女房湯ヨリ 揚リケリト覚ヘテ
西	塩冶判官讒死事	
宮	欠	
南	塩冶判官讒死事	
田	欠	
梵	塩冶判官讒死事	

	今	天
此ノ女房折節自レ湯 アカリタルト覚テ 体弱ク力微々ニシテ 羅綺ニタモ不レ任カコトク	塩冶判官讒死事 只今此女房湯ヨリ 上リケリト覚テ	覚一真性連平家事 早彼女房ハ湯ヨリ アカリ玉ヒタリ 侍者ヒソメキ
	米	教
只今此女房湯ヨリ 上リケリト覚テ	塩冶判官為師直讒死事 只今此女房湯ヨリ 揚リケリト覚ヘテ	覚一真性連平家ノ事 彼女房湯ヨリ 上リ玉ヒタリトテ 侍者ヒソメイテ
	毛	寛
ナシ	塩冶判官讒死事 只今此女房湯ヨリ 上リケリト覚テ	塩冶判官讒死事 只今此女房湯ヨリ 上ケルト覚テ

92 巻21 長恨歌伝 12			
玄	西	今	天
塩冶判官讒死之事 ナシ	塩冶判官讒死事 ナシ	塩冶判官讒死事 ナシ	覚一真性連平家事 彼楊貴妃驪山ノ花清宮ニシテ蘭膏
宮	南	米	教
欠	塩冶判官讒死事 ナシ	塩冶判官為師直讒死事 ナシ	覚一真性連平家ノ事 ナシ
田	梵	毛	寛
欠	塩冶判官讒死事 ナシ	塩冶判官讒死事 ナシ	塩冶判官讒死事 ナシ

ノ湯ヲ沈セシニ皇帝其ノ膚ノ妙ナル事ヲ喜見テ驪山ノ雪夜浴堂ノ春ト歎テ目ヲ細メ魂ヲ消シ玉シモ理哉ト思出テ目放モセス当居タレハ金肌玉骨ノ妙態羅綺ニダモ不レ勝ヘシテ

93		
巻23		
長恨歌		
12/0596		
玄	戎王之事	三千人ノ官女ヲ一人下シテ
西	畑六郎左衛門時能事 付戎王事并鷹巣城合戦事	三千ノ宮女ヲ一人下シテ
今	畑六郎左衛門尉時能 籠鷹巣城事	三千ノ宮女ヲ一人下シテ
天	畑六郎左衛門時能事	三千ノ宮女ヲ一人下テ
宮	欠	
南	畑六郎左衛門時能事	三千ノ宮女ノ内ヲ一人下シテ
米	畑六郎左衛門時能事	三千ノ宮女ヲ一人与ヘテ
教	畑六郎左衛門時能事	三千ノ宮女ノ中ニ一人下シテ
田	欠	
梵	畑六郎左衛門事	三千ノ宮女ヲ一人下シテ
毛	(畑六郎左衛門事)	三千ノ宮女ノ中ニ一人下シテ
寛	畑六郎左衛門事	三千ノ宮女ヲ一人下シテ

94		
巻23		
長恨歌		
12/0596		
玄	戎王之事	ナシ
西	畑六郎左衛門時能事	
宮	欠	
南	畑六郎左衛門時能事	
田	欠	
梵	畑六郎左衛門事	

	95
	巻23
	新豊折臂翁
	3/0133

本			
（前欄）	付戎王事并鷹巣城合戦事	ナシ	
今	畑六郎左衛門尉時能 籠鷹巣城事	后宮ヲ一人此犬ニ下サレテ	
天	畑六郎左衛門時能事	后三千ノ列ニ勝レ	
玄	鷹巣城之事	其在ハ開元ノ宰相宋朝ノ開府カ 幼君ノ為ニ武ヲ黷シ其辺功ヲ 立サリシモ智慮ノ忠臣トイツヘシ	
西	畑六郎左衛門時能事 付戎王事并鷹巣城合戦事	サレハ開元ノ宰相開府カ 幼君之為ニ武ヲ黷テ其辺功ヲ 立サリシモ智慮之忠臣ト云ツヘシ	
今	畑六郎左衛門尉時能籠鷹巣城事		

本			
（前欄）		ナシ	
米	畑六郎左衛門時能事	后宮三千ノ宮女ヲ一人 此犬ニ下サレテ	
教	畑六郎左衛門時能事	后三千ノ列ニ勝レ	
宮	欠		
南	畑六郎左衛門時能事	サレハ開元ノ宰相宋朝ノ開府カ 幼君ノ為ニ武ヲ黷シテ其辺功ヲ 立サリシモ智慮ノ忠臣トモ云 ツヘシ	
米	伊地智山合戦事		

本			
（前欄）		后三千ノ列ニ勝レ	
毛	（畑六郎左衛門事）	後宮ヲ一人此犬ニ被レ下テ 夫婦ト成テ戎国ヲ其賞ニテ被レ 行ケル后ハ三千ノ列ニ備リ	
寛	畑六郎左衛門事	后三千ノ列ニ勝レ	
田	欠		
梵	畑六郎左衛門事	サレハ開元ノ宰相宋開府カ 幼君ノ為ニ武ヲ黷シ其辺功ヲ 不リ立シモ	
毛	（畑六郎左衛門事）		

96	
巻23	
送王十八帰山寄題仙遊寺	
14/0715	

	天	玄	西	今
去レハ開元ノ宰相宗開府カ 幼君ノ為ニ武ヲ黷シ其辺功ヲ 立サリシモ智慮ノ忠臣ト云ツヘシ	畑六郎左衛門時能事 サレハ開元ノ宰相宗開府カ 幼君ノ為ニ武ヲ黷シ其ノ辺功ヲ 不レ立シモ智慮無キ忠臣ト謂ツヘ シ	土岐参向御幸狼藉之事 酒煖テ焼残セル 紅葉毎レ手ニ折覆テ	土岐参向御幸致狼藉事 酒アタゝメテ烓残セル 紅葉手毎ニ折カサシテ	土岐頼遠御幸ニ参会 狼藉死刑事 酒アタゝメテタキ残セル 紅葉手コトニ折カサシ
	教	宮	南	米
ナシ	畑六郎左衛門時能事 サレハ開元ノ宰相宗開府カ 幼君ノ為ニ武ヲ黷シ其ノ辺功ヲ 不リレ立シシモ智慮ノ忠臣ト 謂ツヘシ	欠	土岐参向御幸狼藉事 酒煖メテ焼残セル 紅葉ヲ手毎ニ打カサシ	土岐頼遠狼藉事 酒アタゝメテ烓キ残セル 紅葉ノ枝手々ニカサシテ
	寛	田	梵	毛
サレハ開元ノ宰相宗開府カ 幼君ノ為ニ武ヲ黷シ其辺功ヲ 不レ立シモ智恵ナキ忠臣ト云ツ ヘシト	畑六郎左衛門事 サレハ開元ノ宰相宋開府ガ 幼君ノ為ニ武ヲ黷シ其ノ辺功ヲ 不リレ立シシモ無キ二智慮一忠臣 ト可シレ謂ツト	土岐頼遠参会御幸 致狼藉被死刑事 酒煖メてタキのこせる もみぢ手毎にうちかざひて	北野詣之雲客与武士車馬礼事 酒アタゝメ残シタル 紅葉ノ枝手毎ニ折アラシ	土岐頼遠参会御幸事 酒アタゝメテ焼残セル 紅葉手ゴトニ打カザシテ

本	章段名	本文
天	北野詣之雲客与武士車無礼事	酒アタゝメ残シタル紅葉ノ枝手毎ニ折カサシ
教	（土岐頼遠御幸参合事）	酒アタゝメ残シタル紅葉ノ枝毎ニ㆑手折カザシ
寛	畑六郎左衛門事	酒アタゝメタキ残シタル紅葉ノ枝手毎ニ折カザシ

97		
巻25		
百錬鏡		
4/0146		
本	章段名	本文
玄	天龍寺建立之事	百王ノ理乱四海ノ安危
西	天龍寺事	百王ノ理乱四海之安危
今	天龍寺供養事	百王ノ理乱四海ノ安危
天	日野勧修寺意見事	百王ノ理乱四海ノ安危
宮	天龍寺建立事付大仏供養事	百王の理乱四海の安危
南	天龍寺建立事付大仏供養事	百王ノ理乱四海ノ安危
米	天龍寺事	百王ノ理乱四海安危
教	日野勧修寺意見ノ事	百王之理乱四海之安危
田	諸卿僉議之事	百王ノ理乱四海ノ安危
梵	日野勧修寺意見事	百王ノ理乱四海ノ安危
毛	（諸卿議論事）	百王ノ埋乱四海ノ安危
寛	依ッテ二山門ノ嗷訴ニ公卿僉議ノ事	百王ノ理乱四海ノ安危

98		
巻25		
琵琶行		
12/0603		
本	章段名	本文
玄	天龍寺建立之事	福原ニ移セシ時モ
西	天龍寺事	
宮	天龍寺建立付大仏供養事	福原ニうつせし時も
南	天龍寺建立事付大仏供養事	
田	諸卿僉議之事	ナシ
梵	日野勧修寺意見事	

99 巻25 陵園妾 4/0161						
天	今	西	玄	天	今	
日野勧修寺意見事 禁裏仙洞ハ松門茅屋 ナレハ	天龍寺供養事 禁裏仙洞ハ松門茅屋 ノ如ナレハ	天龍寺事 禁裏仙洞ハ松門茅屋 ナレハ	天龍寺建立之事 禁裏仙洞ハ松門茅屋 ノ如クナレハ	日野勧修寺意見事 福原之卑湿ニ移シ時モ	天龍寺供養事 福原ニ移セシ時	福原ニ移セシ時
教	米	南	宮	教	米	
日野勧修寺意見ノ事 禁裏仙洞ハ松門茅屋 ナレハ	天龍寺事 禁裏仙洞ハ松門茅屋 ノ如ナレハ	天龍寺建立事付大仏供養事 禁裏仙洞ハ松門茅屋 ノ如ナレハ	天龍寺建立事付大仏供養事 禁裏仙洞ハ松門茅	日野勧修寺意見ノ事 福原ヘ移セシ時モ	天龍寺事 福原ニ移ツセシ時	福原ニ移シ時モ
寛	毛	梵	田	寛	毛	
依ッテ二山門ノ嗷訴ニ一 公卿僉議ノ事 禁裏仙洞ハ松門茅屋 ノ如クナレハ	(諸卿議論事) 禁裏仙洞ハ松門茅屋 ノ如ナレハ	日野勧修寺意見事 禁裏仙洞ハ松門茅屋 ノ如クナレハ	諸卿僉議之事 禁裏仙洞ハ松門茅屋 ノ如クナレハ	依ッテ二山門ノ嗷訴ニ一 公卿僉議ノ事 福原ノ卑湿ニ移セシ時モ	(諸卿議論事) 福原ヘ移シ時	福原ノ卑湿ニ移セシ時モ

100	巻26	長恨歌	12/0596
玄	楠正行藤井寺合戦之事	此十余年我身ノ長ヲ待	
西	藤井寺合戦事	此十余年我身之長ヲ待テ	
今	楠帯刀正行軍事	此十余年我身ノ人ト成ヲ 待テ	
天	師直楠正行東条合戦事	此十余年我身ノ長ヲ待	
宮	藤井寺合戦事	此十余年我身の成人をまちて	
南	藤井寺合戦事	此十余年我身ノ長ヲ待	
米	楠帯刀正行合戦事	此十余年我身ノ長成ルヲ 待チ	
教	師直楠正行東条合戦ノ事	此十余年我身ノ生長スルヲ待	
田	楠帯刀正行藤井寺合戦事	此十ヨ年我身ノ長ルヲマチ	
梵	楠正行藤井寺合戦事	此十余年我身ノ長ヲ待	
毛	楠正行誉田軍事	此十余年我身ノ生長スルヲ 待	
寛	藤井寺合戦事	此十余年我身ノ長ナルヲ待チ	

101	巻26	百錬鏡	4/0146
玄	自伊勢進宝剣之事	光瓊粉ノ琢磨ヲ不レ仮トモ 化シテ一片ノ秋ノ漂水ノ如シ	
西	従伊勢国進宝剣事	ナシ	
今	自伊勢進宝剣事		
宮	宝剣執奏事 付咁（タン）午炊夢事	瓊粉の琢磨を不レ仮とも 化して一片の秋の潭水のこと シ	
南	宝剣執奏事 付邯鄲午炊夢事	光リ瓊粉ノ琢磨ヲ不レ仮トモ 化シテ一片ノ秋漂水ノ如シ	
米	自伊勢進宝剣事		
田	宝剣事	光瓊粉ノ琢磨ヲからざれ共 化して一片ノ秋ノ潭ノ水の如シ	
梵	自伊勢進宝剣事	ナシ	
毛	神道十二代并三種神器事		

102
巻26
百錬鏡
4/0146

	天	**玄**	**西**	**今**	**天**
瓊粉ノ琢磨カゝサレトモ 化シテ一片ノ秋ノ潭ノ水ノ如シ	三種神器来由事 光リ瓊粉ノ琢磨ヲカラサレトモ 化シテ一片ノ秋ノ潭ノ水ノ如シ	自伊勢進宝剣之事 面上ノ眼ハ其高天ニ耀ケル 百錬ノ鏡ノ如ク	従伊勢国進宝剣事 十六ノ眼ハ日月ノ光ニ不レ異	自伊勢進宝剣事 十六ノ眼ハ天ニカゝレル 百錬ノ鏡ノ如ク	三種神器来由事
	教	**宮**	**南**	**米**	**教**
光瓊粉ノ琢磨ヲカラサレトモ 化シテ一片ノ秋潭ノ水ノ如シ	三種ノ神器ノ来由ノ事 光リ瓊粉ノ琢磨ヲカラサレト モ 化シテ一片ノ秋潭水ノ如シ	宝剣執奏事 付咁（タン）午炊夢事 面上の眼は宛高天に耀ける 百錬の鏡のことく	宝剣執奏事 付邯鄲午炊夢事 面上ノ眼ハ其高天ニ耀ケル 百錬ノ鏡ノ如ク	自伊勢進宝剣事 十六ノ眼ハ天ニ懸レル 百練ノ鏡ノ如ク	三種ノ神器ノ来由ノ事
	寛	**田**	**梵**	**毛**	**寛**
光リ瓊粉ノ琢磨ヲ仮サレ共 化シテ一片ノ秋ノ潭水ノ如シ	自リ二伊勢一進ツル二 宝剣ヲ一事　付黄粱夢ノ事 ナシ	宝剣事 十六ノ眼ハ日月ニことならす 天ニかゝやける百練ノ鏡ノ如ク	自伊勢進宝剣事 十六ノ眼ハ日月ノ光ニ不レ異	神道十二代并三種神器事 十六ノ眼ハ天ニ耀ケル 百錬ノ鏡ニ異ナラス	自リ二伊勢一進ツル二 宝剣ヲ一事　付黄粱夢ノ事

103	
巻26	
昆明春水満	
3/0137	

本	章段名	本文
玄	自伊勢進宝剣之事	喉下ノ鱗ハ夕日ヲ浸セル 大洋ノ浪ニ不異
西	従伊勢国進宝剣事	喉ノ下ナル鱗ハ夕日之移ナル 白波ノ風ニ
今	自伊勢進宝剣事	喉ノ下ナルイロクツハ夕日ヲヒタ セル白波ノ風ニタゝメルニ異ナラ ス
天	三種神器来由事	喉ノ下ナル鱗ハ夕日ヲ浸セル 白波ノ風ニ畳ミクルニ不㆑異
宮	宝剣執奏事 付咁（タン）午炊夢事	喉下の鱗は夕日を浸せる 大洋の浪に異ならす
南	宝剣執奏事 付邯鄲午炊夢事	喉ノ下ノ鱗ハ夕日ニ浸セル 大洋ノ浪ニ不㆑異
米	自伊勢進宝剣事	喉ノ下ナル鱗ハ夕日ヲ浸セル 白浪ノ風ニ畳マレタルニ異ナ ラス
教	三種ノ神器ノ来由ノ事	喉ノ下ナル鱗ハ夕日ヲ浸セル 白波ノ風ニ畳タルニ
田	宝剣事	喉ノ下ナル鱗ハ夕日 移ル白波ノ風ニ畳たるニ 異ならス
梵	自伊勢進宝剣事	喉ノ下リル鱗ハ夕日ヲ 移セハ白波ノ風ニ畳タルニ 不㆑異
毛	神道十二代并三種神器事	喉ノ下ナル鱗ハ夕日ヲ浸セル 白浪ノ風ニ畳タルニ相似タリ
寛	自リ㆒伊勢㆒進ツル㆓ 宝剣ヲ㆒事　付黄粱夢ノ事	喉ノ下ナル鱗ハ夕日ヲ浸セル 大洋ノ浪ニ不㆑異ナラ

玄・西・今・天	十六ノ眼ハ天ニカゝヤケル 百錬ノ鏡ノ如ク
宮・南・米・教	十六ノ眼ハ天ニカゝヤケル 百錬ノ鏡ノ如ク
田・梵・毛・寛	十八ノ眼ハ日月ノ光ニ不㆑異

104				105
巻27				巻27
長恨歌				長恨歌伝
12/0596				12
玄	西	今	天	玄
師直奢侈之事 付師泰悪行之事 有ル貴人ノ御女深キ宮ノ中ニ 冊レテ三千ノ数ニモト	師直究驕事 二条前関白殿之御妹 深宮之中ニ冊レテ三千ノ数ニモト	師直師泰奢侈事 二条前関白殿ノ御妹 深宮ノ門ニモ被冊テ	師直師泰奢侈事 二条前関白殿御妹 深宮ノ内ニ冊レテ三千ノ列ニモト	廉頗藺相如之事 付卞和玉之事 秦王并趙王之事 宮門ヲ出入スルニ時ノ
宮	南	米	教	宮
執事兄弟奢侈行事 或貴人の御女深宮の中に 冊れて三千の数ニにもと	師直師恭奢侈事 前ノ関白殿ノ御妹 深宮ノ中ニカシツカレテ三千 ノ数ニモト	師直驕事 二条ノ前ノ関白殿ノ御娘 深宮ノ中ニ冊レテ三千ノ数ニ モト	師直師泰奢侈ノ事 二条ノ前ノ関白ノ御妹 深宮ノ内ニ冊レテ三千ノ列ニ モト	上杉畠山擬讒高家事 付廉頗藺相如事 宮門を出入するに時の
田	梵	毛	寛	田
執事師直師泰兄弟奢侈之事 二条の前ノ関白とのゝ御妹 深宮の内に冊て三千の数にもと	執事兄弟奢侈事 或貴人ノ御女深宮ノ中ニ 被テ㆑冊カレ三千ノ数ニモト	師直師泰奢侈事 二条前関白殿ノ御妹 深宮ノ中ニ冊カレテ三千ノ数ニ モト	執事兄弟奢侈ノ事 二条前ノ関白殿ノ御妹 深宮ノ中ニ被㆑冊カ三千ノ数ニ モト	廉頗藺相如事 宮門ヲ出入スルニ時の

本	章段名	本文
		王侯貴人モ目ヲ側テ
西	廉頗藺相如事	宮門ヲ出入スルニ時ノ王侯貴人モ目ヲ側テ
今	上杉畠山猜高家事	宮門ヲ出入スルニ時ノ王侯貴人モ目ヲ驚テ
天	廉頗藺相如事	宮門ヲ出入スルニ時ノ王侯貴人モ目ヲ側テ
		王侯貴人も皆目をそはめて
南	上杉畠山擬㆑讒㆓高家㆒事付廉頗藺相如カ事	宮門ヲ出入スルニ時ノ王侯貴人モ皆目ヲ側メテ
米	廉頗藺相如事并卞和玉秦王趙王事	宮門ヲ出入スルニ時ノ五侯貴人モ目ヲ側テ
教	廉頗藺相如カ事	宮門ヲ出入スルニ時ノ王侯貴人モ目ヲ側テ
		王侯貴人も目ヲ側めテ
梵	廉頗藺相如事	宮門ヲ出入スルニ時ノ五侯貴人七目ヲ側テ
毛	上杉畠山猜高家事	時ノ王侯貴人目ヲ側テ
寛	上杉畠山讒スル㆓高家ヲ㆒事付廉頗藺相如カ事	宮門ヲ出入スルニ時ノ王侯貴人モ目ヲ側テ

106		
巻27		
海漫漫		
3/0128		
玄	始皇求蓬莱之事付趙高之事	童男丫女
西	始皇求蓬莱事付趙高事	童男艸女
今	妙吉侍者事	童男非女
宮	妙吉侍者事付秦始皇帝事	童男丫女
南	妙吉侍者事付秦始皇帝事	童男丱女
米	妙吉侍者事	童男童女
田	徐福文成偽之事	童男丱女
梵	妙吉侍者事	童男臥女
毛	妙吉侍者事	童男丱女

天	趙高大臣奢事	童男女
教	趙高大臣奢りノ事	童男丱女
寛	妙吉侍者ノ事付秦ノ始皇帝ノ事	童男丱女

107		
巻27		
海漫漫		
3/0128		
玄	始皇求蓬莱之事付趙高之事	別表1
西	始皇求蓬莱事付趙高事	別表1
今	妙吉侍者事	別表1
天	趙高大臣奢事	別表1
宮	妙吉侍者事付秦始皇帝事	別表1
南	妙吉侍者事付秦始皇帝事	別表1
米	妙吉侍者事	別表1
教	趙高大臣奢りノ事	別表1
田	徐福文成偽之事	別表1
梵	妙吉侍者事	別表1
毛	妙吉侍者事	別表1
寛	妙吉侍者ノ事付秦ノ始皇帝ノ事	別表1

108		
巻27		
草茫茫		
3/0168		
玄	始皇求蓬莱之事付趙高之事	神陵三月ノ火 九重ノ雲ヲ焦シ 泉下多少ノ宝玉 人間ノ塵ト成ニケリ
西	始皇求蓬莱事付趙高事	神陵三月之火 九重之雲ヲ焦シ
宮	妙吉侍者事付秦始皇帝事	神陵三月の火 九重の雲をこかし 泉下多少の宝 人間の塵と成にけり
南	妙吉侍者事付秦始皇帝事	神陵三月ノ火 九重ノ雲ヲ焦シ
田	徐福文成偽之事	神陵三月ノ火 九重ノくもを焦し 泉下多少の宝玉 人間の塵と成ニけり
梵	妙吉侍者事	神陵三月ノ火 九重ノ雲ヲ焦シ

109	
巻27	
香炉峰下～	
16/0978	

本		
（前頁より）	泉下多少之宝玉 人間ノ塵ト成ニケリ	
今	妙吉侍者事	神陵三月ノ火 九重ノ雲ヲ焦シ 泉下多少ノ宝玉 人間ノ塵ト成ニケリ
天	趙高大臣奢事	神陵三月ノ火 徒ラニ九重ノ雲ヲ焦シ 泉下多少ノ宝玉 忽ニ人間ノ塵ト成ニケリ
玄	直義朝臣落髪之事 付玄恵法印末後之事	ナシ
西	左兵衛督欲被誅師直事 付師直打圍将軍屋形事 并上杉畠山死罪事	ナシ
（前頁より）	泉下多少ノ宝玉 人間ノ塵ト成ニケリ	
米	妙吉侍者事	神陵三ヶ月火 九重ノ雲ヲ焦シ 泉下多少ノ宝玉 人間ノ塵ト成ニケリ
教	趙高大臣奢りノ事	神陵三月ノ火 徒ニ九重ノ雲ヲ焦シ 泉下多少ノ宝玉 忽ニ人間ノ塵ト成ニケリ
宮	直義朝臣落髪事	ナシ
南	直義朝臣落髪事 付玄恵法印末後事	ナシ
（前頁より）	泉下多少ノ宝玉 人間ノ塵ト成ニケリ	
毛	妙吉侍者事	神陵三月ノ火 九重ノ雲ヲ焦シ 泉下多少ノ宝玉 人間ノ塵ト成ニケリ
寛	妙吉侍者ノ事付秦ノ始皇帝ノ事	神陵三月ノ火 九重ノ雲ヲ焦シ 泉下多少ノ宝玉 人間ノ塵ト成ニケリ
田	足利右兵衛佐直冬筑紫落事	ナシ
梵	直義朝臣隠遁事	冷愁シサマサル簾外ニハ 蘆峯ノ雪モ浦山敷

		110			
		巻28			
		草茫茫			
		3/0168			
今	天	玄	西	今	天
妙吉侍者事 冷然増リ簾外ニハ 香廬峰ノ雪モ浦山敷	直義朝臣出家事 サヒシサマサル簾ノ外ニハ 廬峯ノ雪モ浦山シク	項羽高祖之事 三月マテ火消ス 驪山ノ神陵	漢楚合戦事付吉野殿被成論旨事 三月儘火不レ滅 驪山ノ神陵	恵源禅庵南方合体事 三月マテ火消ヌ驪山ノ神陵	諸卿意見被下綸旨事
米	教	宮	南	米	教
直冬筑紫落事 ナシ	直義朝臣出家ノ事 冷然マサル簾ノ外ニ 炉峯ノ雪モ浦山敷ク	慧源南方合体事 付漢楚合戦事 三月まて火消す 驪山の神陵	恵源南方御合体事付漢楚合戦 事 三月マテ火消ヘス 驪山ノ神陵	鴻門事 三月マテ火滅ス驪山ノ神陵	諸卿意見シテ被ルレ下ニ
毛	寛	田	梵	毛	寛
左馬頭殿上洛事 ナシ	直義朝臣隠遁ノ事 付玄慧法印末期ノ事 冷然マサル簾ノ外ニ 香炉峯ノ雪モ浦山敷	漢高祖与楚項羽合戦之事 三月迄火キヘズ 驪山ノ神陵	漢楚合戦事 三月マテ火不レ消 驪山ノ神陵	恵源禅庵没落事同人南方合体事 三ヶ月マテ火消ヘス驪山ノ 神陵	慧源禅巷南方合体ノ事

番号	巻	章段	位置	本	章題	本文
						ナシ
					綸旨ヲ㆒事	ナシ
					付漢楚合戦ノ事	三月マデ火不㆑消ヘ 驪山ノ神陵
111	巻28	長恨歌	12/0596	玄	項羽高祖之事	後宮ノ美人三千人
				西	漢楚合戦事付吉野殿被成論旨事	後宮美人三千人
				今	恵源禅庵南方合体事	後宮ノ美人三千人
				天	諸卿意見被下綸旨事	後宮ノ人三千人
				宮	慧源南方合体事付漢楚合戦事	后宮の美人三千人
				南	恵源南方御合体事付漢楚合戦 事	後宮ノ美人三千人
				米	鴻門事	後宮ノ美人三千人
				教	諸卿意見シテ被ル㆑下㆓ 綸旨ヲ㆒事	後宮之美人三千人
				田	漢高祖与楚項羽合戦之事	後宮ノ美人三千人
				梵	漢楚合戦事	後宮ノ美人三千人
				毛	恵源禅庵没落事同人南方合体事	後宮ノ美人三千
				寛	慧源禅巷南方合体ノ事 付漢楚合戦ノ事	後宮ノ美人三千人
112	巻28	草茫茫	3/0168	玄	項羽高祖之事	九泉ノ宝玉二度人間ニ 帰ルコソ哀ナレ
				西	漢楚合戦事付吉野殿被成論旨事	九泉之宝玉二度人間ニ
				宮	慧源南方合体事付漢楚合戦事	九泉の宝玉二たひ人間に 帰こそ哀なれ
				南	恵源南方御合体事付漢楚合戦 事	九泉ノ宝玉二度人間ニ
				田	漢高祖与楚項羽合戦之事	九泉ノ宝玉二タヒ人間ニ かへるコソ哀ナレ
				梵	漢楚合戦事	九泉ノ宝玉二度ヒ人間ニ

	今	天
返ルコソ哀レナレ	恵源禅庵南方合体事 九泉ノ宝玉二度人間ニ 帰ルコソ哀ナレ	諸卿意見被下綸旨事 九泉宝玉再人間ニ 帰ケルコソ哀ナレ
	米	教
皈ルコソ哀ナレ	鴻門事 九泉ノ宝玉二度人間ニ 皈ルコソ哀ナレ	諸卿意見シテ被ルヽレ下二 綸旨ヲ一事 九泉ノ宝玉再ヒ人間ニ 皈リケルコソ哀レナレ
	毛	寛
返ルコソ愍レナレ	恵源禅庵没落事同人南方合体事 九泉ノ宝玉二度人間ニ 皈ルコソ哀ナレ	慧源禅巷南方合体ノ事 付漢楚合戦ノ事 九泉ノ宝玉二度人間ニ 返コソ愍ナレ

113			
巻30			
長恨歌伝			
12			
玄	西	今	天
将軍御兄弟和睦之事 出入身ヲソハメ	将軍御兄弟和睦事付火下仏事事 出入身ヲソハメ	将軍御兄弟和睦事 出入身ヲソハメ	両殿和睦上洛事 出入側メレ身ヲ
宮	南	米	教
将軍御兄弟和睦事付天狗勢次 事 出入身をそはめ	将軍御兄弟和睦事付天狗勢次 事 出入身ヲ側テ	将軍御兄弟和睦事 出入身ヲ側メ	両殿和睦上洛事 出入側メレ身ヲ
田	梵	毛	寛
欠	将軍御兄弟和睦事 出入側メレ身ヲ	将軍御兄弟和睦事 皃ヲヤツシ面ヲ側メテモ	将軍御兄弟和睦ノ事 付天狗勢次ノ事 出入側メレ身ヲ

番号	巻	句	所在	本	章段名	本文
114	巻30	琵琶行	12/0603	玄	院法皇吉野遷幸事	ナシ
				西	梶井宮南山幽閉御事	ナシ
				今	院法皇吉野遷幸事并梶井宮御事	ナシ
				天	主上仙院梶井宮奉渡南山事	知ラヌ卑湿ノ南山トカヤ
				宮	持明院殿吉野潜幸事付梶井宮御事	ナシ
				南	持明院殿吉野潜幸事付梶井宮御事	ナシ
				米	院法皇吉野遷幸事并梶井宮御事	ナシ
				教	主上仙院梶井ノ宮奉ル㆑渡㆓南山ニ㆒事	知ヌ卑湿ノ南山トカヤ
				田	欠	
				梵	梶井宮南山幽閉事	ナシ
				毛	院法皇遷幸吉野事	ナシ
				寛	持明院殿吉野潜幸事付梶井宮御事	ナシ
115	巻32	長恨歌	12/0596	玄	南帝直冬合体之事 付梵漢物語之事	今ハ連理ノ枝ノ上ニ
				西	獅子国事	今ハ連理之枝ノ上ニ
				今	吉野殿御合体直冬朝臣事	
				宮	南帝直冬合体事 付梵漢物語事	今は連理の枝のうへに
				南	直冬与吉野殿合体事 付天竺震旦物語事	今ハ連理ノ枝ノ上ニ
				米	師子国事	
				田	天竺獅子国事	今ハ連理の枝のうへニ
				梵	師子国事	連理ノ枝ノ上ニ
				毛	芳野殿与直冬合体事	

番号	巻	詩題	所在	本	章段名	本文
						今ハ連理ノ枝ノ上ニ
				天	獅子国之事	今ハ連理ノ枝ノ上ニ
				教	獅子国之事	今ハ連理ノ枝ノ上ニ
				寛	直冬与㆓吉野殿㆒合体ノ事 付天竺㆓震旦㆒物語ノ事	連理ノ枝ノ上ニ
116	巻32	長恨歌	12/0596	玄	南帝直冬合体之事 付梵漢物語之事	後宮ノ三千
				西	獅子国事	後宮ノ三千
				今	吉野殿御合体直冬朝臣事	后宮ノ三千
				天	獅子国之事	后宮ノ三千
				宮	南帝直冬合体事 付梵漢物語事	後宮三千
				南	直冬与吉野殿合体事 付天竺震旦物語事	后宮ノ三千
				米	師子国事	後宮ノ三千
				教	獅子国之事	後宮三千
				田	天竺獅子国事	後宮綺羅の三千の侍女
				梵	師子国事	後宮綺羅ノ三千
				毛	芳野殿与直冬合体事	後宮三千
				寛	直冬与㆓吉野殿㆒合体ノ事 付天竺㆓震旦㆒物語ノ事	後宮綺羅ノ三千
117	巻32	太行路	3/0134	玄	南帝直冬合体之事 付梵漢物語之事	君カ為ニ衣裳ニ薫スレトモ 君金翠ヲ看ナカラ
				宮	南帝直冬合体事 付梵漢物語事	君かために 衣裳に薫すれとも
				田	天竺獅子国事	為ニ㆑君カ薫スレ共㆓ 衣裳ニ㆒君聞ナカラ㆓

	西	今
顔色無シト為ヘリ （注：脱文アリ）	獅子国事 為レ君薫一 衣裳ニ一君聞ナカラ二 蘭麝ヲ一為ヘリレ 無シト二馨香一 為レ君ノ事トスレトモ二 容色ヲ一君看ナカラ二 金翠ヲ一為ヘリレ 無シト二顔色一	吉野殿御合体直冬朝臣事 為ニレ君カ薫スレトモ二 衣裳ニ一君聞ナカラ二 蘭麝ヲ一 不ストヲモヘリ二馨香ナラ一 為ニレ君カ事トスレトモ二

	南	米
君蘭麝を聞なから 馨香なしと思ひ 君かために 容色を事とすれとも 君金翠を看なから 顔色なしと思へり	直冬与吉野殿合体事 付天竺震旦物語事 為レ君薫スレトモ二 衣裳ニ一君聞ナカラ二 蘭麝ヲ一 無ト思ヘリ二馨香一 為ニレ君カ事トスレ共二 容色ヲ一君看ナカラ二 金翠ヲ一 無シトヲモヘリ二顔色一	師子国事 為君薫 衣裳君聞 蘭麝 為無馨香 為君事

	梵	毛
蘭麝ヲ一為ハリレ 不ト二馨香 為ニレ君事トスレ共二 容色ヲ一君看テ二 金翠ヲ一為ヘリレ 無シト二顔色一	師子国事 為ニレ君カ薫スレトモ二 衣裳ニ一君聞ナカラ二 蘭麝ヲ一為トヲモヘリレ 不二馨香一 為ニレ君カ事トスレトモ二 容色ヲ一君看ナカラ二 金翠ヲ一為トヲモヘリレ 無二顔色一	芳野殿与直冬合体事 為レ君薫一 衣裳一君聞二 蘭麝 不二馨香一 為レ君事二

		118	
		巻32	
		母別子	
		4/0157	
	天	玄	西
容色ヲ一君看ナカラ二 金翠ヲ一 無ナシトヲモヘリ二顔色	獅子国之事 為ニレ君カ薫スレトモレ 衣裳ニ一君聞ナカラ二 蘭麝ヲ一為ヘリレ 無シト二馨香一 為ニレ君カ事トスレトモ二 容色ヲ一君看ナカラ二 金翠ヲ一為ヘリレ 無シト二顔色一	南帝直冬合体之事 付梵漢物語之事 新キ人来テ旧人 捨ラレヌ眼裏ノ荊チ 掌上ノ花ノ如シ	獅子国事 新キ人来テ旧キ人
	教	宮	南
容皃君看 金翠 為無顔色	獅子国之事 為ニレ君カ薫レ 衣裳ヲ君聞テモ二 蘭麝ヲ一為スレ 無シト二馨香一 為ニレ君カ事トス二 容色ヲ一君看テモ二 金翠ヲ一為スレ 無シト二顔色一	南帝直冬合体事 付梵漢物語事 新人来て旧人 捨られぬ眼裏も荊 掌上の花のことし	直冬与吉野殿合体事 付天竺震旦物語事 新キ人来テ旧キ人
	寛	田	梵
容皃一君看二 金翠一 無二顔色	直冬与二吉野殿一合体ノ事 付天竺震旦物語ノ事 為ニレ君カ薫スレトモ二 衣裳ニ一君聞テ二 蘭麝ヲ一為スレ 不二馨香ナラ一 為ニレ君カ事トスレトモ二 容色ヲ一看テ二 君金翠ヲ一為スレ 無シト二顔色一	天竺獅子国事 新シキ人来ツテ旧ルキ人 廃レヌ眼ノ裏ノ荊棘 掌ノ上ノ花のごとし	師子国事 新キ人来テ旧キ人

			119		
			巻32		
			牡丹芳		
			4/0152		
	今	天	玄	西	今
棄ラレヌ眼裏荊 掌之上ノ如シ㆑華ノ	吉野殿御合体直冬朝臣事 新キ人来テ旧人 棄ラレヌ眼裏ノ荊 掌上ノ花ノ如シ	獅子国之事 新キ人来テ旧人 被ヌ㆑捨眼ノ裏ノ荊ハ 掌ノ上ノ花ノ如シ	直冬朝臣上洛之事 付鬼切鬼丸之事 春風三月一城ノ人 皆狂ゼルニ異ナラス	直冬上洛事 春風三月一城之人 皆狂セルニ不㆑異	直冬朝臣上洛事
	米	教	宮	南	米
棄ラレヌ眼ノ裏ノ荊チ 掌ノ上ノ花ノ如シ	師子国事 新シキ人来テ旧人 棄ラレヌ眼ノ内荊棘 掌ノ上ノ花ノ如シ	獅子国之事 新人来テ旧人 被ル㆑捨テ眼裏ノ荊 如シ㆓掌上ノ花ノ㆒	直冬朝臣上洛事 付鬼切鬼丸事 春風三月一城の人 皆狂せるに異ならす	直冬上洛事 付鬼切鬼丸事 春風三月一城ノ人 皆狂ニ異ナラス	直冬朝臣上洛事
	毛	寛	田	梵	毛
棄ラレヌ眼ノ裏ノ荊棘 掌ノ上ノ花ノ如シ	芳野殿与直冬合体事 新人来テ旧人 捨ラル眼裏ノ荷 掌上ノ花ノ如シ	直冬与㆓吉野殿㆒合体ノ事 付天竺震旦物語ノ事 新キ人来テ旧キ人 棄ラレス眼ノ裏ノ荊棘 掌ノ上ノ花ノ如シ	直冬朝臣上洛事 春風三月一城の人 皆ナ狂ぜるニことならず	直冬上洛事 春風二月一城ノ人 皆狂ゼルニ不㆑異	芳野殿与直冬合体事

		120	
		巻32	
		七徳舞	
		3/0125	
	天	玄	西
春風三月一城ノ人 皆狂セルニ異ナラス	山名伊豆守立将事 春風三月一城ノ人 皆狂セルニ不レ殊ト	神南合戦之事 昔唐太宗戦ニ臨テ 士ヲ重セシニ 血ヲ含ミ疵ヲ吸フ耳ニ 非ス亡卒ノ遺骸ヲハ 帛ヲ敷テ是ヲ収シモ 角哉と覚テ哀也	神南合戦事 昔唐太宗戦ニ臨テ 戦士ヲ重セシニ 血ヲ含ミ疵ヲ吸耳 非ス亡卒ノ遺骸ヲハ 帛ヲ散シテ収メ給シモ 角ヤト覚テ今更其モ哀也
	教	宮	南
春風三月一城ノ人 皆狂セルニ異ナラス	山名伊豆ノ守 立ツルレ将ヲ事 春風三月一城ノ人 皆狂セルニ不レ異ト	神南合戦事 昔唐太宗の軍にのそんて 士をおもむせしに 血をくゝみ疵を吸のミに 非す亡卒の遺骸をハ 帛をしきて是を収しも 角哉とおほへて哀なり	神南合戦事 昔唐ノ太宗戦ニ臨テ 戦士ヲ重クセシカハ 血ヲ吸ヒ疵ヲ舐ノミニ 悲ス亡卒ノ遺骸ヲハ 帛ヲ敷テ是ヲ収メシモ カクヤト覚テ哀也
	寛	田	梵
春風三月一城ノ人 皆狂セルニ異ナラス	直冬上洛ノ事 付鬼丸鬼切ノ事 春風三月一城ノ人 皆狂スルニ不レ異ナラ	神南合戦事 昔唐ノ太宗ノ戦ヒニ臨ンて 戦士ヲ重クせしニ 血ヲふくミ疵ヲ咀のミニ あらズ亡卒ノ遺骸ヲハ 帛ヲ散して収めしも	神内合戦事 昔唐ノ太宗戦ニ臨テ 戦士ヲ重クセシニ 血ヲ含ミ疵ヲ吸ノミニ 非ス亡卒ノ遺骸ヲハ 帛ヲ散シテ収メシモ

121	
巻33	
賦得古原草送別	
13/0671	

今	天	玄	西	今
神南山合戦事 昔唐太宗ノ戦ニ臨テ 戦士ヲ撫テ重セシニ 血ヲ含ミ疵ヲ咀ノミニ アラス亡卒ノ遺骸ヲハ 帛ヲ散テ収シモ 角ヤト覚テアハレ也	神南山合戦事 昔唐ノ太宗臨レ戦テ 戦士ヲ重ンセシニ 血ヲ含ミ疵ヲネムルノミニ 非ス亡卒ノ遺骸ヲハ 帛ヲ散シテ収メ玉ケンモ カクヤト覚テ哀也	当時公家武家分野之事 蘺々タル原上ノ蘩ニ	飢人投身事 蘺々タル原上之草	飢人投身事 離々タル原上ノ草

米	教	宮	南	米
神南合戦事 昔唐ノ太宗ノ戦ニ臨テ 戦士ヲ重セシニ 血ヲ含疵ヲ咀ノミニ 非ス亡卒ノ遺骸ヲハ 帛ヲ散テ収メシモ 角ヤト覚テアハレ也	神南山合戦ノ事 昔唐ノ太宗臨レ戦 戦士ヲ重クセシニ 血ヲ含疵ヲ舐ノミニ 非ス亡卒ノ遺骸ヲハ 帛ヲ散シテ収メ玉ヒケンモ 角ヤト覚テ哀ナリ	当時公家武家分野事 蘺々たる原上の蘩に	当時公家武家分野事 蘺々たる原上の蘩に	飢人投身事 蘺々タル原上ノ草

毛	寛	田	梵	毛
神南合戦事 昔唐ノ太宗戦ニ臨テ 士卒ヲ重クセシカハ 疵ヲ吸血ヲ含ノミニ 非ス亡卒ノ遺骸ヲハ 帛ヲ散シテ収メシモ 角ヤト覚テ哀也	神南合戦ノ事 昔唐ノ太宗戦ニ臨テ 戦士ヲ重クセシニ 血ヲ含ミ疵ヲ吸ノミニ 非ズ亡卒ノ遺骸ヲハ 帛ヲ散シテ収シモ 角ヤト覚テ哀ナリ	飢人投身之事 離々たる原上の草	飢人投身事 離々タル原上ノ草	飢人投身事 離々タル原上ノ草

天	教	寛
飢人投身事 離々タル原上ノ草	飢人投ル㆑身ヲ事 離々タル原上ノ草	飢人投ル㆑身ヲ事 離々タル原上ノ草

122			
巻33			
捕蝗			
3/0136			
玄	西	今	天
当時公家武家分野之事 窮民孤独ノ飢ヲ資ニモ非ス	武家人富貴事 窮民孤独之飢ヲ資クルニモ非ス	武家人富貴事 窮民孤独ノ飢ヲ助ニモ非	武家富貴事 窮民餓莩ノ資ニモ非ス
宮	南	米	教
当時公家武家分野事 窮民孤独の飢を資にもあらす	当時公家武家分野事 窮民孤独ノ飢ヲ資ルニモ非ス	武家人富貴事 窮民孤独ノ飢ヲ助ニモ非ス	武家富貴ノ事 窮民孤独ノ飢ヲ資ルニモ非ス
田	梵	毛	寛
武家人富貴之事 窮民孤独ノ飢ヲ助ルにもあらス	公家武家栄枯易地事 窮民孤独ノ飢ヲ資ルニモ非ス	武家人富貴事 窮民孤独ノ飢ヲ助ルニモ非ス	公家武家栄枯易ヘル㆑地ヲ事 窮民孤独ノ飢ヲ資ルニモ非ズ

123	
巻33	
長恨歌・伝	
12/0596	
玄	西
新田左兵衛佐義興 自害之事 玉妃傍ニ媚テ玄宗 世ヲ失ヒ給ヒシモ	新田左兵衛佐義興自害事 付江戸遠江守殿事 玉妃傍ニ媚テ玄宗 世ヲ失ヒ給ヒシモ
宮	南
新田左兵衛佐義興自害事 玉妃傍に媚て玄宗 世をうしなひ給しも	新田左兵衛佐義興自害事 玉妃傍ニ媚テ玄宗 世ヲ失給シモ
田	梵
新田左兵衛佐義興 自害之事 玉妃傍ニ媚て玄宗 世ヲ失ヒ給ひしも	新田左兵衛佐義興自害事 玉妃傍ニ媚テ玄宗 失ヒ㆑世ヲ給ヒシモ

本	章段名	本文
今	新田左兵衛佐義興自害事	玉妃傍ニ媚テ玄宗 世ヲ失イ給シモ
天	新田義興自害事	玉妃傍ラニ媚テ玄宗 世ヲ失イ玉シモ
米	新田左兵衛佐義興自害事	玉妃傍ニ媚テ玄宗 世ヲ失ヒ給シモ
教	新田ノ義興自害ノ事	玉妃傍ニ媚テ玄宗 失ヒ㆑世ヲ給ヒシモ
毛	新田左兵衛佐義興自害事	貴妃傍ニ媚テ玄宗 世ヲ失給シモ
寛	新田左兵衛佐義興 自害ノ事	玉妃傍ニ媚テ玄宗 失㆑世給シモ

124
巻37
長恨歌
12/0596

本	章段名	本文
玄	尾張左衛門佐遁世事 付異国本朝道人物語之事	然ラハ三千ノ宮女中ニ
西	一角仙人事	爾ラハ三千宮女之中ニ
今	一角仙人事	然ラハ三千ノ宮女中ニ
天	一角仙人事	然ラハ三千ノ宮女中ニ
宮	尾張左衛門佐遁世事 付異国本朝道人物語之事	然ハ三千宮女中ニ
南	尾張左衛門佐遁世事 付異国本朝道人物語之事	然ハ三千宮女中ニ
米	一角仙人事	シカラハ三千之宮女ノ中ニ
教	一角仙人ノ事	然ラハ三千ノ宮女中ニ
田	欠	
梵	一角仙人事	然ラハ三千ノ宮女ノ中ニ
毛	一角仙人事	然ハ三千宮女中ニ
寛	身子声聞一角仙人 志賀寺上人ノ事	然ラハ 三千ノ宮女中ニ

125		
巻37		
長恨歌		
12/0596		
玄	尾張左衛門佐遁世事 付異国本朝道人物語之事	即三千第一ノ美人
西	一角仙人事	則三千第一之后
今	一角仙人事	則三千第一ノ后
天	一角仙人事	則三千第一ノ后
宮	尾張左衛門佐遁世事 付異国本朝道人物語之事	即三千第一の美人
南	尾張左衛門佐遁世事 付異国本朝道人物語之事	即三千第一ノ后
米	一角仙人事	則三千第一ノ后
教	一角仙人ノ事	即三千第一ノ后
田	欠	
梵	一角仙人事	則三千第一ノ后
毛	一角仙人事	則三千第一后
寛	身子声聞一角仙人 志賀寺上人ノ事	則チ三千第一ノ后

126		
巻36		
長恨歌・伝		
12/0596		
玄	畠山入道謀叛之事 付楊国忠之事	別表2
西	楊貴妃事	別表2
今	楊国忠事	
宮	畠山入道謀叛事 付楊国忠事	別表2
南	畠山道誓謀反事 付楊国忠事	別表2
米	楊貴妃事	
田	欠	
梵	楊国忠事	別表2
毛	楊国忠事	

			別表2
天	楊貴妃事付楊国忠事	別表2	
教	楊貴妃事付楊国忠事	別表2	別表2
寛	畠山入道道誓謀叛ノ事 付楊国忠ガ事	別表2	別表2

127		
巻35		
長恨歌・伝		
12/0596		
玄	北野詣人世上雑談之事	後宮三千ノ顔色
西	山名作州発向事 并北野参詣人政道雑談事	後宮三千之顔色
今	山名発向之事 并北野参詣人政道雑談之事	後宮ノ三千ノ顔色
天	玄宗奪寧王夫人事	後宮ノ三千ノ顔色
宮	北野詣人世上雑談事	後宮三千の顔色
南	北野通夜人々雑談事	後宮三千ノ顔色
米	山名発向之事 并北野参詣人政道雑談之事	後宮三千之ノ顔色
教	政道雑談ノ事	後宮三千ノ顔色
田	欠	
梵	楊貴妃事	後宮三千人ノ顔色
毛	北野参詣人政道雑談事	後宮三千ノ顔色
寛	北野通夜物語ノ事 付青砥左衛門カ事	後宮三千人ノ顔色

128		
巻35		
長恨歌・伝		
12/0596		
玄	北野詣人世上雑談之事	養レテ深窓ニ有レハ 人未タ是ヲ知ス 天ノ生ル麗キ質ナレハ
宮	北野詣人世上雑談事	被養て深窓にあれハ 人未これを知す 天の生る麗き皃なれハ
田	欠	

129
巻35
長恨歌・伝
12/0596

西	山名作州発向事 并北野参詣人政道雑談事	養レテ有ハ㆓深宮㆒ 人未タ㆑知㆑之ヲ 天ノ生セル麗キ貌ナレハ
今	山名発向之事 并北野参詣人政道雑談之事	養ハレテ深宮ニアレハ 人未タ㆑知㆑之 天性麗シキ皃ナレハ
天	玄宗奪寧王夫人事	養ハレテ深窓ニアレハ 人未タ是ヲ知ス 天ノ生シ麗キ皃ナレハ
玄	北野詣人世上雑談之事	一ヒ咲ル眸ニハ
西	山名作州発向事 并北野参詣人政道雑談事	一度咲ル眸ニハ
南	北野通夜人々雑談事	養レテ深閨ニアレハ 人未㆑知㆑之 天ノ生セル麗キ皃ナレハ
米	山名発向之事 并北野参詣人政道雑談之事	養レテ深宮ニアレハ 人未是ヲ知ス 天ノ生セル麗シキ皃ナレハ
教	政道雑談ノ事	養ハレテ深窓ニアレハ 人未タ是ヲ知ラス 天ノ生ル麗キ質ナレハ
宮	北野詣人世上雑談事	一たひ笑る眸にハ
南	北野通夜人々雑談事	一タヒ笑ル眸ニハ
梵	楊貴妃事	被テ㆑養在レハ㆓深窓ニ㆒ 人未タ是ヲ不㆑知 天ノ生ル麗キ皃ナレハ
毛	北野参詣人政道雑談事	深窓ニ養レテ 人未是ヲ知ス 天ノ生セル麗シキ皃ナレハ
寛	北野通夜物語ノ事 付青砥左衛門カ事	養レテ在リ㆓深窓ニ㆒ 人未タ㆑知㆑之ヲ 天ノ生セル麗質ナレハ
田	欠	
梵	楊貴妃事	一度ヒ笑ル眸ニハ

今	天
山名発向之事 并北野参詣人政道雑談之事 一度笑ル眸ニハ	玄宗奪寧王夫人事 一タヒ笑ル眸ニハ
米	**教**
山名発向之事 并北野参詣人政道雑談之事 一度咲メル眸ニハ	政道雑談ノ事 一タヒ笑メル眸ニハ
毛	**寛**
北野参詣人政道雑談事 一タヒ笑ル眸ニハ	北野通夜物語ノ事 付青砥左衛門カ事 一度ヒ笑メル眸ニハ

130
巻35
長恨歌・伝
12/0596

玄	西	今	天
北野詣人世上雑談之事 天宝ノ年ノ末ニ泰階 平安ニシテ四海無事也	山名作州発向事 并北野参詣人政道雑談事 天宝年ノ末泰階 平而四海無事也	山名発向之事 并北野参詣人政道雑談之事 天宝ノ年ノ末泰階 平ニシテ四海無事也	玄宗奪寧王夫人事
宮	**南**	**米**	**教**
北野詣人世上雑談事 天宝ノ年ノ末ニ泰階 平安四海無事也	北野通夜人々雑談事 天宝ノ年ノ末ニ泰階 平安ニ四海無事ナリ	山名発向之事 并北野参詣人政道雑談之事 天宝年末泰海平 四海无事也	政道雑談ノ事
田	**梵**	**毛**	**寛**
欠	楊貴妃事 天宝ノ年ノ末ニ泰階 平安ニシテ四海無事ナリ	北野参詣人政道雑談事 天宝年末泰海平 四海無事也	北野通夜物語ノ事 付青砥左衛門カ事

番号	巻	題	所在	写本	本文
（前頁より）				玄	天宝ノ年ノ末ニ泰階 平ニシテ四海無事也
				宮	天宝ノ年ノ末ニ泰階 平ニシテ四海無事也
				田	天宝ノ末年泰階 平安ニシテ而四海無事ナリ
131	巻35	長恨歌	12/0596	玄	北野詣人世上雑談之事 君王重色
				西	山名作州発向事 并北野参詣人政道雑談事 君王重シテ㆑色ヲ
				今	山名発向之事并北野参詣人政道雑 談之事 君王重シテ㆑色ヲ
				天	玄宗奪寧王夫人事 君モ重シテ㆑色ヲ
				宮	北野詣人世上雑談事 君王重フシテ㆑色ヲ
				南	北野通夜人々雑談事 君王重シテ㆑色ヲ
				米	山名発向之事并北野参詣人政 道雑談之事 君王重シテ㆑色
				教	政道雑談ノ事 君王重テ（「色」脱カ？）
				田	欠
				梵	楊貴妃事 君王重シ㆑色ヲ
				毛	北野参詣人政道雑談事 君王重色
				寛	北野通夜物語ノ事 付青砥左衛門カ事 君王重シテ㆑色ヲ
132	巻39	牡丹芳	4/0152	玄	諸大名讒道朝之事 付道朝北国下向之事 花開花落ツルコト二十日間 一城之人皆如㆑狂セルト
				西	諸大名讒道朝事
				宮	諸大名讒道朝事 華開ケ花落ツ事二十日 一城之人皆如狂と 牡丹妖艶の色を風せしも
				南	諸大名讒道朝事
				田	欠
				梵	諸大名讒道朝事

133		
巻40		
長恨歌		
12/0596		

諸本	章段名	本文
	付道誉大原野花会事 并道朝没落事	花開花落事二十日 一城之人皆如キ㆑狂ツルカ
今	諸大名讒道朝事	■■花落ル事二十日 一城ノ人如㆑狂■■ 牡丹妖艶ノ色ヲ風シモ
天	大夫入道道朝依讒言没落事	花開花落二十日 一城ノ人皆如シ㆑狂ト 牡丹妖艶ノ色ヲ風セシモ
玄	光厳院禅定法皇御年薮之事 付崩御之事	往昔ノ七夕ニハ長生殿 ニシテ二星ノ契ヲ 羨テ六宮ノ美人
西	光厳院禅定法皇崩御事	
		花開花落ル事廿日 一城ノ人皆狂セルカ如シト 牡丹妖艶ノ色ヲ風セシモ
米	諸大名讒道朝事并道誉 大原野遊事道朝北国下向事	花開花落ル事二十日 一城ノ人皆如㆑狂ト 牡丹妖艶ノ色ヲ風セシモ
教	諸大名讒道朝事	花開ケ花落ツ二十日 一城ノ人皆如㆑狂セルカ 牡丹妖艶ノ色ヲ吹セシモ
宮	光厳院禅定法皇御年薮事 付同崩御事	往昔の七夕には長生殿 にして二星一夜の契を おしんて六宮の美人
南	光厳院禅定法皇高野御参詣事	
		花開ケ花落ル事二十日 一城ノ人皆如シト㆑狂セル 牡丹妖艶ノ色ヲ風セシモ
毛	諸大名讒道朝禅門事	花開花落事二十日 一城ノ人皆狂セルカ如シ 牡丹妖艶ノ色ヲ吹セシモ
寛	諸大名讒道朝事	華開キ花落ル事二十日 一城の人皆狂ゼルガ如シト 牡丹妖艶ノ色ヲ風セシモ
田	欠	
梵	法皇御葬礼事	

134

巻40

長恨歌

12/0596

西	玄	天	今	
中殿御会事	中殿震宴再興之事 爰騰二歌詠ヲ於五雲之間ニ一	光厳院禅定法皇高野御参詣事付崩御事 往昔七夕ニハ長生殿ニシテ二星一夜ノ契ヲ惜テ六宮ノ美人	光厳院禅定法皇行脚御事并崩御事 往昔ノ七夕ニハ長生殿ニシテ■星一夜ノ契ヲ借テ六宮ノ美人	夢ナル哉往昔之七夕ニハ長生殿ニシテ二星一夜ノ契ヲ惜ンテ六宮ノ美人
南	宮	教	米	
中殿御会再興事	中殿宸宴再興事 爰ニ騰ケ二歌詠ヲ於五雲ノ之間ニ一	光厳院ノ法皇於二山国ニ一崩御ノ事 昔ノ七夕ニハ長生殿ニシテ二星一夜ノ契ヲ借テ六宮ノ美人	法皇吉野殿光臨事 往昔ノ七夕ニハ長生殿ニシテ二星一夜ノ契ヲ惜テ六宮ノ美人	付崩御事 往昔ノ七夕ニハ長生殿ニシテ二星一夜ノ契ヲ惜テ六宮ノ美人
梵	田	寛	毛	
中殿御会事	欠	法皇御葬礼ノ事 夢ナル哉往昔ノ七夕ニハ長生殿ニシテ二星一夜ノ契ヲ惜テ六宮ノ美人	光厳院禅定法皇御行脚并崩御事 往昔ノ七夕ニハ長生殿ニシテ二星一夜ノ契ヲ借テ六宮ノ美人	往昔ノ七夕ニハ長生殿ニシテ二星一夜ノ契ヲ惜ンテ六宮ノ美人

	今	天
并将軍御参内事 爰ニ騰クル二歌詠於五雲之間ニ一	欠	中殿御会再興事 爰ニ騰ケ二哥詠ヲ五雲ノ間ニ一
	米	教
爰騰歌詠於五雲之間	中殿御会再興事 爰ニ騰ケ二歌詠ヲ於五雲ノ之間ニ一	欠
	毛	寛
爰騰歌詠於五雲之間	中殿御会再興事 爰騰歌詠於五雲之雲	中殿御会ノ事 爰ニ騰ゲ二歌詠ヲ於五雲ノ之間ニ一

126
巻27
海漫漫
3/0128

玄

始皇求蓬萊之事
付趙高之事

蒼海漫々トシテ辺モナシ
雲ノ浪烟ノ波最深ク
風浩々トシテ閑ナラス
月華星彩蒼茫タリ
蓬萊ハ今モ古ヘモ
只名ノミ聞テ見事ナケレハ
天水茫々トシテ求ニ所ナシ
蓬萊ヲ見ズハ
否ヤ帰ラシトイヒシ
童男丫女ハイタツラニ
舟ノ中ニヤ老ヌラン

西

始皇求蓬萊事
付趙高事

海漫々トシテ辺モナシ
雲之浪烟ノ波イト深ク
風浩々トシテ閑ナラス
月華星彩蒼茫タリ
蓬萊今モ古ヘモ
只名ノミ聞ケル事ナレハ

宮

妙吉侍者事
付秦始皇帝事

海漫々として辺もなし
雲波煙浪最深く
風浩々として閑ならす
月ノ花星ノ彩蒼茫たり
蓬萊ハ今も古も
唯名をのミ聞ける事なれハ
天水茫々として求に更に所なし
蓬萊を見すハ
否や不帰といひし
童男丫女ハ徒に
船中にや老ぬらん

南

妙吉侍者事
付秦始皇帝事

海漫々トシテ辺リモ無キ■ヲ
ソ求ケル
雲ノ浪烟ノ波イトフカク
風浩々トシテ閑ナラス
月華星彩蒼茫タリ
蓬萊ハ今モ古モ

田

徐福文成偽之事

海漫々ト而辺もなし
雲の浪烟ノ波最深く
風浩々ト而閑ならス
月花星彩茫たり
蓬萊ハ今も古へも
唯名ヲのミ聞けるなれハ
天水茫々トシテ求ルニ所なし
蓬萊ヲ見スハ
いなやかへらしト云し
童男艸女ハ徒ラニ
船ノ中ニヤ老ヌラン

梵

妙吉侍者事

海漫々トシテ辺ナシ
雲ノ浪烟ノ波最深ク
風結々トシテ不ㇾ閑
月華星彩蒼茫タリ
蓬萊ハ今モ古ヘモ
只名ヲノミ聞ケル事ナレハ

天水茫々トシテ求ルニ所ナシ
蓬莱ヲミスハ
否ヤ帰ラシト云シ
童男艸女ハイタツラニ
船ノ中ニヤ老ヌラン

今

妙吉侍者事

海漫々トシテ辺モナシ
雲ノ浪烟ノ波最深ク
風浩々トシテ閑ナラス
月花星彩蒼茫タリ
蓬莱ハ今マモ古モ
只名ヲ耳聞ケル事ナレハ
天水茫々トシテ求所ナシ
蓬莱ヲ不レ見ハ
イナヤ皈ラシト云シ
童男非女ハ徒ラニ
舟ノ中ニヤ老ヌラン

天

趙高大臣奢事

海漫々トシテ辺モナシ
雲ノ浪烟ノ波イトフカク

名ヲノミ聞ケル事ナレハ
天水茫々トシテ求ルニ所ナシ
蓬莱ヲミスハ
イナヤ帰ラシト云シ
童男丱女モイタツラニ
舟ノ中ニヤ老ヌラン

米

妙吉侍者事

海漫々トシテ辺モ無
雲ノ浪烟ノ浪イト深ク
風浩々トシテ静カナラス
月華星影蒼茫タリ
蓬莱ハ古モ今モ
只名ノミ聞ケル事ナレハ
天水茫々トシテ求ルニ所无シ
蓬莱ヲ見スハ
イナヤ皈ラシト云シ
童男童女ハ徒ニ
舟ノ中ニヤ老ヌラン

教

趙高大臣奢りノ事

海漫々トシテ辺モナシ
雲ノ浪烟ノ波イトフカク

天水茫々トシテ求ルニ所ナシ
蓬莱ヲ不ハレ見
否ヤ帰ラシト云シ
童男臥女ハ徒ニ
舟ノ中ニヤ老ヌラン

毛

妙吉侍者事

海漫々トシテ辺モナシ
雲ノ浪烟ノ波最深ク
風浩々トシテ閑ナラス
月華星彩蒼茫タリ
蓬莱ハ今モ古モ
只名ヲノミ聞ル事ナレハ
天水茫々トシテ求ルニ所ナシ
蓬莱ヲ見スハ
否帰シト云シ
童男丱女ハ徒ニ
船ノ中ニヤ老ヌラン

寛

妙吉侍者ノ事
付秦ノ始皇帝ノ事

海漫々トシテ辺ナシ
雲ノ浪烟ノ波最深ク

	風浩々トシテ閑カナラス 月花星彩蒼茫タリ 蓬莱ハ今モ古モ 只名ヲノミ聞ケル事ナレハ 天水茫々トシテ求ルニ所ナシ 蓬莱ヲ見スハ イサヤ皈ラシト云シ 童男童女ハ徒ラニ 舟ノ中ニヤ老ヌラン
	風浩々トシテ閑カナラス 月花星彩蒼茫タリ 蓬莱ハ今モ古モ 只名ヲノミ聞ケル事ナレハ 天水茫々トシテ求ルニ所ナシ 蓬莱ヲ見スハ イサヤ皈ラシト云シ 童男丱女ハイタツラニ 舟ノ中ニヤ老ヌラン
	風結々トシテ不レ閑 月花星彩蒼茫タリ 蓬莱ハ今モ古ヘモ 只名ヲノミ聞ケル事ナレハ 天水茫々トシテ求ルニ所ナシ 蓬莱ヲ不ハレ見 否ヤ帰ラジト云シ 童男丱女ハ徒ニ 舟ノ中ニヤ老ヌラン

別表2（長恨歌・伝）

	126
	巻36
	長恨歌・伝／長恨歌序
	12/0596
玄	
	蜀江水緑ニシテ蜀山梢ヘ青シ 聖主朝々暮々ノ御心 楼台池苑皆旧ニ依リ 太掖ノ芙蓉未央ノ柳 君王是ニ対テ 争テ涙無ラン 未央ハ如レ面ノ 柳ハ似眉タリ 夕殿ニ蛍飛テ思悄然タリ 秋灯挑尽テ眠コト不能ス 鴛鴦ノ瓦冷シテ
宮	
	蜀江水緑ニシテ蜀山梢青シ 聖主朝々暮々ノ御心 楼台池苑皆旧によれり 太掖の芙蓉未央柳 君王此にむかつて いかでか涙なからん 芙蓉は面のごとく 柳は眉に似たり 夕殿に蛍飛て思ひ悄然たり 孤灯挑尽て眠こと能はす 鴛鴦の瓦すさましうして
田	
	欠

霜花重シ旧衾旧枕
与レ誰ニカ為ン
行宮ニ月ヲ見テハ
心傷ムル色
夜雨ニ猿ヲ聞テ腸ヲ断ツ声
西宮ノ南内ニ穐草多シ
落葉階ニ満テ紅ニシテ掃ハス
臨邛ノ方士
上ハ碧落ヲ極メ
下ハ黄泉ニ至マテ
是ハ漢家ノ天子ノ御使
方士ト申者ニテ候カ
聖闕ノ玉ノ扃ニ跪ク
于時玉妃夢覚テ
静ニ枕ヲ押テ起給フ
雲ノ鬢刷ハスシテ
宛雲頭艶々トシテ
玉顔寂寞トシテ
涙闌干タリ
梨花一枝雨ヲ帯タルカ如シ
※是ハ常ニ世ニ有ル物ナリ
何ソ是ヲ以テ
験ト為ルニ足ンヤ

霜花重し旧の衾旧の枕
与レ誰にかせん
行宮に月を見れは
心をいたましむる色
夜雨に猿を聞けは腸をたつ声
西宮の南内に秋草多し
落葉階にみちて紅掃はす
臨卭ノ方士
上は碧落を極め
下は黄泉に至まて
是は漢家の天子の御使
方士と申物にて候か
金闕の玉扃に跪く
于時玉妃夢覚て
静に枕を押て起給ふ
雲の鬢不レ刷はして
宛も雲頭艶々として
玉顔寂寞として
涙闌干たり
梨花一枝雨を帯たるか如し
※是は尋常世にある物なり
何そ是を以て
験とする足や

桓平カ偽ヲ負テ 天ニアラハ願ハ 比翼ノ鳥ト成リ 地ニアラハ願ハ 連理ノ枝ト成シト誓キ	西 蜀江水碧リニシテ蜀山青シ 聖主朝々暮々ノ情 楼台池苑皆依旧 太液ノ芙蓉未央柳 君王対此 争テ無涙 芙蓉ハ如レ面 柳ハ似眉タリ 夜雨聞鈴腸断声 春風桃李花之開ル夜 秋雨梧桐葉落時 西宮南苑多秋草 宮葉満階紅不掃 夕殿ニ蛍飛テ思悄然タリ 孤灯挑尽未成眠 鴛鴦ノ瓦冷シテ霜華重シ 翡翠衾寒誰与共 行宮ニ見ハ月ヲ心傷ムル色
桓平か偽を負て 天にあらは願は 比翼の鳥となり 地にあらは願は 連理の枝とならんと誓き	南 蜀江水碧ニシテ蜀山青シ 聖主朝々暮々ノ御心 楼台池苑皆依旧 太掖ノ芙蓉未央ノ柳 君王対シテレ此 争カ不涙垂レ 芙蓉ハ如レ面 柳ハ如シレ眉 夕殿ニ蛍飛テ思イ悄然タリ 秋灯挑尽シテ未タ能眠 鴛鴦瓦冷シテ霜花重ク 旧衾旧枕誰与共ニセン 行宮ニ見テ月ヲ傷ムル心ヲ色
	梵 蜀江水緑ニシテ蜀山青シ 聖主朝々暮々ノ御心 楼台池苑皆依旧 太掖芙蓉未央柳 君王対テ此争カ無涙垂 芙蓉ハ如レ面 柳ハ如レ眉シテ 夕殿ニ蛍飛テ思悄然タリ 孤灯挑尽テ不レ能レ眠 鴛鴦ノ瓦冷シテ霜花重シ 旧衾旧枕与ニ誰ト為 行宮見レ月ヲ傷レ心色

臨邛ノ方士
上ハ窮メ碧落
下ハ黄泉之底侭
是ハ漢家之天子之御使
方士ト申物ニテ候カ
金闕ノ西ノ廂ニ跪ク
時ニ玉妃九華帳之裏ニ
夢魂驚テ攬レ衣ヲ
枕ヲ推テ起テ徘徊ス
珠箔銀屏邐迤トシテ開ク
雲ノ鬢半偏シテ
新ニ睡覚ム
雲ノ鬢理ハスシテ
雲ノ鬢艶々トシテ
玉容寂寞トシテ涙闌干タリ
梨花一枝春ノ帯タル雨ヲカ如シ
※是ハ尋常世ニ有物也
何ソ是ヲ以テ
規シトスルニ足ランヤ
新桓平カ偽ヲ負テ

夜ノ雨ニ聞ケハ猿ヲ断ツ腸声
西宮南内多秋草
落葉満テ堦紅不掃
臨邛ノ方士
上ハ碧落ヲ極メ
下ハ黄泉ノ底マテ
是ハ漢家ノ天子ノ御使
方士ト申者ニテ候カ
金闕ノ玉廂ニ跪ク
時ニ玉妃夢覚テ
静ニ枕ヲ推ヤリ起玉フ
雲ノ鬢カイツクロハスシテ
雲頭艶々トシテ
玉顔寂寞トシテ泪闌干タリ
只梨花一枝帯タルカ雨如シ
※是ハ尋常世ニ有物也
何ソ是ヲ以
験トスルニ足ンヤ
新桓平カ偽ヲ負テ

夜雨聴猿断腸声
西宮ノ南内ニ多シ二
秋草一ノ落葉満階紅不掃
臨邛ノ方士
上ハ碧落ヲ極メ
下ハ黄泉ノ底マテ
是ハ漢家之天子之御使
方士ト申物ニテ候カ
金闕ノ玉ノ廂ニ跪ツク
時ニ玉妃夢覚テ
枕ヲ推ノケ起キ玉フ
雲鬢理ロハスシテ
雲頭艶々トシテ
玉顔寂寞トシテ涙闌干タリ
梨花一枝ノ春帯雨如シ
※是ハ世ノ常ニ有物ナリ
何ソ是ヲ以テ
験トスルニ足ランヤ
新桓平カ偽ヲ負テ

今

在ラム天ニ願ハ
作比翼之鳥ト在ニハ
地ニ願ハ為ラン
連理之枝ト誓

蜀江水緑ニシテ蜀山々青
聖主朝々暮々ノ御心
楼台池苑皆依旧
大掖ノ芙蓉未央ノ柳
君王対シテレ此
争カ垂ンレ涙
芙蓉ハ如クレ面
柳ハ如シレ眉
夕殿ニ蛍飛テ思悄然タリ
秋ノ灯挑ケ尽シテ不レ能レ眠ルコト
鴛鴦瓦冷シテ霜花重シ
旧衾旧枕与レ誰ニカ為ン
行宮ニ見レ月ヲ傷ルレ心ヲ色
夜ノ雨ニ聴レ猿ヲ断レ腸ヲ声
西宮南内多ニ秋草一
落葉満テレ堦紅不レ掃
臨邛ノ方士
上ハ碧落ヲ極メ
下ハ黄泉ノ底マテ

米

天ニアラハ願ハ
比翼ノ鳥ト成ラン
地ニアラハ願ハ
連理ノ枝ト成ラント誓キ

蜀江緑ニシテ蜀山青シ
聖主朝々暮々ノ御心
楼台池苑皆依レ旧
大掖ノ芙蓉未央ノ柳
君王到レ此
争無ンレ涙
芙蓉ハ如面ノ
柳ハ如レ眉
夕殿蛍飛思悄然
秋灯挑尽不レ能レ眠
鴛鴦瓦冷シテ霜花重シ
旧衾旧枕与ニカレ誰ト為ン
行宮ニ見ハレ月ヲ傷レ心色
夜雨聴レ猿断レ腸声
西宮南内多レ秋草
落葉満レ堦紅不レ掃
臨邛ノ方士
上ハ碧落ヲ極メ
下ハ黄泉ノ底マテモ

毛

天ニアラハ願ハ
比翼ノ鳥ト成ラン
地ニアラハ願ハ
連理ノ枝ト成ラント誓キ

蜀江水緑シテ蜀山青シ
聖主朝々暮々ノ御心
楼台池苑皆依レ旧ニ
大掖芙蓉未央ノ柳
君王対レ此ニ
争カ无ンレ涙
芙蓉ハ如レ面
柳如レ眉
夕殿ニ蛍飛テ思イ悄然タリ秋灯
挑ケ尽シテ不レ能レ眠コト
鴛鴦瓦冷シテ霜花重シ
旧枕旧衾為ン与誰カ
行宮ニ見ハレ月傷レ心ヲ色
夜雨ニ聞レ猿ヲ断ツレ腸声
西宮ノ南内多シニ秋草一
落葉満テレ階紅不レ掃ハ
臨邛ノ方士
上ハ碧落ヲキハメ
下ハ黄泉ノ底マテ

竹		
	是ハ漢家ノ天子ノ御使 方士ト申者ニテ候カ 金闕ノ玉ノ廂ニ跪ツク 時ニ玉妃夢サメテ 枕ヲ推ノケテ起給フ 雲ノ鬢理ス 雲頭艶々トシテ 玉顔寂寞トシテ涙欄干タリ 只梨花一枝ノ春雨ヲ帯タルカ如シ ※是ハ世常ニ有物也 　何ソ是ヲ以テ験トスルニ足ンヤ	新坦平カ偽ヲ負テ 天ニアラハ願ハ 比翼ノ鳥ト成ン 地ニアラハ願ハ 連理ノ枝ト成ント誓キ 蜀江水緑ニシテ蜀山青シ 聖主朝々暮々ノ御心 楼台池苑皆依旧 太掖芙蓉未央ノ柳 君王対此争カ无涙
天		
	是ハ漢家ノ天子ノ御使 方士ト申者ニテ候カ 金闕ノ玉ノ廂ニ跪ク 于時玉妃夢サメテ 枕ヲ推シテ起給フ 雲ノ鬢理ス 雲頭艶々トシテ 玉顔寂寞トシテ涙欄干タリ 只梨花一枝ノ春ノ雨ヲ帯タルカ如シ ※是ハ世ニ常ニアル物ナリ何 　ソ是ヲ以テ験トスルニ足ンヤ	新桓平カ偽リヲ負テ 天ニアラハ願ハ 比翼ノ鳥トナリ 地ニアラハ願ハ 連理ノ枝ト成ント誓キ 蜀江水緑にして蜀山々青し 聖主朝々暮々の御心 楼台池苑皆依旧 太掖芙蓉未央柳 君王対此争無涙
教		
	是ハ漢家ノ天子ノ御使 方士ト申ス者ニテ候カ 聖闕ノ玉ノ廂ニ跪ク 時ニ玉妃夢覚テ 枕ヲ推テ起キ玉フ 雲ノ鬢理ハスシテ 雲頭艶々トシテ 玉顔寂寛トシテ涙闌干タリ 只梨花・枝春帯タルカ㆑雨如シ ※是ハ尋常ノ世ニ有ル物也何ソ 　是ヲ以テ験トスルニ足ランヤ	新ニ桓平カ偽ヲ負テ 天ニアラハ願ハ 比翼ノ鳥トナリ 地ニアラハ願ハ 連理ノ枝トナラント誓キ 蜀汀水緑ニシテ蜀山青シ 聖主朝々暮々ノ情 楼台池苑皆依旧 太液ノ芙蓉未央ノ柳 君王対此争カ無涙

芙蓉ハ如レ面柳ハ如眉
夕殿ニ蛍飛テ思消然タリ
秋灯挑ケ尽テ不能眠
鴛鴦瓦冷シテ霜花重シ
旧衾旧枕与レ誰為
行宮見月傷心色
夜ノ雨ニ聴猿断腸声
西宮南内ニ多秋ノ草
落葉満テ階テ紅不掃
臨邛ノ方士
上ハ碧落ヲ極メ
下ハ黄泉ノ底マテ
是ハ唐家ノ天子ノ御使ニ
方士ト申者ニテ候カ
金闕ノ玉ノ扃ニ跪ク
時ニ玉妃夢悟テ
枕ヲ推テ起給
雲ノ鬟ツクロワスシテ
雲鬟艶々トシテ
玉顔寂寞トシテ涙闌干タリ
只梨花一枝春帯雨如シ
※是ハ尋常有物也
何ソ是ヲ以テ験トスルニ足ンヤ

芙蓉ハ如レ雨柳ハ面似眉
夕殿ニ蛍飛テ思ヒ悄然タリ
秋灯挑尽シテ未成眠
鴛鴦ノ瓦冷ニシテ霜花重シ
旧衾旧枕与誰レト共ニカセン
行宮見レハ月傷シムル心ヲ色
夜雨ニ聴猿ヲ断ツ腸ヲ声
西宮南苑多シ秋草
落葉満テ階ニ紅不掃ハス
臨邛ノ方士
上ハ碧落ヲ極メ
下ハ黄泉ノ底マテ
是ハ唐家ノ天子ノ御使
方士ト申者ニテ候カ
金闕ノ玉ノ扃ニ跪ク
于時玉妃夢サメテ
枕ヲ推ノケ起玉フ
雲ノ鬢理ロハスシテ
雲頭艶々トシテ
玉顔寂寞トシテ涙闌干タリ
只梨花一枝春帯雨如シ
※是ハ世ノ常ニ有物ナリ
何ソ是ヲ以テ験トスルニタ

芙蓉ハ如レ面ノ柳ハ如眉
夕殿ニ蛍飛テ思ヒ悄然タリ
秋灯挑尽シテ未成眠
鴛鴦ノ瓦冷ニシテ霜花重シ
旧衾旧枕与誰レト共ニカセン
行宮見レハ月傷シムル心ヲ色
夜雨ニ聴猿ヲ断ツ腸ヲ声
西宮南苑多シ秋草
落葉満テ階ニ紅不掃ハス
臨邛ノ方士
上ハ碧落ヲ極メ
下ハ黄泉ノ底マテ
是ハ唐家ノ天子ノ御使
方士ト申者ニテ候カ
金闕ノ扃ニ跪ク
時ニ玉妃夢サメテ
枕ヲ推テ起給フ
雲ノ髪理ハスシテ
雲頭艶々トシテ
玉顔寂寞トシテ涙闌干タリ
只梨花一枝春雨レ帯タルカ如シ
※是ハ常ニ世ニ有物也
何ソ是ヲ以テ験トスルニタラ

	寛
新桓カ偽ヲ負テ 天ニ在ハ願ハ 比翼ノ鳥ト成リ 地ニ在ハ願ハ 連理ノ枝ト成ラント誓キ	蜀江水緑ニシテ蜀山青シ 聖主朝々暮々ノ情 楼台池苑皆依レ旧 太掖ノ芙蓉未央ノ柳 芙蓉ハ如クレ面ノ 柳ハ如シレ眉ノ 君王対シテレ此ニ 争カ無ランレ涙 春風桃李花ノ開日 秋露梧桐葉ノ落ル時 西宮南苑多シ二秋草一 落葉満テレ階ニ紅不レ掃ハ 行宮ニ見ヲ月ヲ傷シムルレ心ヲ色 夜ノ雨ニ聴テレ猿ヲ断ツレ腸ヲ声 夕殿蛍飛テ思消然タリ 孤灯挑ゲ尽シテ未タレ成レ眠ヲ 遅々タル鐘鼓初テ長夜
ラムヤ 新桓平カ偽ヲ負テ 天ニスマハ願ハ 比翼ノ鳥ト成ン 地ニアラハ願ハ 連理ノ枝ト成ント誓キ	
ンヤ 新桓平カ偽リヲ負テ 天ニスマハ願ハ 比翼ノ鳥ト成ン 地ニアラハ願ハ 連理ノ枝ト成ント誓イテ	

耿々タル星河欲スルレ曙ナント天
鴛鴦瓦冷マシフシテ霜ノ花重シ
翡翠ノ衾寒フシテ誰与共ニカセン
臨卭ノ方士
上ハ碧落ヲ極メ
下ハ黄泉ノ底マテ
是ハ漢家之天子之御使
方士ト申物ニテ候カ
金闕ノ玉ノ廂ニ跪ツク
時ニ玉妃夢覚テ
枕ヲ推ノケ起キ玉フ
雲鬢理ロハスシテ
雲頭艶々トシテ
玉顔寂寞トシテ涙闌干タリ
梨花一枝ノ春帯雨如シ
※是ハ世ノ常ニ有物ナリ
何ソ是ヲ以テ験トスルニ足ラン
ヤ
新桓平カ偽ヲ負テ
天ニアラハ願ハ
比翼ノ鳥ト成ラン
地ニアラハ願ハ
連理ノ枝ト成ラント誓キ

附録　「宇宙」の語源と語義の変遷
——古代中国語と近代科学用語の接点

はじめに

日本において愛読されている漢文作品の一つに、中唐の文人官僚、白居易の「長恨歌」がある。玄宗と楊貴妃のラブロマンスを語るこの作品は「漢皇重色思傾国、御宇多年求不得」（漢皇色を重んじて傾国を思ふ、御宇《あめのしたしろしめす》こと多年、求むれども得たまはず）と始まる。

御宇、の字は、現在「ぎょ・う」と単に音読みされることが多いが、鎌倉時代の古写本（金澤文庫本[1]）を繙くと、この二字に「アメノシタシロシメス」という訓が振られている。アメノシタは「天の下」であり、すなわち天下を統治するという意味を持たせていることになろう。

第二次世界大戦後に始まった宇宙開発は、今や長足の進歩を遂げた。だが、何気なく使っている「宇宙」という言葉が、優に二三〇〇年を超える歴史をもつことは意外と知られていない。本論はその語誌を繙くことを試みた。

「宇宙」という語の起源は、春秋戦国時代以前の古代中国にある。それが日本に伝わったのは、漢字伝来と同時であるという伝説がある。『古事記』・『日本書紀』の、日本に漢字を伝えた和邇《わに》吉師（王仁とも）は、『論語』・『千字文《せんじもん》』を携えてきたという記述がそれである。(2) その『千字文』は、

天地玄黄、宇宙洪広

書き下し：天地のあめつちは、玄黄としてくろくきなり、宇宙のおほそらは、洪広としておほいにひろきなり。

通　釈：天地は黒く黄色い。宇宙は大きく広い。

から始まっている。伝説であるからこの渡来の記述をそのまま採ることはできないが、古くから日本に伝わっていた語であった、とは言ってよいだろう。

他の語がそうであるように、「宇宙」という語もまた、古代から現在まで使われるうちに、意味は変化、あるいは多義化してしまっている。本論では、

① 「宇宙」という言葉の起源
② 古代中国における用例と意味
③ 上古から現代までの日本における用例と意味の変遷
④ 近現代の英和辞典を基にした、訳語としての「宇宙」の様相
⑤ 日本において「宇宙」の意味が現代的なものに変化した時期

以上五点について考察していくことにする。

なお、本論はその性質上、多数の引用および書き下し・語釈がある。煩を避けるため、それらの出典については、特に明記したもの以外は末尾（三四六ページ以降）の参考文献一覧に挙げたので、適宜参照されたい。

一　辞書的定義

まずは、「宇宙」という言葉が現代日本の国語辞典でどのように定義されているかを記す。『日本国語大辞典』第二版（小学館、二〇〇一年二月）では以下の通りである（用例省略）。

う‐ちゅう　…チウ【宇宙】〔名〕

（「淮南子‐斉俗訓」に「往古来今謂之宙、四方上下謂之宇」とあり、「宇」は空間の広がり、「宙」は時間の広がりをいう）

①あらゆる事物を包括する広大な空間。天と地の間。天地と天空。また、おおぞら。一般的には、広狭さまざまに用いられ、限られた世界、天下などを指す場合もある。

②哲学的には、秩序ある統一体と考えられる世界全体、物理学的には、物質と輻射エネルギーが存在する限りの空間、天文学的には、全ての天体を含む空間。また、一般に大気圏外の空間。

今日において、我々がまず思い浮かべるのは、②の中でも特に「全ての天体を含む空間」、「大気圏外の空間」の意味ではないかと思う。宇宙開発、宇宙飛行士、宇宙探査、宇宙人、みなこの意である。

二 「宇宙」という語の起源と中国古典における意味

「宇宙」という熟語が文献に現れるのは中国の春秋戦国時代のことである。管見の限り、『尸子《しし》』（戦国時代、佚書）、『荘子』（紀元前四〜三世紀頃成立）が早い例である。『尸子』は佚書であり、現在では輯佚書が行われているが、「宇宙」の語が現れる篇名は不詳である。『荘子』では内篇の斉物論篇、外篇の知北遊篇などに現れる。また『淮南子《えなんじ》』天文訓・斉俗訓、『荀子《じゅんし》』解蔽《かいへい》篇、『呂氏《りょし》春秋』孟春紀の本生などにも例がある。『史記』・『漢書』にも用例がある。以下、『尸子』・『荘子』・『淮南子』・『荀子』・『呂氏春秋』を例にとり、それぞれの「宇宙」の意味を探った後、古辞書『説文解字』（段玉裁注）を示したい。

まずは『尸子』の例を挙げる。

篇名未詳

天地四方曰宇、往古来今曰宙。

書き下し：天地四方を宇と曰ひ、往古来今を宙と曰ふ。

現代語訳：天地四方の広がりを宇といい、過去から未来までの時間を宙という。

次に『荘子』である。一〇例以上あるが、ここでは斉物論篇・知北遊篇を取り上げる。

斉物論篇

旁日月、挟宇宙……

書き下し：日月に旁《なら》び、宇宙を挟《さしはさ》み……

現代語訳：（聖人の輝きは）日月と並び、（聖人の包容力は）宇宙を小脇に抱えるかのように……

ここでの「宇宙」はこの世界のことである。聖人は世界を包み込むほど大きな包容力を持っていることを形容している。

知北遊篇

道無問、問無応。無問問之、是問窮也。無応応之是、無内也。以無内待問窮、若是者、外不観乎宇宙、内不知乎大初。

書き下し：道は問ふことなく、問ふも応ふることなし。問ふことなきに之を問へば、是れ窮を問ふなり。応ふることなきに之に応ふるは、是れ内なきなり。内なきを以て窮を問ふを待つ、是くの若《ごと》き者は、外は宇宙を観ず、内は大初を知らず。

通　釈：道は問えるようなものではなく、問うてもまた答えられるようなものではない。問えないものを問うならば、これはないものを問うということである。答えられないことに答えるなら、これは中身がないことである。中身がないのに問うことも答えることも出来ないことに応じるものがいるが、これは、外は宇宙、内は大初を知らないのである。

ここでの「宇宙」は「大初」の反対概念として現れる。大初とはこの世の初め。これを内側とするのだから、宇宙は出来上がったこの世、これが外側である。

次に、『淮南子』天文訓・斉俗訓を見てみたい。

天文訓

太始于虚霩、虚霩生宇宙、宇宙生気、気有涯垠……

書き下し：太始は虚霩《かく》、虚霩、宇宙を生じ、宇宙、気を生ず。気に涯垠《がいぎん》有り……

通　釈：はじめは無であった。無から宇宙が生まれ、宇宙から気が生まれた。気には区別があり……

引用箇所は天文訓の冒頭に当たり、世界の成り立ちを説明する。無から生れたのはこの世界の基となるものであった。

斉俗訓

往古来今、謂之宙、四方上下、謂之宇。

書き下し：往古来今、之を宙と謂ひ、四方上下、之を宇と謂ふ。

通　釈：古より今に至る時間を宙といい、四方上下の空間を宇と言う。

「宙」・「宇」それぞれの字の意味を示す。宙は時間を表し、宇は空間を表すのである。『尸子』とよく似通った文であり、中国古代の宇宙観を端的に表した例と言えるだろうか。

三番目に『荀子』解蔽篇を見てみたい。

解蔽篇

経緯天地而材官万物、制割大理而宇宙裏矣。

書き下し：天地を経緯して万物を材官し、大理を制割して宇宙を裹《つつ》む。

通　釈：天地を秩序だて全てのものを適材適所にあて、根本を治めてこの世を包む。

官吏が法律によって部署につき、職掌に忠実に従って天下を治める助けとなる話で、これも「この世」あるいは「天下国家」という意味。

最後に、やや時代は下るが、秦代の『呂氏春秋』孟春紀の本生を挙げておく。

孟春紀・本生

若此人者、不言而信、不謀而当、不慮而得、精通乎天地、神覆乎宇宙。

書き下し：此《か》くの若《ごと》き人は、言はずして信、謀らずして当たり、慮らずして得、精、天地に通じ、神、宇宙を覆う。

通　釈：聖人といわれるような人は、何も言わなくとも言葉に信があり、はかりごとをせずとも当を得て、あれこれ考えなくとも必要なものを得ることができ、その気持ちは天地に通じ、心は宇宙を覆うのである。

ここも「この世界」である。

以上の例から読み取れるのは、「宇宙」という言葉は、少なくとも中国の春秋戦国時代には文献に書かれる程には浸透していた言葉であり、かつ、その意味は「この世界（空間だけでなく、時間の概念も含む）」であったということである。

このことについて、古代の辞書はどう記しているのだろうか。後漢の許慎によって編纂された最古の部首別辞書である『説文解字』（使用したのは段玉裁が注を付した『説文解字注』（段注本と通称）である）を示すことにする。書き下し・抄釈は筆者によった（ゴシック体で示した部分が本文、他は注文である）。

「宇」**屋邊也。**豳風。八月在宇。陸徳明曰。屋四垂爲宇。引韓詩宇、屋霤也。高誘注淮南曰。宇、屋檐也。引伸之凡邊謂之宇。如輪人爲蓋上欲尊而宇欲卑、左傳云在君之宇下、又云失其守宇皆是也。宇者、言其邊。故引伸之義又爲大。文子及三蒼云。上下四方謂之宇。往古來今謂之宙。上下四方者、大之所際也。莊子云。有實而無乎處者、宇也。有長而無本剽者、宙也。有實而無乎處、謂四方上下實有所際。而所際之處不可得到。**从宀。亐聲。**王榘切。五部。**易曰。上棟下宇。**毄辭傳文。虞翻曰。宇謂屋邊也。

書き下し：**屋邊なり。**豳風《ひんぷう》、「八月は宇に在り。」といふ。陸徳明、「屋は四垂を宇とす。」と曰ひ、韓詩の「宇、屋霤《をくらい》なり。」を引く。高誘、淮南《えなん》に注して、「宇、屋檐《をくたん》なり。」と曰ふ。之を引伸して凡《すべ》て邊《へん》は之を宇と謂ふ。「輪人の葢《がい》を為《つく》るに、上尊《たか》きを欲して宇は卑《ひく》きを欲す。」、左傳に、「君の宇下《うか》に在り。」と云ひ、又「其の守宇《しゅう》を失ふ。」と云ふが如きは、皆な是れなり。宇は、其の邊を言ふ。故に引伸の義を又た大と為す。文子及び三蒼に云ふ、「上下四方之《これ》を宇と謂ひ、往古來今之を宙と謂ふ。」と。上下四方は、大の際まる所なり。莊子に云ふ、「實有りて而《しか》も處《を》ること無き者は宇なり。長有りて而も本剽《ほんへう》無き者は宙なり。」と。「實有りて而も處ること無し。」は、四方上下は實の際まる所有れども、而も際まる所の處は到るを得べからざるを謂ふ。**宀に从《したが》ふ。亐聲なり。**王榘の切。五部。**易に曰ふ、「上棟下宇」と。**繫辭傳の文。虞翻《ぐほん》曰ふ、「宇は屋邊を謂ふなり。」と。

抄　釈：本義は「屋辺」、つまり屋根の端である。そこから意味を拡張して、「四方上下は實の際まる所有れども」すなわち四方上下は実体ある世界の端をいう、と解説を加える。宇はこの世の限りを覆う大屋根のへりと、それに内包される世界全体を指すようになった。

「宙」**舟輿所極覆也。**覆者、反也。與復同。往來也。舟輿所極覆者、謂舟車自此至彼而復還此如循環然。故其字从由。如軸字从由也。訓詁家皆言上下四方曰宇。往古來今曰宙。由今溯古。復由古沿今。此正如舟車自此至彼、復自彼至此皆如循環然。莊周書云。有實而無乎處者宇也。有長而無本剽者宙也。本剽卽本末。莊子說正與上下四方曰宇、往古來今曰宙同。亦謂其大無極、其長如循環也。許言其本義。他書言其引伸之義。其字从宀者、宙不出乎宇也。韋昭曰。天宇所受曰宙。**从宀。**淮南覽冥訓。燕雀以爲鳳皇不能與爭於宇宙之閒。高注。宇、屋簷也。宙、棟梁也。引易上棟下宇。然則宙之本義謂棟。一演之爲舟輿所極復。再演之爲往古來今。則从宀爲天地矣。**由聲。**直又切。三部。

書き下し：**舟輿《しうよ》の極まりて覆《かへ》る所なり。**覆は反なり。復と同じ。往来なり。舟輿の極まりて覆る所とは、舟車此より彼に至りて復た此に還ること、循環するが如く然るを謂ふ。故に其の字、由に从《したが》ふ。軸の字の由に从ふが如きなり。訓詁家皆な言ふ、「上下四方を宇と曰ひ、往古來今を宙と曰ふ。」と。今より古に溯り、復た古より今に沿ふ。此れ正に舟車の此より彼に至り、復た彼より此に至るが如し。皆な循環するが如く然り。莊周の書に云ふ、「實有りて而も處ること無き者は宇なり。長有りて而も本剽無き者は宙なり。」と。本剽は卽ち本末なり。莊子の說、正に上下四方を宇と曰ひ、往古來今を宙と曰ふに同じ。亦た其の大なることは極まり無く、其の長なることは循環するが如きを謂ふなり。許は其の本義を言ひ、他書は其の引伸の義を言ふ。其の字、宀に从ふは、宙は宇を出でざればなり。韋昭が曰く、「天の宇を受ける所を宙と曰ふ。」と。**宀に从ふ。**淮南覽冥訓《えなんらんめいくん》にいふ、「燕雀以爲《おもへら》く鳳皇は與《とも》に宇宙の間において争ふこと能はず。」と。高、注して、「宇は屋簷なり。宙は棟梁なり。」とし、易の「上棟下宇」を引く。然らば則ち宙の本義は棟を謂ふ。一演し之を舟輿の極まりて復する所となり、再演し之を往古來今となれば、則ち宀に从ふは天地となす。**由の聲。**直又の切。三部。

抄　釈：本義は「棟」、つまり屋根の最上部を貫く棟木のこと。そこから意味を拡張して「舟輿の極まりて覆する所」かつ「軸」の字と同系というから、地軸を中心として広がるこの世界（あるいはそれを覆う天蓋）となり、更に拡張されて過去・現在・未来の時間の広がりを指すようになった。

「宇」、「宙」とも、元は建物の屋根の特定部分を指す言葉だったものが、意味を拡張されて「宇」は世界を覆う大屋根と、そこに内包されたこの世全体、「宙」は時間の広がりを指すようになったということが分かる。

三　日本における「宇宙」の用例一 ―― 上古から中世まで

日本に「宇宙」という言葉がもたらされたのは『千字文』と同時、つまり漢字伝来と同時だというのは、伝説の域を出ない。正確な考察を行うためには、成立年代がはっきりしている他の文献の本文が必要である。

筆者が探し出せた中で最古の文献は、霊亀二年三月（七一六年三月）の紀年のある木簡である。木簡学会編『日本古代木簡選』（城12-19上（160））に収められた、薬師寺遺跡出土の習書木簡であるそれは「池池天地玄黄宇宙洪荒日月霊亀二年三月」と読め、明らかに千字文の引用が見られる。

次に、『日本書紀』神代上における例が挙げられる。以下、引用する（書き下しは『新編日本古典文学全集　日本書紀』（小学館）によった）。

故其父母二神、勅素戔嗚尊、汝甚無道、不可以君臨宇宙。固當遠適之於根國矣、遂逐之。

書き下し：故、其の父母二神、素戔嗚尊に勅《みことのり》したまはく、「汝甚だ無道《あづきな》し、以《も》ちて宇宙《あめのした》に君臨《きみ》たるべからず。固當《もとより》遠く根の國へ適《まか》れ」とのりたまひ、遂に逐ひたまふ。

通　釈：その父母の二柱の神は素戔嗚尊に勅して、「お前はまったくひどい乱暴者だ。それでこの天下に君臨してはならない。必ず遠く根の国に行ってしまえ」と仰せられて、とうとう追放なされた。

続いて、日本最古の漢詩文集である『懐風藻』、その序文に用例が見いだせる。

道格乾坤。功光宇宙。

書き下し：道は乾坤に格《いた》り、功《いさをし》は宇宙に光《て》れり。

通　釈：天子の道は天地に至り達し、その功業はあまねく天下にかがやき渡った。

平安時代においては、文学作品における「宇宙」の用例は多くなく、専ら漢文において用いられる語だったと想像できる。漢文の用例では、『本朝文粋』巻一、紀長谷雄「柳化為松賦」が挙げられる。

凡宇宙之内、何奇不生、天地之間、何恠不有

書き下し：凡そ宇宙の内、何れの奇生らざらん、天地の間、何れの恠有らざらんや。

通　釈：およそこの世のうちに、どのような奇妙なことが生じようか。天地の間にどのような怪現象があろうか。

かな文学では、仏教語由来の語である「世界」の方が圧倒的多数の用例を持つ。

『源氏物語』澪標

原文：かしこき筋にもなるべき人のあやしきせかいにてむまれたらむは

通釈：畏れ多い位にもつくべき人が、あの辺鄙な田舎で生まれたのは

『更級日記』永承元年（一〇四六）一〇月五日
原文：一代に一度の見物にて、田舎せかいの人だに見るものを
通釈：大嘗会は御一代に一度しかない見もので、田舎界隈の人でさえ見に来るというのに

小学館『新編日本古典文学全集』に基づき用例を調査してみると、中世文学だと、「宇宙」より「世界」の方が用例が多かった。

「宇宙」は、一例のみである。

『太平記』巻一四、「新田足利確執奏状の事」
神武鋒端を揺《うご》かし、聖文宇宙を定するなり。
通釈：神のごとき武徳は軍勢の鋒先を動かし、聖人のごとき文徳は天地を鎮めておられます。

漢文ではない作品に登場したのは注目すべきである。ただし、天皇に対する上奏文という、最高級の格式の文中であり、漢文で書かれている。

「世界」は七二例あった。いま一例を挙げる。

『平家物語』巻三、「大塔建立」
娑婆世界の思出にとて
通釈：（これから死出の旅に赴くので）この世の思い出に、ということで

中世最末期の『日葡《にっぽ》辞書』によれば、「宇宙」は「文章語」とされているので、人口に膾炙した言葉かどうかは疑問がある。中世において「天下・国家」などの意味を表す言葉は、仏教用語を起源とする「世界」の方が一般的であるとの指摘もあるが、用例調査はそれを裏付けるものだろう。
次に、近世に移る。江戸時代は中世と同じく小学館『新編日本古典文学全集』を用いて用例を抽出してみると、世界・宇宙ともに多くの用例があることがわかった。

十返舎一九『東海道中膝栗毛』
原文：そふすると三味せんやどもが繁昌して、せかいの猫どもが打殺されべいから。
通釈：そうすると、三味線屋が繁盛して、世界の猫たちが打ち殺されるだろうから。

仮名草子『一休ばなし』
原文：しかるに、此せかいのごとく、日月そらにかかやき、山川下にそばだちながれ……
通釈：そして、この人間世界と同じように、太陽と月が空に輝いて、山が高くそびえて川が流れ……

滑稽本『酩酊気質』下「りくつ上戸」
天地けんがく、宇宙とう丶丶と申て、天地の間の事をいふ。
通釈：天地けんがく、宇宙とうとうと言って、この世界の事を言っている。

これは『千字文』を踏まえた言い回しである。当時、『千字文』は学問の始めに使われる一種の教科書であったことから、文字が読めればこの言い回しが理解できたものと考えられる。

人形浄瑠璃『碁太平記白石噺《ごたいへいきしろいしばなし》』（紀上太郎・烏亭焉馬・容揚黛合作、安永九年（一七八〇）一月初演）
宇宙の珍宝これに過ぎず
通釈：世界の珍しい宝物で、これに勝るものはない。

「世界」「宇宙」、いずれも庶民向けの作品において現れるので、ともに認知度の高い語であったと思われる。
次に、日本の古辞書における用例を確認していく。「宇宙」の初登場は、平安末に成立した三巻本『色葉《いろは》字類抄』（橘忠兼編）の

宇宙　ウチウ　云天地事

であると思われる。

中世末期の『日葡辞書』では、

Vchū　ウチュウ（宇宙）　すなわち、Tenchino ai（天地の間）天と地の間、すなわち、空中　文書語

としている。

また、室町時代の文安元年（一四四四）成立の『下学集』には、「宇宙」と「世界」が共に登場している。日本渡来時の「宇宙」の意味は「天下・世界」である。『日本書紀』では「宇宙」で「あめのした」と読ませる例があり、『白氏文集』では「宇」で「あめがした」と読ませる用例があることから、「天下」に通じる語として認識されていたことがわかる。

一方、「世界」の出自は仏教用語である。『望月仏教大辞典』によれば、梵語 **loka-dhātu** の訳語で、「衆生住居の所依拠たる山河国土」であるとする。とするならば、ここで意味の重複が起きていることになる。

それではなぜ「世界」と「宇宙」は使い分けがされているのかという疑問が生じるのであるが、筆者は、平安時代の用例から、以下のような仮説をもっている。

平安貴族が仏教を厚く信仰していたことは、様々な記録に、寺院に寄進をしたり参詣したり、またことあるごとに祈禱をさせている記述があることから明白である。文学作品でも、かな文学では仏教儀式や祈禱の記述がしばしばみられる。漢学は基礎教養であるものの、その専門家は大江家・菅原家など漢文を家学とする家系に限られていた。おそらく、かな文学の主たる担い手である女性たちは、仏典の講読を聞く機会の方が多かったと考えられる。漢文は正

式な文書に用いられる言葉であり、いわば男性中心の貴族社会の言葉であったと思われるのである。同様のものを指す語ならば、より耳にする機会が多い方を用いるのはごく自然なことと考えられはしないだろうか。

そして、ここで生じた使い分けが、後々まで残っていくと考えられるのである。

以上の調査結果より、上古から近世までは、「宇宙」の語は「天下・国家・この世・世界」の意味で使われているといえる。

四　日本における「宇宙」の用例二 ―― 近代科学用語として

明治維新は、日本に非常に大きな衝撃を与えた。西洋基準であるところの「国際社会」に参画して行く必要が生じたために、急速に西洋の文物を輸入し、文明開化と総称される社会の大変革が行われた。本章では、この時期の新聞・雑誌・一般書籍などの印刷刊行物から「宇宙」の用例を探し出し、考察を加えていくことにする。

まず筆者は、明治時代以降第二次大戦中までの教科書を集大成した『日本教科書大系　近代編』の二一巻より始まる「理科編」を繙いてみた。「宇宙」という言葉は科学用語であり、その普及に学校教育け大きな役割を担っているだろうと考えたからである。すると、確かに小学校の博物学の教科書に、「宇宙」という語が見いだせた。

①『牙氏《がし》初学須知《しゅち》』明治八年（一八七五）一一月　田中耕三訳　沢渡太郎訂（原著：“Simples Lectures sur les Sciences, les Arts et l'Industrie”. J. Garrigues, 1872）

巻之一　第三　天體系統

天體系統トハ宇宙ヲ聚成スル天體ノ總稱ニシテ、其真ノ法則ヲ發明セシハ、普魯士《プロシア》ノ星學士歌白尼《コペルニクス》ナリ、（ルビは筆者）

②『具氏《ぐし》博物学』明治九年（一八七六）二月　須川賢久訳　田中芳男校閲（原著：“A pictorial natural history : embracing a view of the mineral, vegetable, and animal kingdoms, for the use of schools”. Samuel. G. Goodrich, 1842 の 1870 増刷本）(3)

巻一　第一編　有形界　有形界の疆域論

夫レ人ハ萬物中ノ最霊ナル者ナレハ宇宙間ノ萬物ヲ窮察スルコト能クスヘシ然ルニ地所ノ何如ヲ論セス其属目スル所ハ唯纔《わづか》ニ全宇宙ノ小區ノミニ過キス

巻四　第四編　動物界

上條（筆者注：前巻までの内容を指す）既ニ宇宙間ハ地球太陽系恆星等ヲ造構セル物ト其含蓄セル物トヲ包括スルコトヲ論説セリ

この二点の書籍は、教科書として使用された本であり、現代的な意味で使用されている。これらによって教育を受けた世代が「宇宙」という言葉を、現代的な意味で自らの著作において使用したということは、想像に難くない。筆者は、「宇宙」という言葉が現代的な意味で使用されはじめた時期を、明治時代初期の学校教育においてだったろうと推測する。

次に、新聞である。本来であれば各紙刊行以来の縮刷版・マイクロフィルム版を丹念に繰っていくべきであろうが、今回は試みにデータベースを用いてみることにした。二〇一三年三月現在において、明治時代からの誌面が検索可能なデータベースとして公開されているのは、読売新聞の「ヨミダス歴史館」のみである。他紙の整備を望む。

今回は「ヨミダス歴史館」で、見出し・本文検索機能を使って記事を抽出し、表示された結果を一件ずつ確認するという手法をとった。その結果、「宇宙空間」という意味で「宇宙」を用いたのは、恐らく明治三二年（一八九九）一一月八日朝刊の「茶ばなし」（現在で言うところのコラム記事）が最初であろうとの結果を得た。この日のテーマは彗星・流星・流星群である。以下、当該箇所を引用する（変体がなは通常のものに、漢字は常用漢字体に改めた）。

◎流星が宇宙に存在する数は先ず言わば此世界で塵の飛ぶ様なものであって之れが空気に触れると摩擦して光を発する此の流星が十一月の半ばに最も多く現わるることは小学読本にも載って居る

ここで注目すべきは「小学読本にも載って居る」という語である。ここでの宇宙は、明らかに現在一般的な「宇宙」、つまり大気圏の外の広大な広がりのことを指して使われている。その宇宙空間からやってくる流星の発光原理は、小学校の教科書に載っていることだというのである。学校教育の影響が見て取れる例であろう。

三番目に、一般書籍のタイトルに「宇宙」が用いられた、比較的早い例を挙げていく。

③三宅雪嶺『宇宙』（政教社、一九〇九年一月）
宇宙論的な内容のエッセイ集。内容は哲学から天文学、倫理学に及び、深い。ここでの「宇宙」の用いられ方は、現在の「世界」とほぼ同義であることが多いが、多岐にわたっているので一概には言えない。

②アレニウス著、一戸直蔵・小川清彦共訳『宇宙開闢論史』（大蔵書店、一九一二年一〇月）

本書の原著はスウェーデンの科学者で、電解質の解離の理論に関する業績によってノーベル化学賞を受賞したスヴァンテ・アレニウス（一八五九年－一九二七年）の「Die Vorstellung vom Weltgebäude im Wandel der Zeiten」（Leipzig Akademische Verlagsgesellschaft, 1908）である。本書は哲学的な、宇宙創造神話に関する考察から論を始め、当時最新の宇宙論についてまでを述べた概説書であり、随所に「宇宙」の語が登場する。原タイトルの「Weltgebäude」（直訳すれば「世界創造」となろうか）を宇宙開闢と訳している。ここでの「宇宙」は、内容からか、世界全体を包括する語として使われているようだが、後半の最新宇宙論の解説ではもちろん現代的な意味での使用が認められる。ただし、筆者は原著を参照することができなかったため、本文においてどのような語が「宇宙」と訳されているのか、詳細は不明である。

③Ｈ・Ｇ・ウェルズ著、光用穆訳『宇宙戦争』（秋田書院、一九一五年一月）

原著は「The War of the Worlds」（London : William Heinemann, 1898）であり、ＳＦ小説の嚆矢の一冊である。タイトルの World を宇宙と訳している。今日では World は一般的に「世界」と訳されるが、ここでは「宇宙」を宛てるのが特徴である。原題は地球文明と火星文明という二つの世界が戦うことに由来するが、翻訳にあたって二つの星の間の戦争を「宇宙」の戦争と解したのであろう。

④大島豊『現代科學の綜合に基く宇宙論』（第一書房、一九三二年八月）

哲学書。哲学用語で言うところのコスモロジーの訳語として「宇宙論」を宛てている。

こうして俯瞰していくと、哲学用語が目立つ。宇宙論、すなわちコスモロジーは今日哲学の一分野であり、また、かつては博物学に含まれていた天文学の成果も宇宙論に投影されているからであろうか。

今回挙げた例は、当然ながら氷山の一角にすぎないが、近代科学の用語としての「宇宙」の成立と定着を示しているといえるだろう。

五　日本における「宇宙」の用例三 ―― 英和・和英辞典における訳語としての扱い

この節では、主に幕末以降の英和辞典をもとに、英語の訳語として「宇宙」が宛てられていった過程を追っていく。着目したのは「space」「universe」「cosmos」という単語である。

まず、現代の英和辞典で、「space」「universe」「cosmos」がどのように訳されているのかを確認する。使用したのは『新英和大辞典』第六版（研究社、二〇〇二年三月）である。発音記号・用例などは省略した。

space

　名詞

　　1　a　(一・二・三次元の) 一定の広がり

　　　　b　空所、あき場所、スペース (room)《電算》(1字分の) スペース：空白

2 a (特定の目的のための) 区域、場所

b [集合的にも用いて] (列車・飛行機などの予約) 座席、席

3 a 空間

b 大気圏外：(太陽系を越えた) 宇宙、宇宙空間

4 a (時の) 間 (duration)、時間 (period)

b しばらく (の間)

5 a (ラジオ・テレビの) コマーシャルの時間

b (雑誌などの) 広告欄

6 《口語》(好きなことをしたり、言いたいことを言ったりする) 自由、不干渉、自主、独立

7 《印刷》スペース

8 《音楽》(五線譜の) 線間

9 《通信》間隔、スペース

10 a (絵画における) 空間

b (絵画などで) 平面上に表された奥行きの感じ

11 《数学》空間

universe

名詞

1　〔the〜〕宇宙（cosmos）、万有、天地万物、森羅万象
2　〔the〜〕（人間の住む）世界（world）、〔集合的〕全人類（all mankind）
3　a　〔the〜〕天界、天空
　　b　銀河系（宇宙）（galaxy）
4　（概念上・現実上で一定の有機的組織を成すとみなされる）分野、領域（sphere, province）
5　多数、多量

cosmos

名詞
1　a　〔the〜〕（秩序整然とした体系として考えられた）宇宙
　　b　（整然とした）秩序、調和
2　（観念・経験などの）完全体系、統一的組織
3　コスモス《キク科コスモス属（Cosmos）の植物の総称》

次に、本論末尾（三四九〜三五一ページ）に付した各辞書の調査結果表を上から順番に解説していく。適宜参照しながら読み進めてほしい。

まずは universe だ。これは、一八六九年（明治二）出版の『英華字彙《じい》』で既に宇宙の語が宛てられている。『英華字彙』は英中辞典である Williams の『英華韻府歴階《いんぷれきかい》』（一八四四年）の翻訳なので、universe＝宇宙というのは、中

国から輸入された語彙であると考えてほぼ間違いないだろう。ただし、『英華字彙』における「宇宙」は、現代的な意味での宇宙ではないようだ。「十方」と合わせて掲載されているので、今で言う「世界・この世」と近い。これは『荘子』『淮南子』から変化していない。他書でも「あらゆるもの・天地万物」などとされており、こちらも現在の「宇宙」からはやや隔たった意味だ。ただし、universe の本来の意味を考えると、『英華字彙』他は適切な翻訳であるといえよう。

今回調査対象とした辞書で『英華字彙』よりも古いのは一八一四年（文化一一）の『諳厄利亜《あんげりあ》語林大成』のみだが、これに universe は掲載されていない。

次に、space だ。結論から言うと、「space」をそれのみで「宇宙」と訳す例は、第二次世界大戦後まで見られなかった。戦前の英和辞書では一九三六年（昭和一一）の『新英和大辞典』に見られるように「celestial space」という成語に「宇宙」の訳が与えられ、「space」には、空間・隙間という訳が与えられている。現代日本では宇宙＝宇宙空間＝space という図式が成り立っているが、結果を見ると元々「celestial space」だったものが、宇宙空間を表す特定の文脈において省略されて「space」となり、それが一般化したと考えられなくもない。

最後に cosmos だ。これは明治初年の辞典には収録されていない言葉で、管見の限り一八八六年（明治一九）の『和英語林集成（3版丸善版）』が初出のようだ。ここでは「世界」の語が宛てられている。その三年後、一八九九年の『明治英和辞典』では既に「宇宙」が宛てられている。

辞典というのは、語の意味を解説する書物である。よって、その性質上、ある語の新しい使われ方が出現した場合は、そこからやや遅れて本文に反映されることになる。universe や coumos、あるいは前章で触れたように world の訳語としての「宇宙」が比較的早く辞書に収録されたのに対し、space が「宇宙」という言葉で辞書に収められたのはかなり後のことである。そこには、世界における宇宙開発の進展や、天文学の高度な発達が寄与していたのかもしれないと考える。

おわりに

今回の調査の結果を確認しつつまとめる。

「宇宙」という言葉は、春秋戦国時代以前の古代中国に起源を持つ。それが日本に入ってきたのは、奈良時代あるいはそれより前のことであった。意味においては、中国では、「宇」、「宙」とも、元は建物の屋根の特定部分を指す言葉だったものが、意味を拡張されて「宇」は世界を覆う大屋根、「宙」は時間の広がりを指すようになった。その状態で日本に輸入され、「天下・国家・この世・世界」という意味で上古から近世まで使われた。

日本において意味の変化が現れたのは、調査の限りでは、明治維新後の西洋近代科学の導入期であったと想像される。西洋の博物学書を翻訳した、学制初期の日本の教科書において「宇宙」の語が使用されはじめるが、その時点で従来の意味に付け加えて、現代に連なる、「星間空間・大気圏外の空間」をも意味するようになった。やがて、学校教育を受けた世代が世の中に出て行くに従って、「宇宙」の語は社会に普及し、一般書や新聞などでも使用されることとなった。

辞典においては、universe・cosmos・world に比較的早くに「宇宙」の語が宛てられていた[4]のに対し、今日「宇宙」に対応する英単語として真っ先に思い浮かべられる space を単独で「宇宙」と訳す例は、第二次世界大戦後にならないと登場しない。これは戦後の宇宙開発の発展と関係していると考えられる。

明治維新によって本格化した西洋文明社会との接触は、様々な変革を日本、日本文化、日本人そのものにもたらした。「宇宙」という言葉もまた、その例に漏れるものではないのだろう。

ここで疑問が生じる。「世界」と「宇宙」の使い分けは、なぜ生じたのであろうか、という点である。いま、一つの推測を述べてみることにする。

明治時代における「世界」と「宇宙」の使い分けの発生には、先に述べた平安時代以降の使い分けが影響を及ぼしていると考えられる。

西洋語翻訳時の「世界」「宇宙」の使い分けは、西洋に於いて異なる概念を持つ言葉を日本語に翻訳する時に発生している。江戸時代の日本において「世界」と「宇宙」は、ともに現代語の「世界」に相当する語であった。どちらが訳語に宛てられてもよさそうなものだが、実際には意味がずれたのは「宇宙」であった。ここには訳語の選定に当たり何らかの選択意識が働いていたと考えられる。では、その選択基準は何であったのだろうか。

筆者は、その語がどれだけ一般性があったのかというのが大きな理由ではないかと考える。「世界」は「宇宙」よりも口語的・一般的で、意味が動きにくかったのではなかろうか。

加えて、西洋語の翻訳に漢語が大量に用いられていた事情を考えるとき、進歩的で高度な概念とされていた西洋の学術用語の翻訳に用いるのに、「世界」よりも、格の高い文章語としての性格が強かった「宇宙」が適当だと考えた可能性もある。英中辞典の影響もあろう。

「宇宙」は、「世界」の同義語であっても、文章語であり、格式張った表現に用いられていた非日常語であった。そのために西洋語の翻訳においては、「宇宙」の方がよりふさわしく感じられ、意味が拡張・転化しやすかったのではないだろうか。

注

（1）白氏研究においては、中国から将来されたオリジナルテキストの編成と本文を残すテキスト群を「旧鈔本系」、宋代に成立した木版本の系統に属するテキスト群を「刊本系」と区分する。金澤文庫本は、旧鈔本系テキストの中でも現存巻数が多くかつ成立が古いことから、特に重視されるテキストの一本である。

（2）和邇の渡来は、『日本書紀』によれば応神天皇一六年（二八五）であるが、『千字文』は、南朝・梁の武帝（位：五〇二‐五四九年）の命により編纂されたものである。和邇将来『千字文』が、現在我々の知っているそれと同一だとするならば、矛盾が生じてしまう。ゆえに記紀の伝説をそのまま採るわけにはいかない。しかしながら、光明皇后の正倉院への寄進目録である「国家珍宝帳」（七五一年）には「搨晋右将軍羲之書巻第五十一眞草千字文」があり、国宝の「眞草千字文」がそれだと推定されている。よって、霊亀二年習書木簡と併せ、遅くとも奈良時代には将来されていたと言えるだろう。

（3）原書冒頭に掲げられた凡例は

米人「グードリッチ」氏ノ原撰ニシテ學校ノ所用本ニ係レリ彼一千八百七十年即我明治三年庚午非拉特勒飛亞《ヒラデルヒア》府（筆者注：ルビはママ）ノ刷版ニシテ原名を「ピクトリアル、ナチュラル、ヒストリー」ト曰フ挿畫博物論ト云ヘル義ナリ今之ヲ譯シテ博物學ト題ス

とする。ただし、原著者であるS.G.Goodrich氏は一八六〇年に死去しており、凡例の通りだとするならば、『具氏博物学』の底本は没後に出版されたものである。米国議会図書館のオンラインデータベースによれば、Samuel G. Goodrichの手になる「A pictorial natural history : embracing a view of the mineral, vegetable, and animal kingdoms, for the use of schools」という、まさに学校使用を念頭に置いて書かれた本が一八四二年に出ていることが判る。また同書は英国・米国の様々な都市で出版されたようで、フィラデルフィアにおいてはThomas, Cowperthwait & Co., and Grigg & Elliotによって出されたという奥付がある。「一千八百七十年（中略）ノ刷版」とは、おそらくこの本の増刷であろう。

（4）world は、『諳厄利亜語林大成』の段階で宇宙の訳語が宛てられている。また、明治二十二年（一八八九）出版の尺振八『明治英和辞典』（六合館）においても

world（名）世界。世。界。人間界○人事。世事○万有。宇宙○人類○斯世。現世○大数。億兆。の記述が確認できる。

参考文献

引用（本文登場順）

・小川環樹、木田章義『千字文』（岩波文庫青220—1　岩波書店、一九九七年一月）
・日本国語大辞典第二版編集委員会『日本国語大辞典第二版』（小学館、二〇〇一年二月）
・商鞅・他『商君書　尸子』諸子百家叢書（上海古籍出版社、一九八九年九月）
・阿部吉雄・山本敏夫・市川安司・遠藤哲夫『老子・荘子　上』新釈漢文大系七（明治書院、一九六六年一一月）
・市川安司・遠藤哲夫『荘子　下』新釈漢文大系八（明治書院、一九六七年三月）
・楠山春樹『淮南子　上』新釈漢文大系五四（明治書院、一九七九年八月）
・笹川臨風『荀子・墨子』国訳漢文大成　経子史部八（国民文庫刊行会、一九一八年七月）
・藤田豊八『呂氏春秋』国訳漢文大成　経子史部二〇（東洋文化協会、復刻版一九五五年九月）
・許愼著、段玉裁注『四部善本新刊　段句套印本説文解字注／許學叢書本段氏説文注訂』（漢京文化事業有限公司、一九八〇年三月）
・木簡学会『日本古代木簡選』（岩波書店、一九九〇年一一月）
・新編日本古典文学全集二『日本書紀　一』（小学館、一九九四年四月）
・日本古典文学大系『懐風藻　文華秀麗集　本朝文粋』（岩波書店、一九六四年一〇月）
・新編日本古典文学全集二一『源氏物語』第二巻（小学館、一九九五年一月）
・新編日本古典文学全集二六『和泉式部日記　紫式部日記　更級日記　讃岐典侍日記』（小学館、一九九四年九月）
・新編日本古典文学全集五五『太平記』第二巻（小学館、一九九六年三月）
・新編日本古典文学全集四五『平家物語』第一巻（小学館、一九九四年六月）

・新編日本古典文学全集八一『東海道中膝栗毛』（小学館、一九九五年六月）
・新編日本古典文学全集六四『仮名草子集』（小学館、一九九九年九月）
・新編日本古典文学全集八〇『洒落本　滑稽本　人情本』（小学館、二〇〇〇年四月）
・新編日本古典文学全集七七『浄瑠璃集』（小学館、二〇〇二年一〇月）
・橘忠兼著『色葉字類抄』（古典保存会、複製本一九二六年）
・土井忠生等編『邦訳日葡辞書』（岩波書店、一九八〇年五月）
・近世文学史研究の会『増補下学集』（文化書房博文社、一九六七年一〇月）
・望月信亨編『望月佛教大辞典』（世界聖典刊行協会、一九五四年五月）
・田中耕三訳・沢渡太郎訂『牙氏初学須知』（文部省、一八七五年一一月）
・海後宗臣等編『日本教科書体系　近代編　第二十一巻　理科（一）』（講談社、一九六五年七月）
・ヨミダス歴史館（読売新聞データベース）
・竹林滋等編『研究社　新英和大辞典　第六版』（研究社、二〇〇二年三月）
・斯維爾士維廉士『英華字彙』近代日本英学資料1（ゆまに書房、一九九五年三月：松荘館一八六九年刊の復刻
・本木正栄『諳厄利亜語林大成』（雄松堂、複製一九七六年）
・岡倉由三郎『新英和大辞典』（研究社、一九三六年三月）
・J.C. Hepburn『A Japanese and English dictionary, with an English and Japanese index　和英語林集成』（American Presbyterian Mission Press,　一八六七年）
・J・C・ヘボン著、飛田良文・李漢燮編『和英語林集成　初版・再版・三版対照総索引』（港の人、二〇〇〇年一月〜二〇〇一年七月）

参照
・新村出『広辞苑』第六版（岩波書店、二〇〇八年一月）

・小柳司気太『老子・列子・荘子』国訳漢文大成　経子史部七（国民文庫刊行会、一九一八年九月）
・後藤朝太郎『淮南子』国訳漢文大成　経子史部一一（国民文庫刊行会、一九一九年四月）
・身延山久遠寺『身延山久遠寺蔵　重要文化財　本朝文粋』（身延山久遠寺、一九八〇年九月）
・貴重図書複製会『日本書紀』（貴重図書複製会、一九四一年一二月）
・P. A. Nuttall 著・棚橋一郎訳『英和雙解字典』近代日本英学資料2（ゆまに書房、一九九五年三月：丸善一八八六年刊の復刻）
・柴田昌吉、子安峻同著、天野爲之訂正、鈴木重陽増補『附音圖解英和字彙　第二版』（文學社、一八八六年七月）
・Sir Ernest M. Satow, Ishibashi Masakata 共編『An English-Japanese Dictionary of the Spoken Language』（三省堂、一八七六年）
・尺振八『明治英和字典』近代日本英学資料5（ゆまに書房、一九九五年三月：六合館一八八九年刊の復刻
・島田胤則、頴川泰清『和英通語捷径』（蒲池従三、一八七二年）
・三宅雪嶺『宇宙』（政教社、一九〇九年一月）
・アレニウス著、一戸直蔵・小川清彦共訳『宇宙開闢論史』（大蔵書店、一九一二年一〇月）
・H・G・ウェルズ著、光用穆訳『宇宙戦争』（秋田書院、一九一五年一月）
・大島豊『現代科學の綜合に基く宇宙論』（第一書房、一九三二年八月）
・松本宙「うちゅう（宇宙）　あめのした（天下）　せかい（世界）」（『講座日本語の語彙』第九巻　語誌Ⅰ、明治書院、一九八三年一月）
・日本国語大辞典第二版編集委員会『日本国語大辞典第二版』（小学館、二〇〇一年二月）
・大塚光信解説『エヴォラ本日葡辞書』（清文堂出版、一九九八年一月）
・中国法書選『真草千字文』（二玄社、一九八八年六月）
・大島豊『現代科學の綜合に基く宇宙論』（第一書房、一九三二年八月）

データベース等（全て二〇一三年一二月一二日確認）

・ジャパンナレッジ　新編日本古典文学全集　http://www.jkn21.com/koten/displaymain
・ヨミダス歴史館（読売新聞データベース）
・聞蔵Ⅱビジュアル（朝日新聞データベース）
・近代デジタルライブラリー（国文学研究資料館）http://kindai.ndl.go.jp/index.html
・アメリカ議会図書館（Library of congress）http://www.loc.gov/index.html
・中国基本古籍庫
・文淵閣四庫全書データベース

資料（近現代英和辞書の用例調査）

見出し語	解説文	出典	著者	成立・刊行年	備考
Universe	宇宙、十方	英華字彙	斯維爾士維廉士　著 衛三畏　鑒定 柳沢信大　校正訓点	一八六九	Williams『英華韻府歴階』（一八四四年）の日本語訳
	the general system of things. 宇宙、乾坤、六合、天地、万物	英和双解字典	P.A.Nuttall　原著 棚橋一郎　訳	一八八五	
	宇宙、天地万物	附音図解英和字彙	柴田昌吉、子安峻同　著 天野爲之　訂正 鈴木重陽　増補	一八八六	
	Arayuru mono. Tenchi ban-butsu.	和漢語林集成	ヘボン	一八八九	
	間隙、スキ	諳厄利亜語林大成	本木庄左衛門（正栄）	一八一四	書名：あんげりあごりんた

space					いせい
	Aida; ma; hima; kuchiu; koku; chiu.	和英語林集成（初版）	ヘボン	一八六七	
	Aida; ma; hima; kuchiu; koku; chiu; ai.	和英語林集成（二版）	ヘボン	一八七二	
	Aida; ma; hima; kuchiu; koku; chiu; ai; kukan.	和英語林集成（三版丸善版）	ヘボン	一八八六	
	虚空	英華字彙	斯維爾士維廉士 著 衛三畏 鑒定 柳沢信大 校正訓点	一八六九	
	(room) *basho*; *ba-seki*; (interval) *aida*; (of time) *hima*; avaiable—*ma*; enpty—*o-zora*; *taiku* (c)	AN ENGLISH-JAPANESE DICTIONALY OF The Spoken Language	E.M. Satow Ishibashi Masakata	一八七六	
	(celestial～ 宇宙)	新英和大辞典	岡倉由三郎	一九三六	
	Sekai	和英語林集成（三版丸善版）	ヘボン	一八八六	
cosmos	宇宙、堪輿○宇宙ノ理	明治英和辞典	尺振八	一八八九	cosmic を「全世界ノ。宇宙万物ノ○太陽系ノ」と訳す。「堪輿（かんよ）」は天地の意。
world	世界、宇宙	諳厄利亜語林大成	本木庄左衛門（正栄）	一八一四	書名：あんげりあごりんたいせい
	世界。世。界。人間界○人事。世事○万有。宇宙○人類○斯世。現世○大数。億兆。	明治英和辞典	尺振八	一八八九	

宇宙			
World	和英通語捷径	島田胤則、頴川泰清　纂輯	一八七二
All under the canopy, the world, universe	和英語林集成（二版）	ヘボン	一八七二

初出一覧

第一部は「『太平記』に見る『白氏文集』本文の交代――旧鈔本から版本へ」『アジア遊学』四〇号（勉誠出版、二〇一一年四月）で提示した構想を元に書き下ろした。

第二部第一章「『奥入』所引『白氏文集』本文について」
「藤原定家『奥入』所引の漢籍――『白氏文集』を中心として」『白居易研究年報』第十号（勉誠出版、二〇〇九年一二月）を加筆修正

第二部第二章「宮内庁蔵那波本『白氏文集』巻三・四（新楽府）の書入について」
「宮内庁蔵那波本『白氏文集』巻三・四（新楽府）の書き入れについて」『白居易研究年報』第十四号（勉誠出版、二〇一四年一月）を加筆修正

附録「「宇宙」の語源と語義の変遷――古代中国語と近代科学用語の接点」
「「宇宙」の語源と語義の変遷――古代中国語と近代科学用語の接点」『明治大学日本文学』第三十八号（明治大学日本文学研究会、二〇一二年三月）
「「宇宙」の語源と語義の変遷（二）――日本国内での展開を中心に」『文学部・文学研究科学術研究発表会論集』四（明治大学文学部・文学研究科、二〇一四年三月）

を加筆修正の上、一本にまとめた。

以上に挙げなかったものは書き下ろしである。

参考文献

太平記にかかわるもの

一　諸研究

金木利憲「『太平記』に見る『白氏文集』本文の交代――旧鈔本から版本へ」（『アジア遊学』一四〇号、勉誠出版、二〇一一年四月）

久米邦武「太平記は史学に益なし」（『史学雑誌』第一七・一八・二〇・二一・二二号、史学会、一八九一年四・五、七－九月）

小秋元段『太平記・梅松論の研究』（汲古書院、二〇〇五年一二月）

小秋元段『増補太平記と古活字版の時代』（新典社、二〇一八年三月）

小秋元段「国文学研究資料館蔵『太平記』および関連書マイクロ資料書誌解題稿」（『調査研究報告』二六、国文学研究資料館、二〇〇六年三月）

小秋元段「国文学研究資料館所蔵資料を利用した諸本研究のあり方と課題――『太平記』を例として（第二回　調査研究シンポジウム報告）」（『調査研究報告』二七、国文学研究資料館、二〇〇七年三月）

後藤丹治『太平記の研究』（河出書房、一九三八年八月）

鈴木登美恵「玄玖本太平記解題」（『玄玖本太平記』勉誠社、一九七五年二月）

長坂成行『伝存太平記写本総覧』（和泉書院、二〇〇八年九月）
増田欣『『太平記』の比較文学的研究』（角川書店、一九七六年三月）
柳瀬喜代志「『長恨歌』『長恨歌伝』と「楊國忠之事」――『太平記』作者の嚢中の漢籍考――」正続（『早稲田大学教育学部学術研究（国語・国文学編）』三九号、一九九〇年一二月、続は同誌四〇号、一九九一年一二月）
「太平記抄付音義」『国文注釈全書　一二』（國學院大學出版部、一九〇八年四月）
「太平記賢愚抄」『国文注釈全書　一二』（國學院大學出版部、一九〇八年四月）

二　校注本

後藤丹治・釜田喜三郎・岡見正雄校注『太平記』全三冊、日本古典文学大系三四－三六（岩波書店、一九六〇年一月－一九六二年一〇月）
長谷川端校注・訳『太平記』全四冊　新編日本古典文学全集五四－五七（小学館、一九九四年九月－一九九八年六月）

三　太平記本文

甲類本

前田育徳会尊経閣文庫『玄玖本　太平記』全五冊（勉誠社、一九七五年二月）
神宮徴古館本（マイクロフィルム・紙焼）：国文学研究資料館蔵、フィルム62-5-1、紙焼E1996
神田孝平旧蔵本（影印・翻刻）影印：『神田本　太平記』全二冊（汲古書院、一九七二年一〇月）、翻刻：『太平記　神田本』（国書刊行会、一九〇七年一二月）

黒田彰・岡田美穂編『西源院本　太平記』全三冊（軍記物語研究叢書・未刊軍記物語資料集）（クレス出版、二〇〇五年九月）、
翻刻：鷲尾順敬校訂『太平記　西源院本』（刀江書院、一九三六年六月）
南都本（マイクロフィルム・紙焼）：国文学研究資料館蔵、フィルム32-11-1、紙焼E612

乙類本
古典文庫『太平記　梵舜本』全九冊（古典文庫、一九六七年一月）
今川家本（陽明文庫蔵本）（マイクロフィルム・紙焼）：国文学資料　館蔵、フィルム55-168-2-1、紙焼E2991
米沢本（マイクロフィルム・紙焼）：国文学研究資料館蔵、フィルム27-14-1、紙焼E1128
毛利家本（マイクロフィルム・紙焼）：国文学研究資料館蔵、フィルム32-8-1、紙焼E611

丙類本
天正本（マイクロフィルム・紙焼）：国文学研究資料館蔵フィルム32-13-2、紙焼E1436　一五九二年写　略称「天正」
高橋貞一編『義輝本　太平記』全　五冊（勉誠社、一九八一年二月）書写年代不明　略称「教運」

通行版本
寛文四年刊本後印本

白氏文集にかかわるもの

一　諸研究

今原和正「那波本――付四部叢刊本との校異――」（『白氏文集の本文』白居易研究講座　六、勉誠社、一九九五年一二月）

太田晶二郎「白氏詩文の渡来について」(『國文學　解釋と鑑賞』二一 - 六、至文堂、一九五六年六月)
金木利憲「藤原定家『奥入』所引の漢籍――『白氏文集』を中心として」(『白居易研究年報』第一〇号、勉誠出版、二〇〇九年一二月)
神鷹徳治『奥入』所引「長恨歌」の本文の系統について」(室伏信助監修・上原作和編『人物で読む源氏物語1　桐壺帝・桐壺更衣』勉誠出版、二〇〇五年一〇月)
神鷹徳治「那波道円元和4年(1618)刊　古活字版『白氏文集』」(『図書の譜　明治大学図書館紀要』第一〇号、二〇〇六年三月)
神鷹徳治「紫式部が読んだ『文集』のテキスト――旧鈔本と版本」(日向一雅編『源氏物語と漢詩の世界　『白氏文集』を中心に』青簡舎、二〇〇九年二月)
神鷹徳治「序論――旧鈔本と唐鈔本」(『アジア遊学』一四〇号、勉誠出版、二〇一一年四月)
小松茂美『平安朝伝来の白氏文集と三蹟の研究』(黒水書房、一九六五年一〇月)
佐藤恒雄「定家・慈円の白氏文集受容――第一第二帙の問題と採句傾向の分析から――」(『中世文學』第一八号　中世文學會　一九七三年五月)
陳捷「白氏文集の宋版諸本について」(『白氏文集の本文』白居易研究講座　六、勉誠社、一九九五年一二月)
陳翀『白居易の文学と白氏文集の成立』(勉誠出版、二〇一一年四月)
花房英樹『白氏文集の批判的研究』(彙文堂、一九六〇年三月)
平岡武夫・今井清校定『白氏文集』全三冊(京都大学人文科学研究所、一九七一年三月)
藤本幸夫『日本現存朝鮮本研究　集部』(京都大学学術出版会、二〇〇六年二月)

藤本幸夫「朝鮮刊本」(『白氏文集の本文』白居易研究講座　六、勉誠社、一九九五年一二月)
堀川貴司「中世禅林における白居易像」(『国語と国文学』七八‐五、至文堂、二〇〇一年五月)
堀川貴司『五山文学研究　資料と論考』(笠間書院、二〇一一年六月)
石川一「慈円と白居易」(『日本における受容(韻文篇)』白居易研究講座　第三巻、勉誠社、一九九三年六月)

二　諸本

刊本系

下定雅弘・神鷹徳治『宮内庁所蔵　那波本　白氏文集』(勉誠出版、二〇一二年二月)
『白氏文集』中華再造善本(北京図書館出版、二〇〇三年一二月)
馬元調本(大阪府立中之島図書館蔵:万暦三四年(一六〇六)序刊本)
汪立名本(明治大学図書館蔵:『白香山詩長慶集』汪氏一隅草堂、康熙四二年(一七〇三)序刊本)
『文苑英華』(華聯出版社、一九六七年五月)
朝鮮整版本(大阪府立中之島図書館蔵)

旧鈔本系

金沢文庫本(影印:川瀬一馬監修『白氏文集　金沢文庫本』全四冊(大東急記念文庫、一九八三年一〇月〜一九八四年六月)
太田次男・小林芳規『神田本白氏文集の研究』(勉誠社、一九八二年二月)
管見抄(紙焼):国立公文書館蔵　永仁三年(一二九五)写本(影印)『長恨歌　正宗敦夫文庫本』ノートルダム清心女子大学古典叢書(ノートルダム清心女子大学・福武書店、一九八一年一〇月)

単行本系
長澤規矩也編『和刻本漢詩集成　唐詩』第一〇輯（汲古書院、一九七四年一一月）
神鷹徳治編『歌行詩諺解』（勉誠社、一九八八年六月）

三　その他

池田利夫「奥入」『奥入　原中最秘抄』（日本古典文学影印叢刊一九、（財）日本古典文学会、一九八五年九月）
狩野直喜「日本国見在書目録に就いて」（『支那學文藪』みすず書房、一九七三年四月）
佐藤恒夫『藤原定家研究』（風間書店、二〇〇〇年五月）
日向一雅『源氏物語の準拠と話型』（至文堂、一九九九年四月）
堀部正二『校異和漢朗詠集』（大学堂書店、一九八一年七月）
丸山キヨ子『源氏物語と白氏文集』（東京女子大学学会、一九六四年八月）
矢島玄亮『日本国見在書目録　集証と研究』（汲古書院、一九八四年九月）
山田尚子『中国故事受容論考　古代中世日本における継承と展開』（勉誠出版、二〇〇九年一〇月）
吉田精一「比較文学の方法――日本文学を中心として」（『比較文学　日本文学を中心として』矢島書房、一九五三年一〇）
陽明文庫編『御堂関白記』（思文閣、一九八三年七月 - 一九八四年七月）
『新撰朗詠集　金玉集　臨永和歌集』（日本古典文学影印叢刊一六、日本古典文学会、一九八一年三月）
「日本国見在書目録」（『続群書類従　第三十輯下　雑部』続群書類従完成会、一九五九年活字本）
複刻日本古典文学館『奥入』（日本古典文学刊行会、一九七一年一〇月）

『詠歌大概』（橋本不美男・有吉保・藤平春男校注『歌論集　新編日本古典文学全集八七』小学館　二〇〇二年一月に所載）
『和漢朗詠集』（新編日本古典文学全集一九、小学館、一九九九年一〇月）
『夜の寝覚』（新編日本古典文学全集二八、小学館、一九九六年九月）
『栄花物語』２（新編日本古典文学全集三二、小学館、一九九七年一月）
『大鏡』（新編日本古典文学全集三四、小学館、一九九六年六月）
『建礼門院右京大夫集　とはずがたり』（新編日本古典文学全集四七、小学館、一九九九年一二月）
「拾玉集」（『新編国歌大観』三、角川書店、一九八五年一二月）

あとがき

大変な宿題に答えを出すために、長い旅をしたように思う。ずいぶん回り道をしてしまったかもしれない。本書は二〇一四年度に明治大学に提出した博士論文を改稿、改題したものであるが、ここに到るまでの道は、二〇〇六年の秋、学部の卒業論文執筆中に出会った故太田次男博士のただ一文から始まっている。

それでは（日本文学作品に：筆者注）引用される白詩の本文が刊本に替わるのは何時頃かといえば、これは正確にはいえないが、『太平記』に引かれる「長恨歌」のなかに、旧鈔本にはみられない文字が認められたので、この頃が一つの目処になるかも知れない。（『旧鈔本を中心とする白氏文集本文の研究』下　二六〇ページ）

さっそく岩波書店の日本古典文学大系を繙いてみたところ、ほぼ丸々「長恨歌」と「長恨歌伝」の筋書きをなぞる「楊国忠事」という段が見つかり、なるほど刊本系の本文であった。ところが次に底本の異なる小学館の新編日本古典文学全集と引き比べてみたところ、旧鈔本系の文字が現れたのである。これはどうしたことか。私は混乱したが、当時は力不足であったし、卒論の提出も近づいてきたため、答えを出せぬまま終わった。しかし、ひとたび抱いた疑問は常にくすぶり続け、折に触れて資料を集めるようになった。

これをまとめて世に出すきっかけとなったのが、二〇一一年、勉誠出版の『アジア遊学』一四〇号で組まれた特集

「旧鈔本の世界」だった。指導教員の神鷹徳治先生がこの特集の幹事だったこともあり、「漢籍旧鈔本と日本文学」というテーマを与えられた私は、かねてよりの疑問を文章にしてみようと思い立ったのであった。

そしてできあがったのが、本書第一部の原型となる『『太平記』に見る『白氏文集』本文の交代――旧鈔本から版本へ』である。この時の私は、『太平記』の諸本を書写年代ごとに並べて調査すれば、時代を追って旧鈔本系から刊本系へ、受容の主流が変わっていく流れが見極められると思っていたのであるが、調べれば調べるほど、どうもそうではないようだ、ということが見えてきた。

当時と現在との最大の違いは、「本文並存」という現象に気づいているか否か、である。当初は受容の主流が徐々に旧鈔本系から刊本系へ切り替わっていくのだと考えていたが、実態としては、刊本が渡来して勢力を強めても旧鈔本は消えず、主流ではなくなっても残り続けるのである。『太平記』においては、旧鈔本系・刊本系本文がともに出現している。第二部の宮内庁蔵那波本書き入れの調査においても、校合資料として旧鈔本系テキストが用いられている。那波本は江戸時代初期の成立であり、書き入れは受容の主流が刊本系に変わってからの時代になされているが、明らかに旧鈔本系と分かるテキストを用いていた。

ここに到って、やっと積年の宿題に答えを出すことができた。すなわち、「日本文学作品に引用される白詩の本文が刊本に替わる」のではなく、「従来あった旧鈔本系テキストに刊本系テキストが加わり、勢力を逆転しつつも並存を始める」のが『太平記』が盛んに書写された室町時代から安土桃山時代の頃であったのだ。足かけ十年の探求だった。

本書第一部で用いた『太平記』写本資料の多くは国文学研究資料館が所蔵するの紙焼き・マイクロフィルムに拠っ

た。長坂成行先生の『伝存太平記写本総覧』がなければ、『太平記』諸本の調査は困難を極めたであろう。御礼申し上げたい。

また、明治大学文学部元教授の神鷹徳治先生には、指導教員として学部時代から一〇年以上も公私にわたり懇切なご指導・ご助言・激励を賜ったのみならず、懇切丁寧な序文までいただくことができた。本書が成ったのも、鈍牛のような筆者を叱咤激励して下さった先生のおかげである。言葉を尽くしても足りるものではないが、深く感謝申し上げる。

法政大学文学部教授の小秋元段先生には、調査対象とする『太平記』諸本の選定において助言をいただいた。また明治大学文学部教授の牧野淳司先生には本書の表現の細部にいたるまでご指導をいただいた。

更に新典社には、本書の出版をご快諾いただけたことに、心より感謝申し上げる。同社の小松由紀子氏には、担当編集者として大変お世話になった。遅れがちな校正でご迷惑をおかけした事をお詫びしたい。

他にも各方面の理解と協力がなければ本書は執筆し得なかったであろう。ここに記して感謝の意を表する。もとより浅学の身であり、論じきれなかったことも多く、不十分なところもあるだろう。諸賢の批正を乞うものである。

最後に、これまで私を励まし支えてきてくれた母、祖父母、妹、そして亡き父に心から感謝したい。父が亡くなったのは、奇しくも太田博士の記述に気づいた二〇〇六年のことだった。折しも十三回忌の年に当たって本書を上梓することに、不思議な縁を感じる。謹んで本書を父の墓前に捧げる。

二〇一八年十二月吉日

金木利憲

索　　引

凡　例

本文事項索引

本文中に記した書名、人名、作品名およびキーワードについて採録した。配列は五十音順による。

白居易作品索引

本文中で触れられた白居易の作品名について採録した。作品名は基本的に直読の音読みとし、配列は五十音順による。

附録事項索引

附録「宇宙の語源と語義の変遷」中の書名、人名、作品名およびキーワードについて採録した。配列はABCおよび五十音順による。

本文事項索引

た 行

な 行

は　行

ま　行

や　行

ら　行

わ　行

白居易作品索引

は 行

や 行

ら 行

附録事項索引

ま 行

や 行

ら 行

わ 行

金木　利憲（かねき　としのり）
1984年10月　千葉県安房郡富山町（現南房総市）に生まれる
2007年3月　明治大学文学部文学科卒業
2015年3月　明治大学大学院文学研究科博士後期課程修了
専攻　日中比較文学，書誌学
学位　博士（文学）
論文　「藤原定家『奥入』所引の漢籍―『白氏文集』を中心として」（『白居易研究年報』第10号，2009年12月，勉誠出版）
「『河海抄』所引の「新楽府」と『源氏物語』」（『白居易研究年報』第12号，2012年2月，勉誠出版）
「宮内庁蔵那波本『白氏文集』巻三・四（新楽府）の書き入れについて」（『白居易研究年報』第14号，2014年1月，勉誠出版）
「『太平記』に残る漢籍受容の足跡―『白氏文集』の本文系統について―」（『太平記をとらえる』第二巻，2015年10月，笠間書院）

新典社研究叢書305

太《たい》平《へい》記《き》における白《はく》氏《し》文《ぶん》集《しゅう》受《じゅ》容《よう》

平成30年12月28日　初版発行

著　者　金木　利憲
発行者　岡元　学実
印刷所　恵友印刷㈱
製本所　牧製本印刷㈱
検印省略・不許複製

発行所　株式会社　新典社
東京都千代田区神田神保町一―四四―一一
営業部＝〇三（三二三三）八〇五一番
編集部＝〇三（三二三三）八〇五二番
ＦＡＸ＝〇三（三二三三）八〇五三番
振　替　〇〇一七〇―〇―二六九三二番
郵便番号一〇一―〇〇五一番

ISBN 978-4-7879-4305-7 C3395
http://www.shintensha.co.jp/　E-Mail:info@shintensha.co.jp

新典社研究叢書

（本体価格）

265 日本古典文学の方法　廣田　收　一二六〇〇円
266 信州松本藩崇教館と多湖文庫　山本英二・鈴木俊幸　九二〇〇円
267 テキストとイメージの交響 ――物語性の構築をみる――　井黒佳穂子　一一五〇〇円
268 近世における『論語』の訓読に関する研究　石川　洋子　一五〇〇〇円
269 うつほ物語と平安貴族生活 ――史実と虚構の織りなす世界――　松野　彩　八八〇〇円
270 『太平記』生成と表現世界　和田　琢磨　一四二〇〇円
271 王朝歴史物語史の構想と展望　加藤静子・桜井宏徳　二〇〇〇〇円
272 森鷗外『舞姫』 本文と索引　杉本　完治　七七〇〇円
273 記紀風土記論考　神田　典城　一四〇〇〇円
274 江戸後期紀行文学全集 第三巻　津本　信博　八〇〇〇円
275 奈良絵本絵巻抄　松田　存　八二〇〇円
276 女流日記文学論輯　宮崎　莊平　二六八〇〇円
277 中世古典籍之研究 ――どこまで書物の本姿に迫れるか――　武井　和人　一九八〇〇円
278 愚問賢注古注釈集成　酒井　茂幸　一三五〇〇円
279 萬葉歌人の伝記と文芸　川上　富吉　一二〇〇〇円
280 菅茶山とその時代　小財　陽平　一四二〇〇円
281 根岸短歌会の証人 桃澤茂春 ――『庚子日録』『曾我蕭白』――　桃澤　匡行　一二〇〇〇円
282 平安朝の文学と装束　畠山大二郎　一一五〇〇円
283 古事記構造論 ――大和王権の〈歴史〉――　藤澤　友祥　七四〇〇円
284 源氏物語 草子地の考察 ――「桐壺」～「若紫」――　佐藤　信雅　一〇二〇〇円
285 山鹿文庫本発心集 ――影印と翻刻 付解題――　神田　邦彦　一二四〇〇円
286 古事記續考と資料　尾崎　知光　六五〇〇円
287 古代和歌表現の機構と展開　津田　大樹　一二四〇〇円
288 平安時代語の仮名文研究　阿久澤　忠　一二六〇〇円
289 芭蕉の俳諧構成意識 ――其角・蕪村との比較を交えて――　大城　悦子　一五一〇〇円
290 二松學舍大学附属図書館蔵 奈良絵本 保元物語 平治物語　小井土守敏　一〇八〇〇円
291 未刊 江戸歌舞伎年代記集成　倉橋・桑原・小池・齋藤・光延　二八〇〇〇円
292 物語展開と人物造型の論理 ――源氏物語〈二層〉構造論――　中井　賢一　一一五〇〇円
293 源氏物語の思想史的研究 ――妄語と方便――　佐藤勢紀子　七八〇〇円
294 春画論 ――性表象の文化学――　鈴木　堅弘　一七六〇〇円
295 『源氏物語』の罪意識の受容　古屋　明子　一二六〇〇円
296 袖中抄の研究　紙　宏行　九七〇〇円
297 源氏物語の史的意識と方法　湯淺　幸代　一一五〇〇円
298 増補 太平記と古活字版の時代　小秋元　段　一二六〇〇円
299 源氏物語 草子地の考察2 ――「末摘花」～「花宴」――　佐藤　信雅　一二〇〇〇円
300 連歌という文芸とその周辺 ――連歌・俳諧・和歌論――　廣木　一人　一三七〇〇円
301 日本書紀典拠論　山田　純　一一八〇〇円
302 源氏物語と漢世界　飯沼　清子　一三八〇〇円
303 中近世中院家における百人一首注釈の研究　酒井　茂幸　一六五〇〇円
304 日本語基幹構文の研究　半藤　英明　七二〇〇円
305 太平記における白氏文集受容　金木　利憲　一一〇〇〇円